天空之城

2078年

我们所熟知的地球已不复存在

天空之城诞生了

天空之城

欧洲群岛中，阿尔卑斯－多罗米蒂山脉群山环绕的景象。

新威尼斯城的景色——云层中的潟湖。

阿诺德·帕多安绘制的水彩油画，收藏于新牛津学院的主礼堂内。

黎明时分的京都岛屿。

芬兰和挪威汇合之后形成的芬兰堡要塞。
这是艾丽莎·克什奇纳绘制的无题布面油画，
收藏于华盛顿5号岛博物馆。

北纬47度57分，东经8度29分。德国黑森林。

黑森林地区的岛屿。

左图即劳伦斯和约瑟为寻找迪努比奥河的源头而历险的岛屿。

北纬40度45分，西经73度59分，地狱厨房（美国曼哈顿街区的一个地名）。

纽约，地狱厨房，居民区的街景。

天空之城诞生后的巴黎凯旋门。

2146年果月6日，由弗朗西斯·卡瓦利尔绘制的油画。

收藏于华盛顿5号岛的博物馆。

（果月：法国大革命时期实行的历法，

相当于公历的 8月18日至9月21日。）

2078年

在冰岛的一个秘密研究基地，

年轻的莉莉·卡莱尔博士正在进行一项试验。

这项试验注定要永远改变我们赖以生存的地球。

2251年，新纪元。

在一个由悬浮在空中的陆地碎片所组成的世界里，

两个为人类生存而战的年轻人

将演绎一场惊心动魄的历险！

天空之城

"宇爆号"侦察飞船的设计图

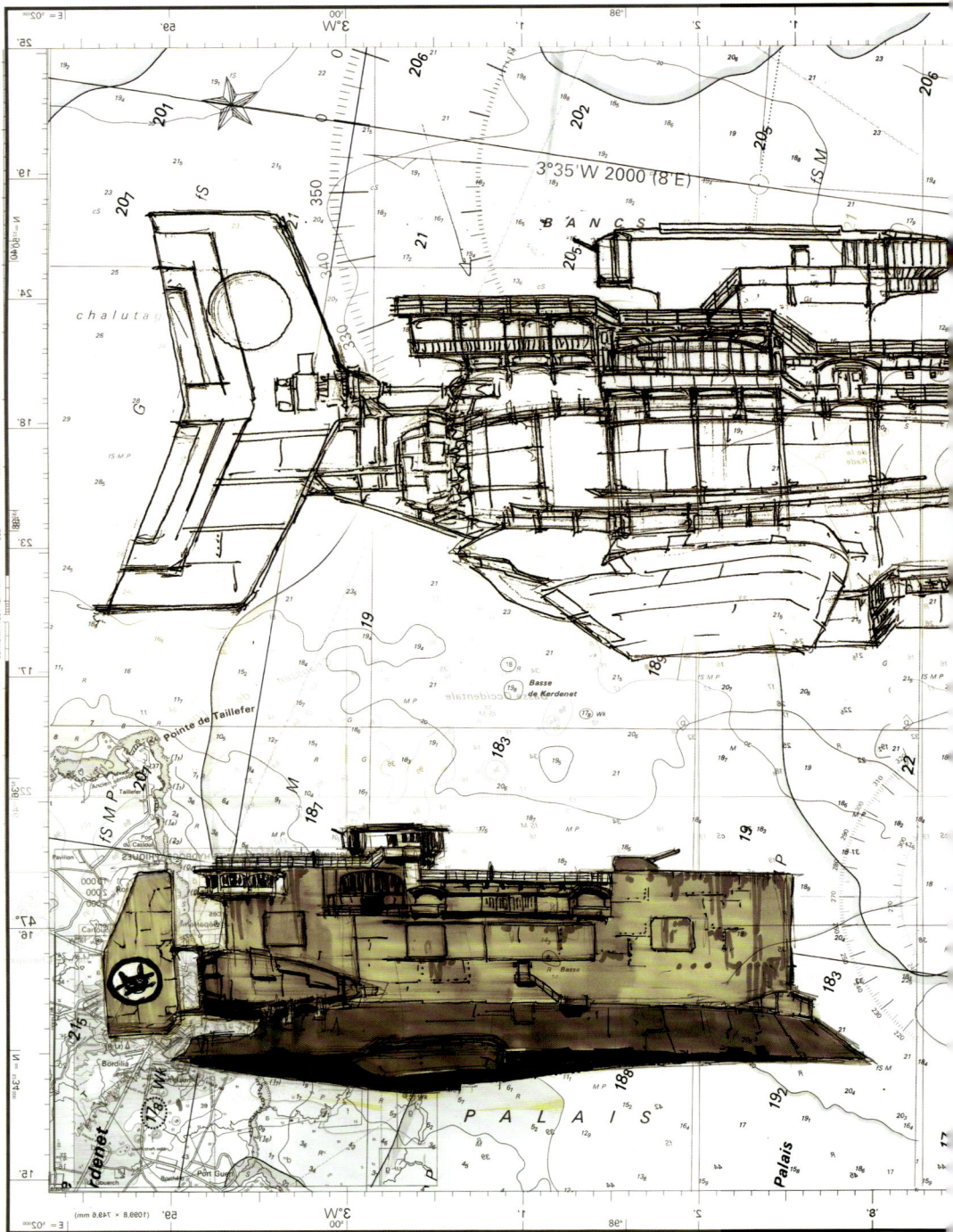

"圣·纳扎莱号"战舰飞船的设计图

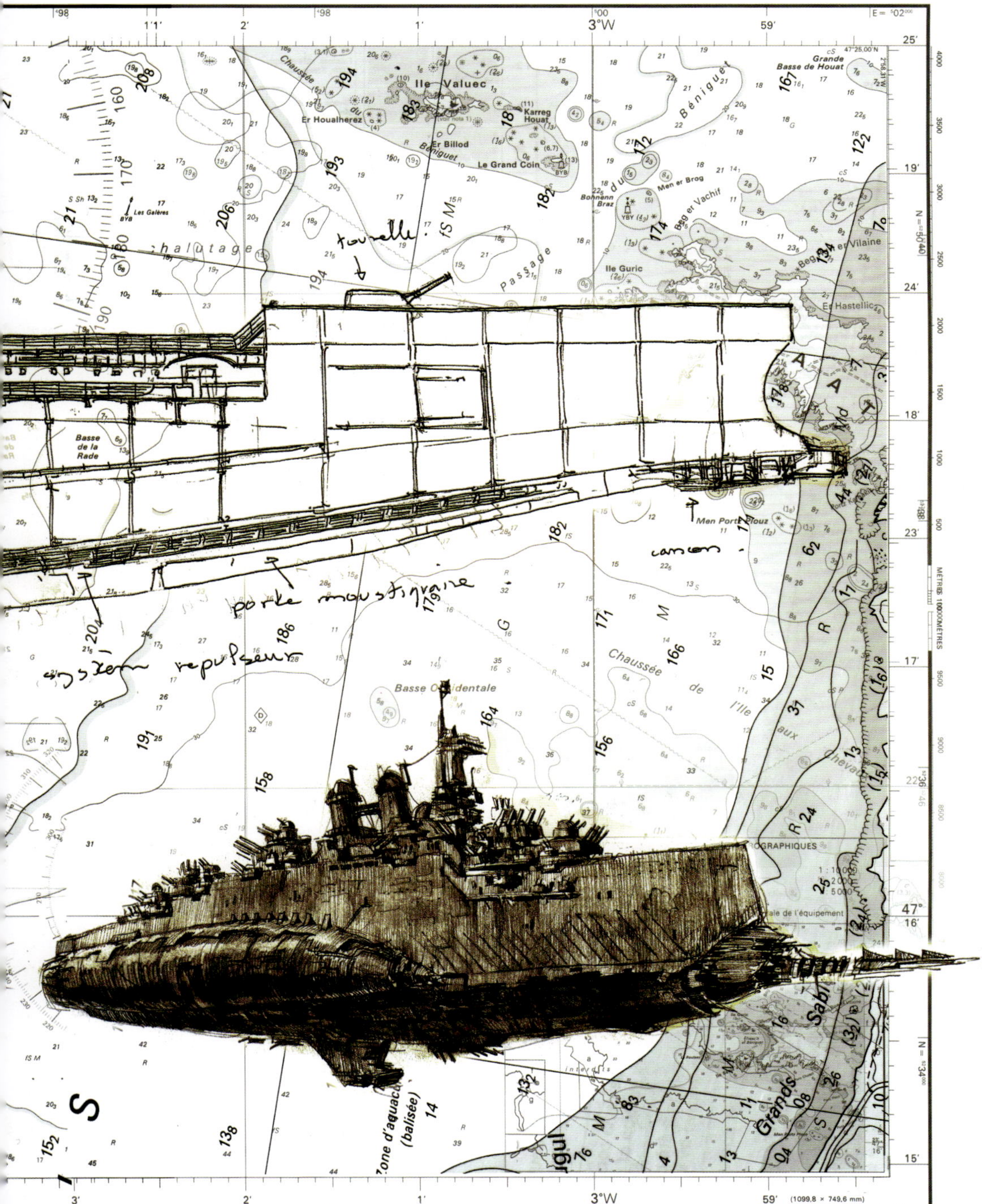

tourelle
canons
porte moustiquaire
système repulseur
Ile Valuec
Er Houalherez
Er Billod
Karreg Houat
Le Grand Coin
Grande Basse de Houat
Bénigue
Men er Brog
Beg er Vachif
Bonnenn Braz
Ile Guric
Beg er Vilaine
Er Hastellic
chalutage
passage
Les Galères
Basse de la Rade
Men Port Plouz
Basse Occidentale
Chaussée de l'Ile aux Chevaux
Zone d'aquaculture (balisée)
Grands Sables
3°W
59'
(1099,8 × 749,6 mm)

天空之城

I 风中群岛

〔意〕大卫·卡莱尔/著

〔意〕雅各布·布鲁诺/绘

郭彬彬/译

湖北长江出版集团
HUBEI CHILDREN'S PRESS
湖北少年儿童出版社

致中国读者

　　我创作的这部小说如今终于来到了中国读者的面前，我由衷地为此感到高兴。

　　这个世界上有很多截然不同的地方，各个地方的人们讲着不同的语言，穿着不同的服饰，有着不同的生活习惯，过着不一样的生活，不管是在亚洲、欧洲、美洲，还是在中国和意大利，都是如此。但不管在哪里，大家终归都是同样的人类。

　　《天空之城》这部小说讲述了一个充满艰辛的未来。在那个世界里，我们所认知的事物是全然不存在的。旧时代地球上的陆地碎片就像一座座岛屿般悬浮在空中。这些空中岛屿时而浮现出过去的踪迹，但两个世界的相异之处已经远远大于相似之处了。

在未来的天空之城，人类划分为两类：一类属于京塞族，他们被迫变成奴隶，过着艰苦的生活；另一类属于塞津族，从天空之城诞生之日起他们就被赋予了神秘的超自然能力，并以此压制其他种族，甚至同种族的人。塞津人出行乘坐的是充满魔幻色彩的飞船，由于飞船拥有奇特的引擎和神奇的动力，因此可以摆脱重力的吸引。他们中的大部分人都讲着斯班力克语（spanlik），这是一种由多国语言杂糅演变而来的语言。

然而，天空之城里依然生活着人类。小说的主人公是三个年轻人：瓦莱丽、劳伦斯、维罗。他们每个人都有着不同的身世和故事，但最终命运让他们走到了一起。三个年轻人彼此相识，建立起比任何友谊都牢固的感情。面对未来，他们必须做出艰难的抉择，有时，甚至是亲眼看着自己深爱的人死去。他们在为人类的生存而战斗，他们彼此相爱，就像在任何一个年代、任何一个国度的年轻人之间的爱恋一样。

瓦莱丽、劳伦斯和维罗，他们是和你们、和我都完全不一样的人。他们的所作所为和他们的见闻离我们的现实都是那么遥远。但不管怎样，我们都一样，同是年轻人。希望我亲爱的朋友们——中国的读者们读过之后能够喜欢这部小说，也希望小说里几个年轻人的故事能够伴随你们左右，并带给你们一份快乐！

大卫·卡莱尔

目　录

三 叛乱者之城

序　幕

2078年4月18日。冰岛，工程总基地。

北纬64度23分，西经21度13分。海平面以上150米。

　　莉莉·卡莱尔博士一丝不挂地沿着走廊向前走，天花板上不断喷洒出消毒雾气，地板上铺着薄薄的一层绿色的液体，冰冷刺骨，冻得莉莉的脚底几乎失去了知觉。透明的墙壁外面，威严地站立着当值的卫兵。

　　浑身赤裸的状态并没有让莉莉感到一丝尴尬。毕竟，她为这个计划已经努力工作了七年。工作起初是在阿拉斯加，后来便是这里——冰岛。

　　不足三十岁的她很美。拥有曼妙的身材、精致迷人的脸庞，棕褐色的长发在消毒雾水的湿润下像蔓藤一般卷曲着，沿着她光润的双肩披散下来。

　　来到走廊的尽头，莉莉把手掌放在一张金属圆盘上。在系统确认电子指纹核对无误后，面前的门便悄无声息地打开了。她走进了那个小小的隔间，四周的墙壁是透明的，一位士兵笔直地站在玻璃墙后守卫着。此时，温热的水柱从天花板上喷泻而下，把她的整个身体包裹了起来。负责检查的士兵拿起话筒说:"检查程序已基本完成,卡莱尔博士。现在您需要到楼上接受身份验证,随后再进行一次短暂的消毒程序,就可以出去了。"

"没问题,谢谢你。我已经习惯了。"

"是的。从您的通行记录中,我们得知:一周前您刚刚来过这里。请问您完成整个检查程序需要多久?一个小时?"

"只为出去,需要两个半小时;回来,也同样需要两个半小时。"卡莱尔博士回答说。

"您这样值得吗?下面基地里什么都有哦,包括游泳池和健身房。"士兵不解地问。

"但看不到一缕阳光。"莉莉平静地回答,"我想出去透透气。"从士兵的浅色瞳孔中,莉莉能读出他的疑惑与惊异。不过这并不奇怪,莉莉笑了笑。

"外面很凉爽,卡莱尔博士,只有十八摄氏度。"士兵说。

在冰岛,这已经算是夏天了。

莉莉·卡莱尔博士是一位致力于研究全球生态的环境学家,这个星球上的一切都是她的研究对象,当然也包括气温。整个地球的温度一直在升高,或许是由于温室效应或者污染,抑或是因为……哦,不,最好还是别想那么多。那不过是她自己在杞人忧天。

或许情况还要糟糕得多。

在士兵做出最后一个示意手势后，卡莱尔博士被不断上升的小隔间送到了地面。

朝左望去，远处应该就是格莱姆瀑布①。

虽然宏伟的瀑布被草木繁茂的悬崖峭壁完全遮挡住了，但莉莉依然能从那振聋发聩的响声中感受到近两百米落差后水流的巨大威力。

观景露台上洒满了金色的阳光。鞋底几乎什么都没踩到，莉莉却感觉水泥地面变得越来越烫了。

一只鸟在不远处的沙漠空地上休憩。莉莉走近前去仔细观察，发现那是一只鸽子，它正在用喙和爪子寻找地上的面包屑。

"该死的畜生！"莉莉的背后传来一句骂声。

只见吉莫博士走到莉莉的身旁，很随意地把手搭在她的肩上，然后伸出一只脚驱赶那只鸽子。鸽子连忙跳跃式地跑远了一些。

"这是一只斑尾林鸽②。"莉莉解释说，"本不该在这里发现。即使会见到，也是在盛夏。因为它们是一种喜欢炎热和

———————————

① 格莱姆瀑布：冰岛最高的瀑布，有一百九十八米高。
② 斑尾林鸽：亦译林鸽。见于欧洲、北非和亚洲西部（东到锡金山区）。林栖。

城市的鸟,可这里并不是威尼斯的圣马可广场……"

"幸亏不是。"吉莫喘息了一下。

吉莫博士差不多五十岁了,但身体很健壮,灰色的头发修理得像毛刷一样齐整。他晒黑了,因为每天下午他都在基地的"地下日光浴平台"度过。当然,他本可以将时间分配得更合理一些。

"博士……"

"叫我安德鲁。"

"安德鲁……我开始感到担忧了。太阳、地表的热度,还有这只鸽子,这些分明都是征兆。我有一种不祥的预感,似乎有什么地方不对劲了……"

吉莫爆发出一阵大笑让人感到不安,他接着说:

"你们这些环境主义者,永远都是一个样子。你们关心气候的变化、冰川还有那些莫须有的无稽之谈,却不懂得享受时光。你看,雪都融化了,我们却不得不把自己封闭在这个地洞里,这实在太可惜了!"

吉莫博士伸了伸手臂,再一次地抚在莉莉的肩上。莉莉努力克制自己不去争辩她是一个环境学家,而不是环境主义者。吉莫很狡猾,但他是纽曼大学的副校长,可以在很多方面帮助她。

"我为明天的会议准备了一份简要的报告。"莉莉镇定地说，"我希望向科学学术委员会展示有关阿尔法十二号能源①的最新模拟结果。或许您……你，安德鲁，可以助我一臂之力。"

吉莫笑了笑："当然了，小丫头。这一回你模拟的结果是什么？熊猫的灭绝吗？"

吉莫博士显然没有察觉到：莉莉眼中闪过的那一丝厌恶的目光。他接着说："不管怎样，我没问题。不如今晚我们一起共进晚餐吧，就你和我。来我家里吧，这样也可以顺便把你的报告展示给我看，说不定我们会度过一个非常愉快的夜晚呢。"

莉莉克制着心中的反感，装作不经意地眨了眨眼，然后将头转向了另一边。

她心想，但愿吉莫这头猪会忘记共进晚餐这件事，会忘记那份报告……总之，所有的事情都会有解决的办法……

不远处，那只斑尾林鸽懒洋洋地站起来，抖抖翅膀，朝瀑布的方向飞了过去。

---

① 阿尔法十二号能源：本书中的一种新型能源。

一

悬浮在空中

第一章

2251年获月①18日。德国黑森林。

北纬47度57分,东经8度29分。零线以上706米。

　　所有的树木都已感染病菌,树干长得矮小且扭曲。它们
向上生长着,被光秃秃的树枝压得喘不过气来。这些树都已
失去了原本的样子,这让劳伦斯回想起一片荆棘丛生的树林。

　　这个年轻的小伙子砍掉了一块树皮,嗅了嗅覆盖在上面
的霉菌。"全都死了。"他说,"现在这只是一块可以用来生火
的木头。"

　　他的父亲约瑟站在距他前方几步之遥的小山坡上,装作
什么也没听见。约瑟是一个非常机智的人,任何有可能熄灭
他热情的事都会被他抛在脑后,他丝毫不会在意。此时此刻,
约瑟正全神贯注于那立在他面前的两只浅色的、光滑的探水

―――――――――――

① 获月:法国大革命时期实行的历法,相当于公历的6月19日至7月18日。

杖,那里面各装有一根独角兽的鬃毛。约瑟说,这些东西可以帮助他们找到水源。劳伦斯对此一点也不感兴趣,尽管这恰恰是他们的工作。

他们就这样徒步前行了六个小时,劳伦斯的双脚已经失去了知觉。和他五十多岁的父亲相比,他还太年轻,只有十八岁。他继承了母亲高挑的身材、深色的头发和一对漆黑如深夜般的眼睛。和他相比,父亲约瑟则又矮又胖。尽管如此,即使约瑟几个小时肩负水冷凝器一刻不停地行进,他的体力也足以支撑,丝毫不会放慢脚步。

"继续前进。"父亲鼓励着劳伦斯,一边说一边留意着挂在他腰间皮鞘内的探水杖,"我们必须翻越那座天堑,然后在那里露营过夜。"

劳伦斯露出一丝疲惫的微笑,接受了这个讯息。他们一路保持这疯狂的节奏已经有几个星期之久了。牧月①已经过去,还有不到一个月的时间就是热月②二十五日,那是向乌扎克偿还所欠的一千升水的最后期限。然而此时此刻,他们才收集了不到两百升水,而每天劳伦斯和父亲为了活下去还要喝掉三升水,尽管三升水对于维持生命而言实在少得可怜——

---

① 牧月:法国大革命时期实行的历法,相当于公历的 5 月 20 日至 6 月 18 日。
② 热月:法国大革命时期实行的历法,相当于公历的 7 月 19 日至 8 月 17 日。

这真是一件糟糕透顶的事！

约瑟决定停下来，他在荆棘丛生的树林中选了一块空地，将水冷凝器上面的金属体放在地上。他舒展了下肩膀，向劳伦斯挤出一个微笑："我们就在这里搭帐篷过夜吧。"

劳伦斯卸下背包和随身设备，将拎在脖子上的水瓶摘下，放在水冷凝器的管接头下方。只听这个庞大的军用设备颤抖着发出嗡嗡的声响，向容器里滴出了几滴水。这液体实在太珍贵了！劳伦斯贪婪地喝了下去。在经过了一天的长途跋涉后，这近似于一种对自己的犒劳。

"不想泯一口吗？"他问父亲。约瑟笑了笑，耸了耸肩表示自己不觉得渴，尽管事实并不是这样。

劳伦斯没有再坚持。如果他们没有找到一千升水，乌扎克就会拿他们的飞艇来抵债。而两个寻水猎人如果没有飞艇，那就好比两具行尸走肉。

约瑟在沙土中挖了一个半米深的洞，将树皮、干树枝和水瓶放置在洞底。然后用塑料布遮住洞口，并将岩石牢牢地压在上面。这样，依靠第二天太阳的热量，土壤里的水分便会被收集在水瓶内，可以用来饮用。

"这样，我们再回来的时候就有水喝了。"约瑟心满意足地说，"我的'太阳能蒸馏器'可是功效非凡的。"

劳伦斯喘息着，他知道问题能否解决并非只取决于蒸馏器所获取的半升水那么简单。

黑夜袭来，整个丛林变得萧瑟寒冷。此刻的劳伦斯已钻入睡袋，嘴里回味着刚刚晚餐用矿盐煮汤的味道。

约瑟拿出一张老地图，蹲在儿子的身旁，借着火把的光亮识别地图。约瑟一直迫使自己保持乐观的态度，劳伦斯明白他这样只是为了不让自己屈从于内心的失望和沮丧，他很羡慕父亲的"精神胜利法"。

"我们在这个位置。"约瑟边说边用手指着羊皮纸上的某个标地，"如果一切都顺利的话，明天我们就能到达这儿——水的源头。"

"你的意思是我们会到达这里的水源——迪努比奥河①的源头？我们会在那儿找到水吗？这可是沙漠里最干旱的地方。"

"迪努比奥河是以前地球上最长的河流之一，据说有三千公里长。"

"这条河起源于这儿吗？地图上画的这两个位置是什么地方？布里加②和布雷格③？"

约瑟用手支着下巴，若有所思："我也不清楚。也许这是

---

① 迪努比奥河：本书中地球上曾经最长的河流之一。

② 布里加：地名。

③ 布雷格：地名。

古人曾给这条河命名的两条支流。最重要的是，我觉得这里很可能储有一定量的水，干净的、新鲜的、可以饮用的水，或许储备量还很大。我们可以将水冷凝器装满，用来抵乌扎克的债。说不定还可以买一艘新飞艇，做一番大事呢。走着瞧吧！"

劳伦斯已经不是第一次听父亲描述这样的故事了。他半闭着眼睛，不再听约瑟描绘那个奇幻的未来是如何等待他们了。在劳伦斯眼里，这只是貌似能为他们转运的好运气而已，可以让人对未来抱有一丝希望。

约瑟没有急着叫醒儿子，他想让劳伦斯尽可能多睡一会儿，好恢复些体力。当劳伦斯睁开眼的时候，时间已过去了七个小时。这时，约瑟已经准备好了汤——用一份汤做早餐实在是少得可怜。

父子俩收拾好行装后，再次开始了长途跋涉。这一次，轮到劳伦斯将水冷凝器抗在肩上。而约瑟则小跑着前进，一边观察指南针，一边查看地图。

半个小时过去了，劳伦斯不再思考，也不再继续环顾四周。渐渐地，他的注意力只集中在脚下匀速迈进时靴子踏在地上的频率。重负物勒紧了他的肩膀——水冷凝器足足有五十斤重，里面还装着两百升水。

每当太阳在空中升至一天中的最高点时，约瑟和劳伦斯便相互交换一下行囊。父亲总是快速地用绑有独角兽鬃毛的探水杖探测地面,但每次探测后他都会摇摇头。而后,他们再次启程赶路,就这样一次又一次地,不知疲倦。

父子俩的所到之处遍布着死去的树木,虬枝枯槁,不禁让人联想到枯瘦的双手十指弯曲伸向天空的样子。

"快看,"约瑟指着远处的树枝说,"那根树枝还没有完全干枯,说明这棵树刚刚死去不久。"

"你觉得这是一个好兆头吗?"

约瑟大声地笑了,他打赌有好消息在等待着他们。因为约瑟坚信布里加和布雷格是两个神奇的名字,它们是迪努比奥河的源头,这一定会给他们俩带来好运气。

接下来,他们又翻越了一座小山丘,约瑟再次查看了指南针和地图。他们就快到达目的地了。到那时,除了山顶,他们应该会看到更加振奋人心的画面,比如水——一定规模的储备水源;更甚者——是终年不断的瀑布和水源……想到这儿,两人心里的微笑不禁溢到了嘴角。

这时,一阵微风拂过枯木丛迎面袭来,很轻柔,很舒服,仿佛可以吹去一身的疲惫。在这最后的一段路程里,劳伦斯和约瑟小跑着前进。离山顶越来越近了,风也一阵紧似一阵。劳伦斯贪婪地嗅着空气,期待能感受到一点湿度,水应该就在不远处。他有些激动地喃喃自语道:"我们终于做到了!"

越过最后一块岩石,穿过最后一片灌木丛。终于,他们爬上了山的另一侧,而那里——

只有一片虚空。除了枯木。

只见,土地被无情地割裂开来,形成了一道道不规则的裂缝。除此之外,什么都看不到,只有天空和云朵。

一片云正轻吻着一块巨大的被割裂开的土地。此刻,站在这块土地上的只有劳伦斯和约瑟。是的,那是一块被割裂开的土地,悬浮在空中,没有任何支撑。

向上望去,在几公里远的地方,也有一片悬浮在空中的陆地。那是一座岛屿,上面布满了密集的岩石和树木。树的根系顽强地穿过岛的底部,好似多年前它们已在寻觅那片失落的土地……

接着,他们发现不远处有另一座岛屿悬浮在空中。那是一座被割裂开的非常小的岛屿,小到连上面坐一个人似乎都很困难。

约瑟压抑着心中的失望,走近一处悬崖,向下望去。他们的脚下空空如也,除了蔚蓝的天空,什么也看不到。

在最近这些天的徒步行进中,他们几乎已经忘记了"悬浮的岛屿"这回事。身处丛林的时候,感觉一切都像是回到了过去——古老的地球时代。在那时,人们可以自由自在地,在真正的、结实的陆地上行走……

然而,那些美好的岁月已经一去不复返了。

他们已身处在天空之城[①]。

2251年牧月2日,新牛津16号岛,学院。

北纬51度45分,西经1度15分,零线以上58米。

教室里坐着四十二个少年,他们身穿白色校服,扣子整齐地一直系到领口。这些学生显得有些漫不经心,都用略带厌倦的眼神盯着瓦莱丽。学生们的头全是光秃秃的,在灯光下闪闪发亮。女教授则穿着专属于教授的黑色制服。

女教授对瓦莱丽会心地笑了。

"正是鉴于此,"瓦莱丽紧张地总结道,"通过对维苏——十三号的观察,我认为正是这座迄今为止我们所知道的最后一座活火山,能够为我们研究天空之城的整体形态提供一些思路和线索。"

女教授点点头,全神贯注地听着。瓦莱丽应该加快速度了,于是她最后说了一句:"以上这些就是我的发言。"

课堂上响起了一阵不稀不疏的掌声,她的演讲刚刚好,演

[①] 天空之城:本书中地球自行分解后,在天空中诞生的土地。

讲内容不空洞,详实而充分,没有遭到在场学生们诸如"演讲缺乏精神躯干,空洞无物"这样的恶评。瓦莱丽回到自己的座位上,松了口气。

这是一所教育和培训学院,是一座庞大的建筑。它的起源恐怕要追溯到旧世纪的地球时代。如今,它占据着整座新牛津16号岛。从大楼内的窗户向外望去,可以看到湛蓝的天空,天空中漂浮着一片片洁白的云朵,它们正在快速地朝地平线的方向移动。这片区域的风力非常强,这使得飞船难以在跑道上起落。

经常有那么一刻,瓦莱丽想登上一艘载有乘客的飞船,将自己带到一个遥远的地方,哪怕是飞到一所新的学院,在纽约或者洛杉矶。她可以在那儿从头开始当班长,也许这样她的新同学们就不会把她当做一个书呆子了。

"那份演讲报告很无聊,对吗?"瓦莱丽问玛丽亚,两人端坐在课桌前。

她的同桌打了个哈欠,面朝向她,却闭着眼睛。过了一会儿,教授在黑板上写下了课后的作业。教授要求学生们根据瓦莱丽的展示,做一次小型的深入调研。

学生们面面相觑,纷纷向瓦莱丽投来异样的目光,大家的表情实在不怎么友善。

瓦莱丽努力向玛丽亚挤出一个微笑,以示歉意:"如果你愿意的话,我可以将我的笔记借给你。"

玛丽亚却做出一副没有听到她讲话的样子。

瓦莱丽只好接着说："下课后和我一起跑步吧，我不想去吃午饭。"

"不，我不能去了。我还有事。"

这时，下课铃声响了。孩子们齐刷刷地跃起，前一秒还小声嘀咕着教授布置的作业，后一秒就变成了一片吵吵嚷嚷声。只见这些身穿白色校服的学生们一个接一个地快速从教室门口消失，不见了踪影。

瓦莱丽收拾好桌子上的书本，正准备步出教室时，教授忽然示意她留下。

瓦莱丽十六岁半了，长着一张俊秀又聪慧的脸，一对深蓝色的眼睛，炯炯有神，很是美丽。她和塞津人①一样，从来不知道自己的父母是谁，但白皙的皮肤让人自然而然地联想到她应该来自北方，可能是比利时或者挪威。而这位女教授多娜的皮肤则是深色的，她光滑的头部好像能稀释掉教室里的强光。

多娜双手交叉在胸前，说："祝贺你。这是我见过的最有意思的研究之一。"

瓦莱丽默不作声，没有说话。因为一名新学员在未经允

---

① 塞津人：本书中未来世界人类的一个种族，这一族的人不长头发，具有超能力。

许的情况下是不能贸然说话的,除非她明确地被问到。

"你是全班成绩最好的学生,从生物学到物理学,所有的学科成绩你都是第一名,我们暂且不谈数学。你对地质学的兴趣让我觉得你或许是最恰当的人选。"

看到瓦莱丽依旧没有流露出任何表情,多娜继续说:"明天将有一艘总部的飞船来我们学院,直接从华盛顿5号岛飞过来。它与一个科学委员会有关,这个委员会目前正在访问天空之城所有重要的学院,为的是寻找最有前途的年轻人,特别是在地质学和地球科学领域有所建树的年轻人。我刚刚想到要把你推荐给他们。"

瓦莱丽咬了下嘴唇。

多娜教授向她示意:"说说你的想法吧。"

"是这样,我很感谢您。但我不知道自己是否是那个最……总之,您会知道的……"

"知道什么?"

"您会知道我作为塞津人的能力。这些能力并不强,我也不喜欢。"

教授摇了摇头:"我和你的辅导老师谈过。根据她的结论,塞津人的能力弱点主要是心理方面的因素。你们心理上总是缺乏信心。总之,这些并无大碍。"

"但是我……"

"不要再说'但是'了。当我再次问你的时候，你要准备好一份研究报告给我，我再转交给那些尊贵的来宾。好了，再见。"

在学院的外墙与新牛津16号岛的交界处有一条长满草的过道，宽度有二十几米，形成了一道将学院保护起来的透明屏障。这座屏障远离悬崖，每逢课间休息的时候，布瑞克①机器人就会沿着这条过道走来走去，监督正在跑步和集训的学生们。

即使过道里的那些"金属废料"（瓦莱丽是这样看机器人的）让瓦莱丽感到有些紧张，然而，就像同学称呼的那样，"圆圈"也是瓦莱丽对这条满目疮痍的过道的昵称，这里是她最喜欢的地方。过道里有一条石头砌成的小径，路边还种着几棵树。从防弹玻璃向外望去：一艘艘载着乘客的飞船在云朵间穿梭着，向附近的伦敦居民点飞去；还有一些不知道是载着货物还是乘客的带有风帆的大型飞艇和装有引擎的飞艇也在频繁地往来着；另外，还可以看到万丈深渊，那里便是这座岛的尽头。

瓦莱丽已经跑完了第一圈，差不多正跑在第二圈的中段。没过一会儿，她就将自己的一些突发奇想抛在了脑后。此刻，她最感到忧虑的还是玛丽亚的态度。

她和玛丽亚并不亲密，甚至称不上是朋友（在学院，友谊是

———————
① 布瑞克：机器人的型号名。

不被提倡的），但玛丽亚一直以来对她都很友善，夜晚还经常和她一起学习。但那一天玛丽亚却表现出沉默的态度，甚至有些冷淡。瓦莱丽认为这都是地质学惹的祸，她对此十分肯定。

这真是一件不可思议的事！瓦莱丽心想。最初，当多娜教授将这项研究工作布置给她时，她还是一副漫不经心的样子，对研究工作本身并没有太过重视。但渐渐地，她开始有了热情，为火山和几千种研究的可能性而着迷。不知不觉中，她已经将这些都写在了一页又一页的报告里。可现在，全班同学都讨厌她，她唯一希望的就是华盛顿5号岛科学委员会的到来，说不定他们会给她一个嘉奖或者授予她一枚勋章，然后将她带到华盛顿5号岛……离开这里，就会融化掉那些孩子对她充满敌意的目光——当然，那将是永远的决裂。

"注意了，小姐。"这时，一个布瑞克机器人用金属般冷漠的声音对她说，"还有三十二分钟就开始上课。请准备回教室，务必准时。"

"哦，好的。"瓦莱丽答应了一声。

布瑞克机器人有两米半高，身体呈锻铁色，肩膀很宽大。尽管外观粗糙，它却拥有惊人的力量和超凡的敏捷度。只可惜机器人程序的设计者没能将它说话的声音和语气设计得更动听一些。

瓦莱丽继续跑着，一边下意识地向另一个正准备用一系列繁琐程序"打扰"她的机器人抬起一只手,示意她明白它要说的话。还有三十二分钟开始上课,瓦莱丽心想还有足够的时间可以洗个澡。

浴室是男女分开的,但在里面任何人都不被允许拥有隐私。淋浴房很宽敞,没有分区,也没有窗户。特别之处是,在一面白色的瓷砖墙上闪耀着一行极其醒目的特大黑色字——"塞津人永远不应该感到尴尬和恐惧"。

当瓦莱丽走进浴室时,发现浴室的大厅里空空如也,一个人也没有。这时女孩们应该都回到教室,趴在书桌前了。

瓦莱丽迅速脱掉衣服和鞋子,将它们投进通往洗衣房的升降机里,然后朝距离她最近的莲蓬头走去。这个时段刚好是用水配给时间,莲蓬头里的水流很细、量很小,但还是能让她放松地舒口气,舒展一下全身那紧张疲惫的肌肉。

"她在这里?"

"是的,我看到她进去了。"

"我们给她来个惊喜吧……"

几个女孩的声音传来,伴着阵阵的嬉笑声。

瓦莱丽睁大了眼睛,猛地转过身去。

那些是她班上的同学:尤妮、露西蒂、阿梅莉娅和玛丽亚。她们一个个紧挨着,肩并着肩,身穿着白色校服。尤妮是她们当中最胖的一个,此时她正不怀好意地笑着。

瓦莱丽吓了一跳，结结巴巴地问："你们……你们是来找我的吗？"

尤妮的笑脸拉得长长的："正是如此。我们来找你——多娜老师的心肝宝贝。"

瓦莱丽关上淋浴的莲蓬头，赤裸裸地站在她们的面前，浑身还滴着水："那不是我愿意的……"她试图为自己辩解。

"当然了。就像你不愿意让我抄最后一道物理作业那样；也像你不愿意让露西蒂和阿梅莉娅在被问到数学题时不出丑，是吧？"

"你们想怎么样？"瓦莱丽转目注视着玛丽亚说："难道我连你也得罪了吗？"

玛丽亚连忙将眼睛转向别处，回避与瓦莱丽对视，表情很不自然。

瓦莱丽感到怒火中烧：这个自己曾经真心当做朋友的人，如今竟站在了她的敌对面！

瓦莱丽感到自己体内的愤怒在持续燃烧着。"你们到底想要怎样？"她又问了一句。

尤妮握紧了拳头，摆出一副要打架的阵势。瓦莱丽本能地挪动了一下脚，让自己在湿滑的地板上站稳。这里决不是一个适合起冲突的地方：尤妮至少要比瓦莱丽重十公斤，而且人数上她们对瓦莱丽是四比一。然而，瓦莱丽很擅长对决中的战术技巧，她知道在这里赤脚打架会比那四个穿着布鞋的女同学站得更稳。

"留意你的脚下。"瓦莱丽小声提醒对方。

尤妮向前迈了一步,瓦莱丽也做好了防御姿势,她双膝微曲,镇静地呼了口气。

"那么,来呀。"瓦莱丽准备好了。

瓦莱丽的对手尤妮犹豫了一下,她的防御能力一向很弱。她困惑地偷看了一眼她的同伴们,心想为什么她们就站在旁边,却不肯上前帮忙。

瓦莱丽看到这些,忍不住大笑了起来,笑得对面的几个同学都害怕了——至少她们当时的感觉就是这样。

"记不记得在武术方面我比你上的课要高一级。你真敢和我打吗?"尤妮不敢相信地问。

看到瓦莱丽仍然不管不顾地笑着,尤妮的脸红了,她小声嘟囔了一句:"可恶的家伙! 要不是因为这里是封闭的空间,凭我的能力……"

结果,僵持了十几秒钟后她们竟出人意料地散了,瓷砖地面上只留下一串串带着灰尘的脚印。

瓦莱丽将莲蓬头重新拧开,闭上了眼睛。她知道尤妮刚才的话没错,在武术或者某些方面,同样作为塞津人的尤妮确实比她要更胜一筹,她会让瓦莱丽为此付出代价……

第二章

2251年牧月3日，新牛津16号岛，学院。

北纬51度45分，西经1度15分。零线以上58米。

炙热的阳光下，1200名学生排着整齐的队列站在学校停机坪旁的操场上。队伍最前排的是高年级学生，他们身穿蓝色条纹校服。然后是身穿红色条纹校服的中年级学生。队伍的最后是刚刚入学不久的新学员，他们的校服是纯白色的，没有条纹。操场的另一边，阳光普照着教学楼，地面投射出的阴影区域里，一队黑色着装的教师们表情肃穆地站立着。

瓦莱丽能够理解这种队列的安排用意。毕竟，那些教养良好、能力卓越的塞津族教师不可能和学生一样站在烈日下等候。如果他们也被晒得满头大汗，那么对到访的宾客们来说，肯定会被认为是蔑视与不敬。然而，逻辑上的理解并不能缓解烈日骄阳带给瓦莱丽和学生们的身心煎熬。

在偌大的操场上，只有校长一人舒服地坐在椅子上，悠闲地等待着宾客的到来。只是好景不长，突然校长先生神情紧张地掏出怀里的哨子，鼓足劲儿地吹了两声。在场的学生们顿时打起了精神，挺胸收腹，容光焕发，准备以最佳状态向即将来访的宾客们致敬。

果不其然，不一会儿，在他们头顶上的不远处，飞来了一艘装配着巨大梭型气缸的"火翼"级飞船。在飞船的两侧，还配有两艘担任护航任务的驱逐艇。

在飞船驾驶员将主舰的降落轨迹准确地对准学院的停机坪后，驾驶员关闭了发动机并启动了空气动力制动系统。此时，强劲的热浪席卷了整个操场。

校长的哨声又一次响起。于是，所有人开始齐声高唱《学院之歌》："我们是星球总部的仆人，我们围绕太阳而转，太阳激励着我们团结奋进……"

飞船垂直降落在操场的跑道上。此时，大家才发现它高耸入云，就像在教学楼的顶部又加盖了一座高塔。

在丹尼尔老师手势的引导下，欢迎仪式委员会的孩子们迈着整齐划一的步伐迎上前去。欢迎委员会由六个学生组成：两个高年级学员、两个中年级学员和两个新学员（其中就有瓦莱丽）。他们昂首挺胸，尽可能摆出一副庄重的表情，走到阴影处，站在了校长和老师们的身后。此时，飞船的大门打开了。

一瞬间，瓦莱丽感到有些失望，因为从飞船中走出的宾客们看起来实在很普通：三位上了年纪的男士都穿着高级官员才有的大衣和紧身裤；还有一位年纪稍轻的女士，她小小的耳朵和光滑的头顶因渗出了汗水而闪闪发亮。

这时，他们当中的一位皮肤紧致光滑、脸型浑圆的男士朝校长生硬地弯了下腰以示致意后，就毫不客气地指着欢迎委员会的几个孩子，严厉地质问校长："艾瑞密斯，这就是你所谓的'最佳组合'吗？"

此时操场上静得出奇。在学生们的记忆里，从没有哪个人敢用这样的口吻跟校长讲话。

"请您考考他们看，教授先生。"很明显，校长接受了来宾的挑衅，把委员会的孩子们推到了危险的最前线。

"如果我们当中有人被问题难住，那么下场该有多严重和恐怖呵……"瓦莱丽不敢再想下去。

"你，"一位宾客把委员会队伍中排在最前面的男孩——一个鼻子扁平、长着胡萝卜色睫毛的高年级学生叫出队列说，"给我们背诵一下圆周率，精确到小数点后二十位。"

"三点一四一五九，"那个男生屏住呼吸，微闭着眼睛以便集中精神，"二六五、三五，八……九，七……六，啊，不……"

男孩开始结巴起来。瓦莱丽注意到他站在那里，羞愧得连膝盖都直不起来了。男孩终于憋足了勇气，试探着说："二？"

"是九！"提问的老头哀叹了一声，"我对你们真是太失……"

话音还没落，在没有任何指示的情况下，瓦莱丽突然开口了："3.141592653589793238462643383279502884……"

连珠炮似的，她一口气就把圆周率背到了小数点后的第三十六位。此时，所有人都把惊奇的目光投在了她的身上。

我到底在做什么？瓦莱丽心想，我一定是疯了。在未经允许之前，我怎么能随便发言呢？

"你能背到小数点后第几位？"来宾用一副毫无情感的嗓音问她。

"教授先生，我能背到第六十四位。但，如果您允许……"

"你想说什么？"

"我想说……我觉得费力气背诵这些枯燥的数字是痛苦而没有意义的，毕竟随便一台计算器都能在一瞬间把圆周率计算得很精确。"

让纪律见鬼去吧！欢迎委员会里的中高年级的学生再也忍不住了，有人用胳膊肘儿在瓦莱丽的腰间使劲地撞了一下。而丹尼尔老师则用愤怒的目光死死地盯着瓦莱丽，似乎恨不得立刻就用双手把她给勒死。但是，提问的来宾似乎并没有生气，他轻咬了一下嘴唇，露出了一丝不易察觉的笑意："那……你为什么还要背它呢？"

"我之前研究过包含圆周率的四连分数式，教授先生。那时经常要用到精确的圆周率值，所以我就记下来了。"

来宾耸了耸肩，似乎并没有认真听瓦莱丽的解释。但他转过身去时，却对校长说："看来此行并非一无所获啊！"

抓住这个空当儿，丹尼尔老师迅速把大手按在了瓦莱丽的肩膀上，那十足的力道，让她立刻感到这决不是一个友好的举动。在丹尼尔的暗示下，欢迎委员会的孩子们返回了各自的队伍。当瓦莱丽回到原位时，发现尤妮正直愣愣地瞪着自己——她双手的掌心间正不停地闪耀着密致的蓝光，说明此时她对自己怀有强烈的不满和攻击企图。对瓦莱丽来讲，这不能不说是一个危险的信号……

多娜老师和丹尼尔老师并排坐在讲台的后面，瓦莱丽站在他们的面前，身上还穿着那件已被汗水浸湿的校服。教室里，电灯只打开了一半，光线很昏暗。校长没有出现——他不敢擅自离开那些高贵的访客，但他专门交代过丹尼尔，要他随时做好处理操场突发事件的准备。

"说吧，你想怎样为自己辩护？"

"老师，我觉得如果大家当时都保持沉默，那学校之前为准备欢迎仪式所付出的所有心血都会毁之一旦。"

"的确如此。"多娜老师说，"但这并不是重点。没有任何人向你提问，你却擅自发言。在未经允许的情况下，新学员是不能随便说话的。你知道这条纪律吧？"

"是的，我知道。"瓦莱丽答道，"学校在新学员守则第三条里做过规定。"

"把规定背给我听。"

"新学员在校期间应严格遵守'无时无刻保持静默'之规定，以便在体内生成、聚集、升华生命赋予其的超自然能力。新学员只有在被询问的情况下，方可开口，并以简洁、精确的语言回答问题，严禁浪费词藻。即使是在与同级同学聚集在一起的时候，新学员亦应尽量遵守静默之规，避免语言交流。在无法回避的对话中，若有更高级别的人士在附近出现，新学员应立即中断对话。"

"那你承认违反校规了？"

瓦莱丽叹了口气道："是的。"

丹尼尔老师把放在讲桌上的双手交叉在一起，说："从现在开始，八个月内，你被罚执行完全静默。只有在被老师或级别不低于高年级学员的塞津人询问时，你才被允许说话。在完全静默期内，你必须无条件接受和遵从任何指令。此外，校方将对你执行七下神经鞭刑。"

多娜老师接着说："不过，考虑到今天的来宾非常通情达理，鞭刑将会在私下进行，在你的正式档案中不会留下相关的记录。"

瓦莱丽从来没有听说过这样严格的惩罚——八个月完全

静默,意味着差不多一年时间不能说话,期间还要面对同学们的欺负和侮辱。这还不是全部,七下神经鞭刑才最可怕呢。瓦莱丽曾经被罚,吃过一次鞭刑胶囊。只有两鞭的剂量却让她在之后的几个月里都饱受着煎熬。

"补充一点,"多娜老师又说,"今天下午三点,来教室报到,带上你的那份关于火山研究的报告和所有的笔记,来宾们对此很感兴趣。你还有什么要说的吗?"

"是的,老师。"瓦莱丽回答,"如果可以的话,我想现在就把鞭刑胶囊吃下去。"

她知道与其在恐惧中等待残酷刑罚的到来,还不如咬紧牙关,现在就勇敢面对。

丹尼尔老师从讲台下的抽屉里掏出一套设备:一根注满激素的注射器和一排口香糖大小的空胶囊。他调整了一下针管的剂量,把激素注入其中一粒柔软透明的胶囊中,然后递给了瓦莱丽。瓦莱丽接过来,毫不犹豫地吞了下去。

神经鞭刑胶囊将在服下后半小时左右发挥作用。瓦莱丽回到宿舍,蜷缩在自己的小床上,等待这一刻的到来。她暗自下定决心,决不会把这件丢人的事情告诉任何人。

新学员的食堂是一座年代久远的建筑,房间的四壁上挂着泛黄的图画和照片,三张橡木制成的长桌子几乎占据了整个空间。在距离门口最远的角落,两个京塞族①服务员一边为大家准备午餐,一边忍受着年轻学员们的戏弄。

在这里,没有人监控新学员的行为,他们被允许在没有成年人陪同的情况下聚集在一起(当然,次等的京塞族成年人可不算数)。这样的地方,在整个学校里也没有几处。因此,午餐时间为新学员们提供了欢声笑语和随意开玩笑的难得机会。

一直等到大多数人用餐结束离开后,瓦莱丽才蹒跚着走进食堂。因为鞭刑带来的疼痛,使她无法控制身体不颤抖。她用尽身上最后一点力气,挪到分发食品的大桌子前,从面前的中年妇女手中接过一只盛满菜汤的碗。而迎面而来的难闻味道,让她差点吐出来。

之所以称作"神经鞭刑",是因为并没有真正的鞭子接触到瓦莱丽的身体(还好,我们很久以前就已经告别了那些原始、野蛮的刑罚),然而胶囊还是完美地在瓦莱丽的神经系统中还原了七下鞭刑的痛苦感受。这时的她,背部即使轻触到衣服都会痛得让她大叫出来。鞭刑的效果还要持续好几天,如果倒霉的话,一个星期也恢复不过来。

疲惫的瓦莱丽就近找了个凳子坐下来,强迫自己吃些东西。

"这不是学校的救世主嘛!那个敢在来宾面前显摆,让高

---

① 京塞族:天空之城中,等级次于塞津族的人类种族,受塞津人的压制。

年级学生丢尽颜面的女英雄啊！"一个戏谑的声音传来。

瓦莱丽已经被折磨得神志不清，压根儿没注意到尤妮和她的朋友露西蒂就在不远的地方。她俩正朝她走来，不怀好意地笑着。看到这一幕，瓦莱丽对面坐着的一个瘦小的新学员立刻端起食物悄无声息地溜走了。

尤妮将一只手重重地搭在瓦莱丽的肩膀上，疼痛迅速传遍她的全身，瓦莱丽忍不住颤抖起来。这时，尤妮的脸上浮过一丝邪恶的笑容，大声嚷道："看来有人被执行了神经鞭刑，对不对？"

瓦莱丽正要张口辩解，突然又停了下来：八个月的完全静默。虽然从理论上讲，食堂里没人监视，但谁知道呢？保不准有些人会打小报告。

"怎么？你哑巴了？"

作为挑衅，尤妮又用手沿着瓦莱丽的脊椎，轻轻地拂过她的后背。瓦莱丽顿时痛苦得呻吟起来，而她的"敌人们"发出了爽朗的笑声。"现在我明白了。你被罚完全静默了。哈，要持续多久？一个星期还是一个月？"

就在瓦莱丽想起身逃走的时候，另一个人走了过来，他胸前的蓝色条纹标示着他是高年级学生。"你就是瓦莱丽？"他说，"多娜老师派我过来通知你，来宾与你的见面时间提前到两点半了，记得带上你的研究报告。赶紧吃，他们在等着你呢。"

瓦莱丽想张口回答，但她意识到自己不能说话，只好用塞满菜粥的嘴巴做出表示明白的口型来回应他。这时，她突然发现，就在那个高年级学生跟自己说话的时候，尤妮和露西蒂离开了。她俩一阵风似的跑出了食堂——这是个不祥的信号。

带着浑身的疼痛和满腔的怒火，瓦莱丽来到学习室。她的书桌就放在房间右侧的第四个格子里。在这里，每个人都拥有独立的小格子。每个格子之间都用塑料板隔开。瓦莱丽和她的同学们有可能会在这里度过他们的一生。记得她十二岁来到这个学校的时候，这个格子上就用彩色涂料写着三个大字：瓦莱丽。

书桌的桌面可以向上掀开，里面是一个非常深的抽屉：学生们一般把自己的电脑、学习用书和笔记放在里面。瓦莱丽清楚地记得，自己的火山研究报告已经用塑料膜包好了封皮，就放在所有材料的最上面。可现在，报告不见了！

就在瓦莱丽不知所措时，离她四五个位子远的格子里探出一个人的脑袋："喂，发生什么事儿了？"

看到对方是高年级学生，瓦莱丽意识到自己被询问，她可以说话了："你好！请问你，有没有看到两个新学员来过？就在几分钟之前。"

对方耸了耸肩，说："她俩应该是散步去了，可能就在院子里。"

瓦莱丽急忙向他行了鞠躬礼,拔腿跑出学习室,沿着楼梯跑下去。一路上,她还得不断地停下来朝迎面走来的高年级学生行礼。她知道尤妮她们去了哪里。新学员的室外活动专属地就在圣·詹姆士教堂的院子里,那里因为年久失修四处漏风,除了新学员,没人愿意待在那儿。

圣·詹姆士教堂的院子被古老的围廊圈了起来。院子的中央有一口大理石砌成的枯井、一棵半死不活的树和几丛因缺水行将枯萎的杂草。

尤妮、露西蒂、阿梅莉娅和玛丽亚正围坐在井边说话。当她们看到瓦莱丽走过来时,四个人放肆地大笑起来。尤妮站起身,清了清嗓子,说:"已经快两点半了,你要迟到了。"

瓦莱丽站在她们的面前一动不动,双手插在腰间。炙热的阳光毫不留情地照射在她的身上,她感到一股异样的能量在体内聚集。伴随着努力,能量在不断升腾,以至于她的皮肤都发烫了。

尤妮还在跟她的朋友们调侃,一块儿捉弄瓦莱丽。她对着露西蒂说:"她的研究报告?你看到了吗?我可一点都没印象,谁知道那几张废纸被丢在哪儿了!"

"从没听说过这么无聊的事儿。"阿梅莉娅接着说,玛丽亚也跟着点头。这两个家伙!亏得瓦莱丽曾把她俩当朋友。

"他们打了你几鞭？"尤妮不依不饶地追问，脸上笑得更开心了，"如果你迟到，让多娜老师久等的话，到时候我们就得到医务室去找你了。快滚吧！别烦我们了。"

说完，尤妮转过身去，不理瓦莱丽了。

瓦莱丽愤怒到了极点，气得几乎就要大叫出来。这时，她看到尤妮掌心开始闪烁出蓝色的光芒，就像握着两只发着蓝光的灯泡——她在蓄积力量准备攻击自己，局面眼看就要失控了！

在炙热的阳光下，瓦莱丽感到皮肤越来越烫。那种如电流般通过全身的熟悉感觉又出现了，只不过这回比以往任何一次都要强烈得多。她不再多想，身子一动未动，却突然开始出汗，很快就变得大汗淋漓。而此时，她的目光也慢慢地失去光泽，似乎有一层蓝色的薄纱遮住了她的瞳孔。

突然，她背上的伤口边缘射出了闪电般的光线。就像慢镜头回放一样，她清楚地看到对面尤妮的眼中流露出恐惧的神色；她还看到玛丽亚猛地跳起来，扑在尤妮的身上，把她推倒在地。

就在一霎那间，在瓦莱丽体内蹿腾的能量突然汇合成一道闪电，以迅雷不及掩耳之势朝尤妮的方向发射出去……与此同时，瓦莱丽感到自己的整个身体似乎都被掏空了，变得筋疲力竭。

尤妮被扑倒在地上，躲过了她的"进攻"。四个"敌人"身后的大理石柱可没那么幸运，它们被巨大的威力炸得碎石四溅、尘土飞扬。

这时，瓦莱丽失去了所有的力气，跪倒在地上。机器人冲上来，将一双铁臂按在她的肩上，弄得她疼痛难耐。接着，她听到机器人那冰冷机械的声音响彻了整所大院："对另一个塞津人非法使用超能力，违反校规第六条！"

尤妮卧倒在地上，玛丽亚趴在她的身上——幸好玛丽亚反应快，扑倒了尤妮，才救了她一命。看到这一幕，阿梅莉娅和露西蒂瞪大了眼睛，吓得不停后退，然后胆怯地转身跑了。

机器人用双臂抱起了瓦莱丽，而另外几个机器人也纷纷从四面八方跑来。它们把瓦莱丽围在中间，用整齐划一的声音喊道："新学员瓦莱丽，你被捕了！"

2251年获月20日。德国黑森林。

北纬47度57分，东经8度29分。零线以上706米。

"快看，这里有这么多清澈的水！幸亏我放了这样一个'太阳能蒸馏器'！"约瑟将水瓶从地上挖的洞里取出，然后闭上眼睛，摆出一副宗教仪式般的神圣模样开始喝水。劳伦斯在一旁静静地看着他。

寻找迪努比奥河的尝试以无数次的失败而告终，只有那张老地图才是他们唯一实实在在的东西。此前的一整天，他们为了寻找线索，一直沿着岛屿的边际线前行。结果两手空空，什么也没发现。当太阳落山时，他们没有选择就地休息，而是连夜徒步返回了上一个露营地。

那么现在呢？在没有任何希望找到新水源的情况下，也许他们应该离开这里，去另一座岛屿漂泊。或者，更加明智的做法是：离开现在这个地方，继续朝北行进，到达纬度六十度以上的挪威。

父亲喝完水后，劳伦斯说："爸爸，请拿着地图。有些问题我们需要弄清楚。"

约瑟将地图展开放在干涸的土地上，地图上所标注的信息全部呈现在他们的面前。

"就在这里。"劳伦斯指着地图的一个位置说，"布里加和布雷格。我认为问题的关键就在于这两个名字。"

这张地图不过是一片脏兮兮的有些泛黄的纸，说不清有多少年头了，有时读着这些标注和文字都会让人感到无尽的绝望。要说它的来源，恐怕要追溯到古老的地球时代，地图的边角处已破损，上面满是铅笔做的注释文字，其中的一部分在很久以前就被擦掉了。它是约瑟从某个人手里得来的，对方是为了偿还债务才抵押了它。或许，此后它就再也没有被派上过大用场。

"在这里,"劳伦斯指着一个地方说,"看到这些记号了吗? 这些记号在这一点汇集成河流的地标。"

这些痕迹很不明显,几乎看不到。为了展示给他的父亲看,劳伦斯不得不将地图倾斜着,好借助正在升起的太阳的光亮让父亲看得更清楚一些。

"是两条河。"约瑟说,"迪努比奥河是由两条河流交汇而成的,它们是布里加和布雷格。这就是我们一无所获的原因。"

"此前,咱们为什么没有发现这点呢? 现在该去哪里寻找这些河流? 地图上有关这片区域的岛屿坐标实在太微小,而且也读不出更多有用的信息。"劳伦斯失望地蹲在地上,任凭图纸散落下来,"我们完了……"

约瑟靠近劳伦斯,一只手宽慰地搭在他的肩上。劳伦斯注意到了父亲的眼神有多么深邃。尽管,此时约瑟的皮肤变得很干燥,嘴唇也因缺水而爬满了皱纹。

"好吧。"他对父亲说,"没关系。首先我们需要回到飞船上,然后继续探寻这片区域里所有的岛屿,我相信,迟早我们会发现些什么。据我所知,还没有一个寻水猎人到达过黑森林的深处。如果这里曾经是一条,甚至两条河流的发源地,人们将会看到我们是如何查到其来源的。所以,爸爸,还没轮到说最终结论的时候,一切都还没有结束。"

　　劳伦斯从口袋里掏出指南针和六分仪①。正午前,他无法准确定位出他们所在的具体位置,但是前一天的测量已足够精准:"如果我们不再沿着出发时的路线,而是转向东南方向,那么至少会提前一天到达'小丑号'②的位置。"

　　"那么加油吧!"约瑟回答说,一边将沉重的水冷凝器重新抗在肩上,"我们出发!"

　　这次探险又历经了数个星期。劳伦斯和约瑟驾驶着他们的飞船先到达一座小岛,徒步探险到最深处。然后又来到下一座岛屿。

　　遗憾的是,他们不能在飞船上检测那些支离破碎、被割裂开的、悬浮在空中的岛屿。"小丑号"是一艘很老的飞船,没有雷达和水源传感器,光是找一处足够大的空地让它着陆就已经非常困难了。

　　这样的徒步行进已经持续了四天,根据劳伦斯的测算,他们顺着回去的路探险至少节省了一天或者一天半的时间。

　　在丛林中,他们整日奔跑,时不时互相交换着抗水冷凝器。劳伦斯不再感到疲惫,眼睛紧盯着土壤,双腿跨越了数不清的

---

① 六分仪:古代天文学里所用的探测仪器。
② "小丑号":约瑟与劳伦斯的飞船的名字。

岩石和粗糙不平的土地。他们很急切,为了尽快到达飞船,重新启程,父子俩连叹口气的时间都没有。

"停一下。"约瑟突然说,劳伦斯赶忙刹住脚步,身体差点失去平衡,倒在土壤疏松的灌木丛里。

"发生什么了?"

"你看下面。"

劳伦斯将眼睛眯成一条缝,以便聚焦目光看个究竟。在岛屿下方的空中,透过那些扭曲了的树梢,太阳被一块深色的阴影所遮蔽。

"你觉得那是什么?"

"一处建筑或一栋房子。"

那很可能是一栋旧世纪时建的房子。在那时,水资源充足,即便是最贫穷的农夫,其人均享有的水用量也远比现在统治着星球总部的人均量多,尽管总部的统治者占有绝对的垄断地位,而那些寻水猎人找到的水只不过是九牛一毛。在那个神秘的黄金世纪①,人们总是购买大量的瓶装水,尽管自来水管流出的水也足够用了。这样的行为如今看来自然不可理解,可是从另一方面想:如果那时人们留下的一桶桶瓶装水还在原处呢?或许贮存在某个地窖里呢?——这给了劳伦斯和

---

① 这里指地球没有自行分解前的世纪,即旧世纪。

约瑟一个必须前往探访的理由。

于是,他们慢慢靠近它。看上去,它更像是一处野外的避难所遗址,或者是一处人迹罕至的,因飞船的毁坏而被荒废的岛屿,仿佛早已脱离了如今的文明。

约瑟指向地面,劳伦斯立刻就明白了他的意思。他们一起生活和工作了这么久,几乎不需要语言就能明白对方的意思。地面上的草颜色很浅,树木光秃秃的,树干也裂开了一道道深纹。很久以前,那片区域应该是一座村庄或是一座城市。后来,随着天空之城的诞生,居民们纷纷四处逃散,任凭大自然重新掌管这里生杀予夺的大权。

但是,他们靠近后才发现:这处遗迹并非一处房屋,而是一座教堂。它的墙壁由厚厚的、灰色的石头砌成。教堂的一侧是一座矮小的建筑,如今已经被摧毁,但从外观可以猜想出它曾是一座钟楼。尽管教堂的顶部可以看到星星点点的窟窿,但它的整体状况良好。

劳伦斯做手势示意约瑟停下来,然后自己也将背包卸下来放在地上。他们中的一个必须留在原地看守这些必需品和水冷凝器。劳伦斯年纪轻,负责去前方打探,当他有需要的时候再召唤他的父亲。

约瑟二话没说,将装有探水杖的皮鞘和旧式的撞针式手枪交给了儿子。然后,目送着儿子匆忙的背影消失在树丛间……

劳伦斯穿过一条路旁尽是破旧石头的石子路，从教堂的后面潜入进去。这座教堂有着简约又宽敞的内廷，里面一半的空间都堆满了从屋顶坍塌下来的瓦砾。花岗岩制成的祭坛已被砸成了两半。它的四处都散落着灰尘，曾经被掠夺过的痕迹非常明显。烛台、壁画、神圣的摆设和装饰品等，全都不见了。可见，在当地居民撤离之前，已经将它彻底清理干净，该拿走的东西一样也没剩下。

有那么一瞬间，劳伦斯想要转身回去找父亲，但最后他还是决定从教堂的另一侧出去看看，说不定可以找到神父的住所，或是类似于那样的地方——那里应该会保留一些有价值的东西。

劳伦斯爬过一个只有跪着才能通过的洞，而后快速地穿越一条走廊，他不忘将手枪持在胸前。灰尘弥漫，使他的鼻子阵阵发痒。这里很久以前到处都是鸟粪，现在都被石化了，就连动物都摒弃了这里。

突然，劳伦斯听到一声尖叫，那声调很高，还拖着长音。

"你！！！！！"

有个东西嚎叫着从一个柱子后跳了出来。劳伦斯迅速扣动了扳机，子弹犹如上千根头发一般的细针，飞快地射向教堂的天花板，其中一块被击碎，掉落在了地上。这个活着的家伙仍在叫喊着，然后跑出了门外。

这突如其来的状况使劳伦斯的心怦怦直跳：那是什么东西？他（它）刚刚发出了声音。但劳伦斯只能分辨出那是一个用脚站立的生物的轮廓，而且是一种长着厚厚的白色鬃毛的生物。难道是一种变异，还是那是一个独居的野人？

劳伦斯来不及思考这个问题，便开始在后面狂追。他跳跃着跨过地板上散落的碎片，坐在一块原本是教堂正门的大牌坊上。随后，他发现了一座小花园，但不知什么原因使得这座曾经美丽的花园变成了一小片茂密的丛林。教堂门口的石阶上长满了灰色的、干枯的杂草，让人几乎看不到石阶原本的样子。劳伦斯还看到周围四处耸立的墓碑，右手边还有一间早已没有了屋顶的棚屋。花园以外的地方全是丛林，这些丛林里的树木看上去生长的时间并不长，形状十分扭曲。

正在这时，一块岩石嗖的一声朝劳伦斯的头部飞来。劳伦斯反应极快，只差一根头发丝的距离就被击中，可他还是成功地躲开了——是那个刚刚遇见的家伙！他（它）在门口发出了一声挑衅的叫声，然后跑进了那间被遗弃的屋子里。

那是一个男人，没错！一个牙齿掉光的老人，他的鼻头长满了脓包，头发脏兮兮地凝结成一团。劳伦斯穿梭在一块又一块散落的墓碑间，在穿过杂草丛后，他一路直奔向棚屋。

他闯进一间空荡荡的屋子，这里以前曾经是厨房。房间最里面有一排毁掉一半的楼梯，剩下的半截楼梯依然连接着上下两层地面，刚刚那个老人很有可能就藏在上面。

这里臭气熏天，让劳伦斯害怕自己会晕厥过去。在一张烂掉一半的桌子上，散落着些食物残渣，不知道是多久以前就腐坏掉了。房间的一个角落里，砖石已经泛黄，这说明老人也同时把这里当做厕所用。在这样恶劣的条件下，老人还能活下去，那他肯定在某处藏着水。这样的推测实在值得探个究竟。

劳伦斯将手枪护在胸前，开始一步一个台阶，小心翼翼地往楼梯上走。他发现有一个小小的走廊，通往楼上唯一的一个房间，如今这房间已没有了门窗，里面杂乱无章地堆满了很多金属物件：咖啡壶、黄铜质地的水壶、门把手、老式的发动机碎片。这些金属物在房间的光线下闪闪发亮，就像刚刚被擦过一样。

果然，那个老人躲在一处角落里，正发出愤怒的咆哮声，目光里燃烧着仇恨的怒火。劳伦斯每向前迈出一步，老人就会喊一声："你滚开！这是斯林特①的遗产，谁也不能动！"

劳伦斯用枪指着他："你老实待在那别动，不然我就开枪了，听明白了吗？你刚刚说的那个名字是什么？斯林特？"

"谁也不能朝斯林特开枪！谁也不能动斯林特的遗产！"

———————————

① 斯林特：人名。

老人将头转向后面，发出嘶哑的叫喊声。在胸前那支枪的掩护下，劳伦斯快速地环顾四周。除了那些闪闪发亮的东西外，整个房间都被陈年累积下来的一层层污垢所覆盖。也许，斯林特只对他的垃圾——那些被他称作是"遗产"的东西感兴趣。

在查看了那堆没用的物品后，有件东西引起了劳伦斯的注意。那是一台旧世纪时使用的便携式电脑，底盘是铝制的，已被磨得锃亮，干净得可以照出人影。劳伦斯将手指向了那个方向，老人忽然跳了起来，叫喊道："你敢动一下！那是我的！那是斯林特的财产！"

"是你的？你会用它吗？至少你得会用吧？"

老人向前跃了一步，试图抓住这台电脑。可劳伦斯的动作更快，这东西一定有某种价值。

斯林特再次咆哮地叫喊，但他并不敢扑向手里持着手枪的劳伦斯。

"现在，我们一起看看，斯林特。"劳伦斯沉稳地说，一只手持着手枪，另一只胳膊紧紧地夹着电脑，"你既然能一直活到今天，那么你一定知道哪里可以找到水源。你在哪里饮水？这附近有没有水源，或是喷泉？"

劳伦斯向前踱了一步，老人向他投来敌视的目光，然后在一个角落里蹲下来："没有什么喷泉，只有树叶里的水分，更没有藏水的秘密地点。"老人用嘶哑而又低沉的声音回答。

劳伦斯用质疑的目光注视着他。但有可能他说的是真的，因为他的皮肤脱水得厉害。

劳伦斯无奈地退到楼梯口，他不能再在这里浪费时间了，他该回到父亲的身边去。

"小偷！"斯林特用哭破嗓的声音嚷着，"那是我的！是我的遗产！我的遗产！"

电脑是他的遗产？劳伦斯犹豫了片刻，他不喜欢抢劫，更不想抢一个已经变得不太像人类的活人的东西。然而，老人干裂的嘴唇和他那如干涸的土地般皲裂的皮肤，让劳伦斯感到格外难受。

"请等一下。"劳伦斯小声说。

劳伦斯的脖子上一如既往地挂着他的水瓶。这时，里面只有不到四分之一升的水了。尽管如此，这点水的价值也远比一台电脑高。

他下决心结束这一场寒酸的交易了。于是，他将手枪放回枪鞘里，然后将水瓶朝老人的方向扔去。老人接住了。

"拿着。"劳伦斯说，"现在，咱们扯平了。好吗？"

"你一定是疯了！"约瑟忍不住念叨起来，"连续多日我们都是喝'太阳能蒸馏器'提取的水，就是为了节省每一滴水……

我们和乌扎克之间的债务你是知道的。而你竟然将一整瓶水都给弄丢了！"

劳伦斯本来更想挨一巴掌，或者预想他的父亲会仰天长啸，发泄一通绝望之极的情绪。可是，随后这一刻的沉寂和父亲的沉默态度反而让他更加内疚，不知所措。

记得母亲重病时，乌扎克将治疗母亲的药材交给了父亲，那是能够医治她的最后一线希望。然而，乌扎克提出以水来作为交换。利息在一点点增长，日复一日，如今已经快到最后清算的日子了——热月25日之前，一千升水。否则，"小丑号"和五百升水在一年之内必须交还给乌扎克。这真是一个令人难以接受的要求！

劳伦斯本该退回几步，重新取回那瓶水，放弃那台该死的电脑。然而，当他走下楼梯时，听到老人已在贪婪地喝着水。一切都太晚了！他铸成了大错，做什么都没有用了。

一片沉默中，劳伦斯将水冷凝器重新扛在肩上，等待着父亲背起行囊。他将电脑紧紧地放在胸前，再次踏上征程，渐渐远离了那座教堂和那位奇怪的老人。

一路上，父子俩一句话也没说，直到深夜。在重新启程前，约瑟停下来想休息一会。他们太匆忙了，都没来得及准备露营。尽管口渴难耐，劳伦斯也只是咽了一口唾液，他想用这样的方式弥补自己犯下的错误。

而后，当父亲在靠近火堆旁的睡袋里打起瞌睡时，劳伦斯拿起电脑，翻开了屏幕盖。他想看看这个让他苦恼了足足一整天的交换品究竟有无可取之处。

要想打开这台电脑，只需触摸一下开关。电池运转起来，发出一阵嗡嗡的声响，屏幕立刻亮了起来。这东西实在太古董了，以至于劳伦斯不知道该如何操作，好在键盘的式样现在仍然通用，虽然上面有些字母键和特殊字符键的位置变了。

电脑屏幕上亮起了一段英文提示语，那是旧语言了。电脑提示需要输入一个密码，似乎所有的数据都已被加密。劳伦斯笑了，心想这应该是一份重要的资料。

他耸了耸肩，开始全神贯注于那唯一可以进入的语言，试图破译密码。幸运的是，他竟找到了那个神秘的词，那也是他认识的为数不多的英文单词之一，一个意味着拯救与好运的词——

水。

第三章

2251年牧月7日，华盛顿641A号岛。

北纬38度53分，西经76度59分，零线以上13米。

　　提巴德·易教授走出餐厅，深深地呼吸了一口夜晚的新鲜空气。在他身后的卡米纳[①]餐厅里，曼陀林音乐的美妙旋律、披萨饼和意大利面的香味正透过朦胧的橱窗向外飘散。

　　他和翁达教授的晚餐意犹未尽，这位同行竟然向提巴德推荐了旧世纪时的红葡萄酒和食品，这实在有些夸张。华盛顿是星球总部的所在地，也许这里也是天空之城唯一能与奢华扯上关系的地方。由于物价很高，这顿晚餐着实给提巴德开了一张价格不菲的账单。就在这里，帝国中心的所在地，同样可以感受到食品限量配给的紧张。

　　提巴德所在的这座岛屿非常小，刚好容得下一家餐厅和

－－－－－－－－－－

① 卡米纳：一家餐厅的名字。

一个空中飞艇停靠站。岛屿的四周被一个很高的金属网所环绕，这是为了避免某位顾客因喝醉酒在空中驾驶飞艇，会不小心俯冲下来。

在提巴德目光所及之处，可以很清晰地看到华盛顿岛所形成的岛屿群，如星系一般悬浮在空中。大部分岛屿只能容下一座摩天大楼或一处居民区。有些岛屿间隔得很近，以至于在空中轻轻掠过就可以到达。空中的小铁桥将一座又一座的岛屿相连。空中飞艇和空中的士的专用停靠站随处可见。这些空中飞艇和空中的士闪耀着车顶部的大灯，来往频繁地从一个地方飞驰到另一个地方。

这时，有一辆空中的士从远处飞来，它随着视线的移近变得越来越亮，越来越大。餐厅老板叫停后，的士停在了提巴德教授的面前，车的尾部还在喷着烟。这是一辆十分破旧的出租车，看上去是用下脚料做成的——经过提巴德教授的分析很有可能是这样。接着，凹陷的红色车门打开了，司机露出满是胡茬的脸，说道："请上车，先生。"

提巴德拉开了绿色的乘客舱门，手握着黄色的门把手——他疑惑地看着门把手。司机看到了，大笑起来："老贝尔达①已变得破旧不堪，但是您大可不必担心。等排号轮到我的时候，

---

① 贝尔达：这辆空中的士的名字。

我会去修理厂修理好这把手的。"

"'老贝尔达'应该就是这辆出租车吧？"

"我们可以打赌。这是华盛顿最早的空中飞船之一，一艘真正安全的飞船。"

车内的座椅是用人造皮革做成的，上面曾被乘客不小心滴染上了果汁，座椅上布满了灰尘。

"先生，您要去哪里？"司机问提巴德教授，同时用一只拳头按下了计程车的计时器，车开始打表。

"华盛顿5号岛。"

"科技学院。那么您是一位教授了？"

"差不多吧。"

"至少不是个秃子。老贝尔达可不喜欢带那些秃子出去散步，他们实在不怎么美观！"

那些"秃子"是塞津人，提巴德对这个司机顿时产生了一丝亲切感。提巴德教授是为数不多的被科技学院接纳的京塞人。他非常了解那些"秃子"有多么的傲慢。

"老贝尔达"弄得餐厅门前的广场满是烟雾。它起飞了，飞到高出保护网几米的位置，然后带着吱吱的呼啸声消失在漫漫的黑夜里，越飞越远……

提巴德教授将头倚靠在脏兮兮的车窗上，向外眺望着那看不到尽头的城市岛屿群，它们就在他乘坐的飞艇下方，在云朵里漂浮着。这样的场景实在令人陶醉，美不胜收！可这些岛屿是怎样成为现在的样子？它们又是如何在空中保持平衡的呢？

目前，科学界对此仍然没有找到一个可以让人接受的解释。谁又知道呢？也许塞津人的理论是对的。他们所说的旧世纪，是指古老的地球分解之前的时期，而新世纪的诞生则是由于一种简单的神迹而诞生的奇迹。

"教授，"司机说，"您是否曾经有过敌人？"

提巴德笑了起来："我不得不说我没有。"

"因为后面有一艘飞船正在跟着咱们，它从咱们起飞开始就一直在后面跟着。"

提巴德心想，这是个有"迫害妄想症"的司机吧。提巴德转过身去，只见身后是一片天高云淡。

"对不起。"司机小声嘟囔说，"可能是我弄错了。"

学院所在地由一片圆柱形的钢铁摩天大楼群组成，这些大楼之间有很多更小的岛屿由透明通道彼此相连。提巴德教授将第七区的空中停靠站坐标指示图递给司机，那里是他下榻的公寓所在地。"老贝尔达"发出一阵令人不安的刺耳声，渐渐降落到地面时，提巴德教授随后支付给了司机此次飞行的欧美元①。

----

① 欧美元：天空之城的货币单位。

提巴德下了车,然后站在原地,目送着这辆空中的士再次飞翔到天空中。这一回,它的警笛没有响起。一阵冷风自下而上吹起,风大得颇有些离谱。有一刻,提巴德似乎感到自己被吹了起来,身体飘在了空中。这处空中停靠站的周围没有保护网,显然没有人会因为一场始料不及的一阵风就这样撞到网上,结束自己的性命。所以,刚刚产生的那种感觉,其实是提巴德喝过的红酒所产生的效力,它让他的臆想过于夸张了。

于是,他叹了口气,转身走进了通往教授住宅区的玻璃隧道。空荡荡的走廊里,除了深橙色的地毯和黄色的墙壁外,什么也没有。一整天,这里都闪耀着霓虹灯的光。走进电梯里,还可以闻到有些刺鼻的消毒水的味道,这里刚刚来过京塞族的服务员。

提巴德教授走到了第117号公寓,他伸出食指将门解锁后,门咯吱一声自动打开了。走进房间后,他又立刻用同样的方法将门关闭。提巴德终于回到了属于自己的私密空间。

公寓里有一个带有角落式厨房的客厅,从这里可以观赏到整座城市的风景,还有一间不是很宽敞却很体面的卧室,以及一个洗手间。公寓内也不失一些奢华的摆设:洗手间和厨房都有自来水管,还有一个私人专用的供暖设备。在这里,水只在白天供应,也许正是这一点让人难以置信。提巴德来到浴室,红酒的后劲还未褪去,他仍感到有些头晕目眩。他在洗手池旁将手洗干净，这让他不禁想起能够享有这种待遇的京塞人，在天空之城也不过有十几个人左右。

"很抱歉，如果我打搅到您了，教授先生。"

一个如金属般扭曲的声音吓了他一大跳。声音从客厅的一角——厨房传来。提巴德立即从洗手间里走出来，顺着声音搜寻入侵者。

只见一个身披黑色斗篷，头戴一顶帽子的人出现在提巴德的面前。他的身材很单薄，但毫无疑问，是个男的。只见，他的脊柱有些弯曲，从衣袖里伸出的手臂瘦骨嶙峋。他正准备将咖啡壶放在火炉上，同时不紧不慢地说："我在准备咖啡，喝了可以解酒。"

提巴德目瞪口呆，结结巴巴地问道："请问，您，您是哪位？"

这个陌生的男子亲自用指纹关闭了房门——对此，提巴德十分肯定。在总部，即使是高级官员也不能规避这个系统。

"我是谁并不重要。"入侵者说，他身上带有可以伪装声音的设备，"您请坐吧，我们得聊一聊。"

话音刚落，陌生的男子就转过身来，提巴德教授顿时感到浑身无力——在偌大的帽子下面他竟然看不到一张脸，至少他看到的不是一张人脸。他的眼睛、鼻子、支离破碎的嘴和脸颊，全都如星罗棋布一般错乱了位置，让人感到恶心。只见，他的鼻孔长在额头上，一只眼睛在下巴上忽闪着，更可怕的是下一秒它就蹿到了耳朵上。他是一个无脸人!这实在是个玩笑。难道这也是塞津人的特异功能之一?

提巴德全身倚靠着墙,好让自己不会瘫倒在地上。这时已是深夜时分,外面一片漆黑。在没有太阳光能的作用下,任何一个塞津人都不能使用他们的超能力。在能量控制方面,提巴德还从未看到过类似的情况。

无脸人似乎感应到了提巴德的想法,忽然爆发出一阵刺耳的笑声:"我知道您正在想什么。但您错了,我不是秃子,而是有毛发的,就像您一样是京塞人,教授先生。这只不过是我刚刚买的一个小玩具。"

"一个相似却又不存在的东西……"

"只要有钱买单,这世界上就会存在数不清的东西。您请坐吧,我可没有太多的时间浪费在这里。"

提巴德瘫坐在沙发上,他强迫自己尝了口咖啡,期待无脸人能把话挑明。这位不速之客端坐在提巴德的面前。只是看着他的脸就已经是一件让人难以忍受的事了。于是,教授将视线集中在对方从斗篷里伸出的那双手上。突然,就像变魔术一样,那双手里忽然出现了一个厚厚的信封。提巴德马上就认出了那个信封,上面有象征着星球总部的红色印封。

"好吧,"无脸人开始说,"您已经知道我们准备谈什么了。您会考虑这个提议吗?"

提巴德点了点头，他已经将那封信反反复复地读了不知多少遍。

星球总部的一个专家学术委员会向他提出请求，请他担任即将成立的新研究中心的主席。新研究中心将聚集天空之城最先进的科技力量、最优秀的精英和最具天赋的新一代塞津族少年。新研究中心成立的宗旨只有一个，那就是研究旧世纪地球的水循环体系，以及在新世纪怎样再生出新的水循环系统——一切与水有关。在京塞人眼里，星球总部拥有着对这种珍贵液体的绝对垄断权；更重要的是，总部将水作为使人屈服的权力工具。但是，普通人并不知道对于星球总部本身而言，水也是稀缺的。

新研究中心对提巴德教授来说，将是一次非常美妙的际遇。然而……

"我正想拒绝这个提议，因为这并不十分符合我的研究领域。我是研究能源方面的专家，而不是研究水的。"

"噢，可是水和能源是紧密相联的。在我们这颗贫瘠的星球里，水就是能源，水也是所有事物的动力。"

"这并不排除……"

无脸人打断了提巴德："教授先生，请您给我一个合理拒绝的解释。我只是在十分真诚地邀请您，并不想招您厌烦。"

提巴德教授叹了口气。他想到在这间卧室的床头柜上正放着一把没有上膛的射线枪。门口附近就是报警器,枪声一旦响起就会将成群的布瑞克机器人召唤来。然而,如果一个人能对这些设施了如指掌,并能突破如此高的安全级别闯入公寓的话,很可能提巴德的手枪已经不在原处了。那么即使报警器响起来,也不会有任何人来。此时此刻,提巴德就像置身于一场无奈的游戏中,不管他喜欢还是不喜欢。

"他们告诉我之所以新研究中心想邀请我当主任,"提巴德说道,"是为了重建水循环系统。您应该知道这个词在旧世纪意味着什么吧?"

无脸人点了点头,他身上的电子设备控制器将他的嘴裂开,随即摆出一个令人有些不安的微笑:"水从山泉流入河水,直入大海。而后慢慢蒸发,形成云和雨,最终再降落到地面。"

"是的,差不多是这样。"提巴德表示肯定,"我们知道水是人类和动植物生命得以存在和延续的最基本要素。只可惜,随着天空之城的诞生,古老地球的水循环系统消失了,这使得物种的生存面临着巨大的威胁。河流已经断裂,水的源头被断开了,海水也慢慢变干。由于水资源的日渐贫瘠,云也越来越稀薄。当大气环境可以构成降雨时——当然,在如今这已是非常罕见的现象了,大部分水会落在天空之城,而不会到达地面。而天空之城的岛屿大多规模很小,且岛屿的地表厚度很浅,这样的话,即使雨水降落在岛屿上,又能在天然形成的池塘里收集到多少呢？"

提巴德作了短暂的停顿，继续说："不过，您自然明白，从科学的角度来说，这个问题是次要的。"

"如果只是重建一个类似的系统，您怎么看？"无脸人问道。

此时的提巴德已经忘却了恐惧，一谈起这个话题，就开始激动了："事情很明显！我们对天空之城的物理结构还一无所知，又怎么可能重新建立起水循环系统？请你想一想。"

提巴德将咖啡一饮而尽，然后将杯子狠狠地甩在自己座位前的桌子上。他站起身来，用手指着窗外那悬浮在空中的华盛顿岛屿：

"你看，保留下来的土地悬浮起来，漂在空中，却不会掉落，这与旧世纪的重力定律是相违背的。为什么它们不会坠落？为什么它们不会崩塌？重力的作用在我们身上仍然存在，因此我们还是紧紧地和地面相连，但是为什么重力的作用在面对比我们大很多的岛屿时，就失效了呢？这到底是为什么？"

无脸人又一次打断了提巴德的话："教授先生，您说到了问题的关键。"

提巴德低下头，做了个无奈的手势。此刻，他的这位不速之客看上去好像也失去了耐心。

提巴德回来坐下，继续说："有些人认为这个现象是一种神迹，是一种神力的旨意。星球总部本身也在找寻关于这个问题的宗教解释。比如存在某种力量能将一切事物都联系在一起，可是目前依然不能得出科学的答案。我认为不应该把所有珍贵的资源都集中在一个边缘化的水循环问题上。我这样说是从科学和逻辑的角度分析，尽管，我明白水对于人类的重要性。我敢肯定的是，如果天空之城的物理原理得不到明确的解释，那么重建水循环的问题将不会得到解决。这也是为什么我在考虑拒绝这个提议。"

无脸人又笑了起来，说道："可以告诉您的是，如果您肯帮助我，您将会得到两个好处。首先您将会发现地球水循环系统的奥秘所在；另外，问题的答案也将迎刃而解。当然，您必须努力工作，而不是仅仅嘴上说能去做些什么。我们希望最优秀的头脑可以齐心合力，尽快揭晓秘密，尽管这一切不一定能实现。显然这对于我们来说是一项巨大的投资，比任何时候人类所面临的挑战都要大。但是——"

"但是什么？"提巴德问。

"但是，我能向您提供关于这项任务的帮助。您只需同意担任新研究中心主任一职，并且只能将最终真实的研究结果提供给我一人。"

一个念头在提巴德的脑海中一闪而过——间谍！这个男人正试图将提巴德变成一个有损于星球总部的间谍！这是严

重的背叛行为。这样的罪名将会被判处绞刑，或者，更可怕的是被处以注射过量止痛剂的死刑。

"你可以为我提供什么帮助？请具体一些。"

"一份文件——一份珍贵无比的档案，里面包含了旧世纪地球上科学家们的调查研究。那些科学家参与过天空之城的诞生计划，他们曾在一个被特许的地方研究并分析天空之城。而后留下了一些文字资料、公式和数据。直到现在，几乎所有人对这些东西的存在一无所知。"

提巴德的眼睛因激动而散发着熠熠的光芒——一份无价的珍贵资料！他忍不住问道："这份档案在你手里吗？"

"很可惜，现在还没有。但我已经追寻这个线索很长时间了，用不了多久我就会得到它。"无脸人站起身来，用他那瘦骨嶙峋的手抚平了斗篷上的褶皱，"教授先生，我就知道我们将会对此达成一致的。"

2251年牧月8日。新牛津16号岛，学院。

北纬51度45分，西经1度15分。零线以上58米。

整整五天了，瓦莱丽没有见到任何人。和尤妮打了那场架以后（但后来她们真的打架了吗？这可是瓦莱丽在所有的课程训练中最弱的一项），瓦莱丽被留在了惩罚禁闭室①内，布瑞克机器人通过禁闭室的摄像头一直监视着她。

此前，瓦莱丽曾经到过惩罚禁闭室几次。那是一个很小的房间，安有铁栅栏和没有水龙头的卫生设施，墙壁被刷得雪白。在惩罚禁闭室的最里面，靠近门口的地方有一部微型电梯，每天定时会有餐点从里面递出来。最糟糕的事莫过于惩罚禁闭室内没有窗户——这样的设计是为了避免让禁闭者见到太阳光。显然，没有了太阳光的照射，塞津人便无法聚集体内的超能力，也就决不可能逃出去了。

瓦莱丽是以"不恰当地使用塞津人的权力"的罪名被抓起来的，她违反了第六号法令。她深知这其中的含义。这意味着她将被学校开除，而且将被拘禁在康复中心。如果她的年龄在三十岁以上，则会被处以死刑。然而，她也知道一个年轻的塞津人是无比珍贵的，因此瓦莱丽下决心竭尽所能地弥补由于自己的过错而造成的损失。

为了消磨时间，瓦莱里双腿交叉，盘坐在小小的牢房中央，开始做意念集中的冥想练习。她闭着眼睛，真真切切地感受着周围的空间、铁门和石膏墙间的裂缝。

她没有听见任何声响（这间禁闭室是隔音的），但她察觉

---

① 惩罚禁闭室：新牛津 16 号岛学院设置的用于惩罚学生过错的禁闭室。

到包围着她的磁力场内正发生着一些变化。她最大程度地集中精神，隐隐约约地感觉到了一个信息：两个布瑞克机器人和一个塞津人正向她靠近。

她迅速让自己从冥想中抽离出来。当大门打开的时候，她已呈立正的姿势站在那儿了。

多娜教授将两个机器人留在门外，自己独自走了进来。瓦莱丽捕捉到了多娜教授的眼神，那是一位老师用眼睛寻找到自己那训练有素的优秀学生时所闪现出的欣赏的目光。然而，一瞬间，多娜的脸立刻凝成了冰："这位同学，你所犯的大错已经玷污了学校的名誉，也让我本人很失望。"

"是的，夫人。"瓦莱丽说，"很抱歉。"

"把电梯打开，里面是为你准备的一套干净的校服。你必须跟我走一趟。"

在多娜教授冷漠的目光注视下，瓦莱丽脱掉身穿的衣服，换上了一套干净的校服。她走出了惩罚禁闭室，两个布瑞克机器人分别站在她的左右两侧，抓着她的两只胳膊。

瓦莱丽被带到了校长会客厅，那里有高高的天花板，会客厅的角落里摆满了漂亮的金色漆面的木制椅——事实上这些椅子从来没有被使用过。

他们一行人在警备室门前停了下来。瓦莱丽从没来过这里，但是她知道这里是专门接待重要客人的地方之一。难道是为了迎接来自华盛顿5号岛的塞津人吗？他们真的又来到了这里？

问题的答案将在几分钟后揭晓。布瑞克机器人打开门的一瞬间，多娜教授做了个手势，示意瓦莱丽走进去。

呈现在瓦莱丽眼前的景象让她惊讶不已。只见，室内的墙壁和天花板上雕刻着战争时的画面，战马驰骋和士兵们剑拔弩张的场景比比皆是。宽大的窗户占满了左半边的墙壁，窗户上挂着一层厚厚的窗帘。只有一盏金吊灯照亮了整个大厅。在大厅中央，校长先生和星球总部到访的专家们正坐在一张核桃木制成的桌子后。这些专家们身穿制服，悠闲自得地坐着。

瓦莱丽将目光聚在一个胖男人身上——正是那个在学校的停机坪问她问题的教授。瓦莱丽顿时感到身子摇摇欲坠，这样的情形让她感觉很不舒服。

多娜教授走进来，坐在了校长左侧唯一的一张空椅子上。她摊开摆在自己面前的一叠材料，向大家介绍着："瓦莱丽，新学员班学生，学号CZ151822，2242年果月①21日入学，来自新贝法特②预备学校。"

在继续介绍了这个女孩的背景，描述了她平淡的、行色匆

---

① 果月：法国大革命时期实行的历法，相当于公历的 8 月 18 日至 9 月 21 日。
② 新贝法特：一所预备学校的名字。

匆的人生后，多娜教授接着说："今年牧月3日下午14点25分，有目击者在场，新学员瓦莱丽在圣·詹姆士修道院内擅自使用塞津人的超能力对付她的一个同学——新学员尤妮。由于同学在场，该学员没有受到伤害，在场的学员有阿梅莉娅、露西蒂和玛丽亚。被告的打击力相当于……"

"三千七百七十焦耳。"那个胖教授打断了多娜教授的话，"三千七百七十焦耳的冲击力。那个立柱即便是用钢化玻璃做的，这么大的冲击力也能将它击得粉碎。这没什么不好。"胖教授笑了一下，他笑起来的样子显得很僵硬，令人生厌。

多娜教授等他讲完才继续说："按照第六条的规定，新学员瓦莱丽应受的处罚是被驱逐出学校，并将其遣送至劳教中心，希望那里能帮助她忏悔和改过自新。另外，学校委员会内部还提议对其追加一项惩罚，即在公众面前对其施以二十下神经鞭刑[①]，以示惩戒。如果学校委员会以外的人没有疑义的话，委员会不再听取证词，也不再听取被告的申辩。"

"我有个问题。"其中一个到访的来宾开口道，同时用冷漠的目光注视着瓦莱丽。

瓦莱丽屏住呼吸，这可能是她唯一一次可以减轻罪名的机会。

[①] 神经鞭刑：一种给塞津人的特殊刑法。

"我读了你写的《关于火山问题的研究报告》,写得非常有趣。但是,我觉得你对麦克斯韦方程的研究还有些浅显。"

瓦莱丽没有说话。于是,这个来宾继续说:"请你向学校委员会阐述一下你的想法。"

就这样,轮到瓦莱丽发言了。

第四章

2078年4月19日。冰岛，工程总基地。

北纬64度23分，西经21度13分。海平面以上150米。

曼斯威尔博士与士兵马克进入了实验舱，两人身上都裹着亮黄色的隔离服，头上戴着一顶硕大的头盔。从闭路监视系统看过去，他们简直和宇航员的装扮一模一样。

随后，曼斯威尔博士将实验舱那扇用武装级水泥和钢筋制成的大门封得严丝合缝，然后仔细地检查了好几遍。马克退后几步，同时不停地把弄着手里的塑料笼子。笼子里关着印度豚鼠，名叫卡提亚，可怜的小家伙被马克颠得翻来覆去，惶恐不安。

一号监视舱内，莉莉·卡莱尔教授站在大屏幕前，仔细地观察着那只小可怜。笼子里的豚鼠被吓得够呛，浑身颤抖得像一片摇摇欲坠的秋叶。它浑身长着金黄色的绒毛，胖乎乎得让你分辨不出哪边是头，哪边是尾。

可以看出，小豚鼠卡提亚有多么紧张：仪器显示它的心跳明显加速，神经活动也呈现异常，不过这些指数都在健康范围内。莉莉也在认真地研读反映卡提亚身体特征的各种监测图形，突然，她双手扶住监控台，开启了麦克风："马克，请不要再欺负可怜的小豚鼠了。再闹下去，它会被吓出心脏病的。"

马克的声音通过麦克风传递到了监控室："遵命，卡莱尔博士。"

监控室里，莉莉身后悄悄地出现了一个表情默然的士兵——他居然一声招呼都没打就走了进来。莉莉并没有跟他一般见识：昨晚几乎一夜未眠的她，此时感到非常疲惫和紧张。

不久前，关于阿尔法十二号能源会对环境产生何种影响的模拟试验并没有获得成功，得到的结果完全与她的预期不符。此外，昨晚吉莫博士突然造访她的房间，莫名其妙地聊了五分钟后，手就开始不老实起来。这让莉莉非常反感，在她转身走开的那一瞬间，听到吉莫博士开始用污秽的语言谩骂起来。

此时，莉莉博士面前的扬声器传出曼斯威尔博士的声音："请所有监控室注意，我们已做好准备，即将开始试验。"

巨大的监视屏幕让莉莉博士能清楚地看到实验舱内所发生的一切。曼斯威尔和马克已经通过了第二层隔离间，朝着试验核心设备走去。

马克努力保护小豚鼠不受到任何外部冲击，从监测仪器上看，卡提亚的心跳已经完全恢复到正常水平。于是，莉莉打开麦克风，对他说："谢谢你，士兵先生。它舒服多了。"

扬声器中立刻传来三号监控室中吉莫博士尖酸的讽刺："行了，我的博士小姐。你就别为那团'毛球'担心了，我们的试验马上就要开始了。"

莉莉咬了咬嘴唇，没有回应。在实验舱中，曼斯威尔博士将身份验证卡插入了系统。

"预备，"他喊道，"试验于十秒钟后启动，九，八……"

莉莉聚精会神地观察着屏幕，随时准备记录下将要发生的一切。

"三，二，一……"

这时，显示着豚鼠生命特征的所有波形图像突然疯狂地跳动起来。

"见鬼，发生了什么事情？"莉莉博士喊道。

卡提亚的脑电波消失了，心跳也突然停止——这意味着猝死。

伤心不已的莉莉强迫自己通过监视屏幕去了解实验舱中到底发生了什么。她看到，曼斯威尔和马克都瘫倒在了地上。

她拿起麦克风，喊道："一号监控室呼叫所有监控室，终止试验。红色代码！重复一遍，红色代码！"

圆形会议室面积不大，被一张玻璃会议桌和它旁边的转椅占得满满当当。墙上挂着一台硕大的显示屏，上面不停地播放着各种幻灯片，显示着无序的数据和公式。

围坐在会议桌前的每一个人都显得疲惫不堪，忧心忡忡或极不耐烦。虽然莉莉以最快的速度完成豚鼠的尸检，在把所有数据送去实验室进行分析后，亟不可待地召集了这次会议，但毕竟已是深夜了。

莉莉试着调整了下自己的思绪，开始发言："我要说的是，虽然大量使用阿尔法十二号能源所产生的后果并不完全明朗，但我手中的试验数据可以证明，基于这种能源的任何形式的使用都将会令整个地球的生态环境严重失衡。需要强调一下，'任何形式'包括实验舱中所谓的可控操作。"

吉莫博士坐在试验委员会主席纽曼博士的右侧，他不停地和纽曼博士交头接耳，还不时发出阵阵窃笑。

如果说吉莫博士体格健壮，拥有小麦色皮肤的话，纽曼博士看起来则比实际年龄老得多，头顶上仅有的几根头发也都白了，脸和肚子都浑圆得像球一样。

莉莉知道自己的顶头上司纽曼不喜欢她，而吉莫在遭到拒绝后自然也会怀恨在心，但这些都不足以成为他们态度如此漠然的原因。莉莉心想,难道他们对科学压根儿就没有半点兴趣吗?难道他们根本就不想听她对事故所做的分析报告吗?

莉莉重重地咳嗽了几声,以唤起两人的注意。纽曼博士把精神头儿从吉莫博士口中有趣的悄悄话中拉了回来,朝莉莉说:"啊,是的,卡莱尔博士。怎么?你讲完了?什么?没?那你继续……"

同事们发出一阵笑声。莉莉实在忍不住了:"请您认真些,这件事非常重要!"

纽曼敲着桌子,表示出他的不耐烦:"哦,我知道很重要,但我觉得你可以直接说说重点了。比如说,对老鼠的尸检结果出来没有?"

"是豚鼠,"莉莉纠正道,"它的试验名叫卡提亚,年龄一岁半,体长三十二厘米,体重八百克。死于今天……"

"莉莉,"纽曼再次打断了她的话,"说重点,死因是什么?"

"心跳骤停。但根据当时的仪器记录,它的脑电波、呼吸和血液循环也在同一刻统统停止了,前后时差不到一秒。你们不得不承认,这是不合情理的。豚鼠的尸体没有明显感染症状,死因不是辐射,没有检测到病原体。组织学分析报告将于明早完成,DNA 序列对比报告也会在明天出炉。不过,鉴于死亡的突发性,我们基本可以排除因基因变化导致死亡的可能性。"

纽曼摇了摇头:"够了,莉莉博士。我觉得,我们听的时间太久了。"

莉莉盯着他,强忍住怒火:"怀着无比的尊敬,我想请教一下,您打算怎么办?终止试验吗?"

纽曼笑了:"我可从来没这么想过。"他的表情突然严肃起来,接着说:"对不起,莉莉博士,您对此怎么看?"

莉莉完全没有料到这个反问,回答说:"啊?我?哎,我只是个学者……"

"那就对了,好好做你的研究!深入地研究!早点弄明白您那可爱的小老鼠是怎么死的?它的死到底和阿尔法十二号能源有什么内在联系? 还是说那小东西只是死于简单的心脏病而已?"

大伙儿又哄笑起来。

莉莉把拳头重重地捶在会议桌上:"在今天早上的试验中,两个成年男子在全副防护装备的情况下昏厥过去,直到现在还躺在医院里昏迷着!"

纽曼腾地站了起来:"我知道这件事情,大博士。考虑到当时您身在一号监控室里,事故的责任可能需要您来承担。不过您也不用过于担心:一个内部调查委员会已经对试验记录进行评估,来决定下一步对您采取什么措施了。"

说完，他离开了。

莉莉一点都不觉得饿。她拿起勺子，把面前的多维他命奶油搅拌了半天，却一口也没有吃下。她觉得脑袋昏沉，就好像一块巨大的岩石压在脑神经上，一刻都轻松不得。她很想出去走走，到室外逛一大圈，希望能暂时忘记所有的烦恼。但她很清楚在这个时段出门是不可能的，基地外围已经启动了武装警戒系统，随时可能射杀附近突然出现的不明生物。

当她意识到在持续不停地长达五分钟的搅拌下，盘子里的多维他命奶油早已经冷却变凉的时候，她站起身来，把食物毫不犹豫地倒进了垃圾桶，然后瘫倒在床上。她只希望能静下心来好好地读本书，好让自己紧张了一整天的神经得到片刻的安宁。

翻开书页的那一刻，响起了敲门声。

"请进。"

"打扰了，卡莱尔博士。"那个熟悉的声音又出现在耳边。是安德鲁·吉莫！他怎么突然对自己这么客气？

吉莫博士穿着一件正装衬衫，脖子上还系着领带，看起来还挺绅士的。虽然他脸上摆出了一副严肃的神情，但从眼睛里可以察觉到他内心的得意。

"您在用餐啊？"尽管屋子里很明显地弥漫着多维他命奶油的味道，他还夸张地用鼻子到处嗅了几下，做作地问。

"我吃完了。"莉莉回答。

"实在抱歉打扰您了，"吉莫嘴上这么说，却听不出半点道歉的语气，"不过，我是代表纽曼博士来看您的。"

"哦。"

纽曼派了他的走狗吉莫来，一定没有好消息。莉莉直身坐了起来，准备迎接最坏的结果。

"鉴于今天早上发生了那样的事情，我是说，试验中发生的事故，纽曼博士为您感到难过，他让我通知您，从现在开始，您将被取消进出实验舱的权限，同时也被禁止接触关于阿尔法十二号能源的任何资料或数据。"

"什么！！！"莉莉拍起了桌子。惩罚措施比她的最坏预期还要残酷很多，这和解雇她没有什么区别。

"啊，当然，禁令并不是永久性的。"吉莫露出狰狞的微笑，接着说，"等事故调查委员会排除了您与这次事故一切可能的关联后，应该就会撤销。也就几个月的时间吧……"

"什么？你们要把我赶走几个月？！"

"没有人要赶您走，卡莱尔博士。事实上，您已经被禁止随意出入基地了，连走出大门到平台上透透气都将不被允许。当然，这样的状态也就持续三四个月，等内部调查委员会完成所有程序的手续后，应该就没问题了。"

"你们不能这样对我。"莉莉喃喃自语道。听到这里，她已经没有力气去做无谓的反抗了。

"卡莱尔博士，看到您这样我也很伤心。您要相信，我们会还您清白的，只是程序还要一步一步走。纽曼博士希望在这段时间里，您能集中精力做些与能源无关的研究。比如说，您可以去照顾那两位伤员——曼斯威尔博士和士兵马克啊。"

"我又不是医生。"

"如果您以一位环境主义者，啊不，一位环境学家的身份去照顾他们呢？或者随便您想用什么身份。纽曼博士让我提醒您，只要您还是此项计划的参与者，就必须严格遵守这里的特别法律。请您不要轻举妄动，否则就可能面临武力拘禁。"

莉莉脑子里只有一个念头：站起身来，冲上前去，朝吉莫那小麦色的脸颊送去几个响亮的耳光，或是别的什么泄愤的举动。不过，她没有那么做，她只是静静地坐在那儿，脸上挂着麻木的微笑。

2251年牧月9日。新牛津16号岛，学院。

北纬51度45分，西经1度15分。零线以上58米。

整个学校都观看了瓦莱丽的处罚仪式。在学校的主操场上，就在那些华盛顿5号岛来宾所乘坐的航天器旁边，立起了一根高高的木杆。瓦莱丽被吊在上面，那天的阳光依然毒辣，她身上仍穿着那件新学员的校服。

多娜老师向大家简短地宣读了违反第六条规定所须接受的惩处。遵照校规，应该由校长手持神经鞭，亲自执行刑罚。

从外型上看，神经鞭和一根普通的短棍没有什么不同，大约二十厘米长，由深色金属制成。它的功效和疼痛药片相似，在肉体上不留任何伤痕，却能通过刺激受罚者的神经造成巨大的痛楚。普通受罚者都会因无法承受而痛哭不已，场面非常具有警示效应，校方对此屡试不爽。

校长拿起神经鞭，向里面注入了塞津人的超能量。此时，短棍的颜色先是变成浅蓝色，然后渐渐发出了荧光，从棍子的一端，像触角一般慢慢延伸开来，这就是瓦莱丽将要接受的鞭刑。

多娜教授朝校长鞠了一躬后，扶着瓦莱丽的肩膀，强迫她转过身去，面向围墙。在她面前，立着一根木杆作为扶手。小姑娘的背部朝着所有的人，也朝着那根即将让她痛不欲生的鞭子。

瓦莱丽选择了眼前的一个角落使劲儿盯着，希望借此忘记身后站着的全体同学。所有人都在观看她这羞辱的一刻。很快，他们就会应着校长的每一鞭，齐声数："一，二，三……"他们当中，或许有人在心里暗暗得意，因为他们本性阴暗，因为受刑的是别人，而不是自己。瓦莱丽很清楚惩罚仪式的全过程。虽然鞭刑在学校并不常见，她只参加过一两次，但残酷的场面让她记忆犹新。

闭上眼，她双手紧紧地握住了面前的扶手，暗自希望自己别在受刑时晕过去。

第一鞭突然袭来，狠狠地打在了她的肩膀上。

如果说学校的每一个人都参加了瓦莱丽的受罚仪式，那么在她的送别仪式上，却一个人都没有出现。之前，多娜老师当众宣布，瓦莱丽将被送去劳教中心一段时间。不知道有谁会真正关心她的去向，或者根本就没有人。

中午时，一艘飞龙型小飞船降落在教师专区——圣保罗院的中央。与此同时，多娜老师急冲冲地走进瓦莱丽休息的房间。

屋内，她看到瓦莱丽满脸是汗，瘫软在床上。虽然在华盛顿来客的要求下，刑罚的数量被减少到十三鞭，但对这个孩子造成的伤害依然很严重。在很长的一段时间里，瓦莱丽都会像现在这样，意识模糊。在仪式结束后，多娜喂她喝下了一大瓶神经止痛药水，希望能减轻她的疼痛。不过可以肯定的是，瓦莱丽此时虚弱得连一根指头都动弹不了，一句话也说不出来。

"感觉好些了吗？"多娜问。

瓦莱丽使劲全身力气，只发出了一阵"咕噜"声。

多娜点了点头说："看来比刚才有好转。只是，我们没有时间再等了。飞船已经降落在院子里，你得尽快上路。"

多娜看到瓦莱丽努力地想要站起来，却体力不支，脸朝下又摔在了床上。那一刻，她好像读懂了瓦莱丽的思想，便接着说："你将被送到京都17号，去那里的水研究中心（简称WRC）。孩子，你应该为获得这样的机会感到兴奋。在那里，你将有幸和星球总部具有最优秀头脑的人并肩工作。你应该感激学校的那几位贵宾：如果不是他们求情，你将会被送到劳教中心，在那儿被关押上好几个月。"

瓦莱丽根本不相信多娜的话，她知道自己所要面对的决不是什么好事。他们先是当着众人的面用刑罚羞辱了她，现在又突然要偷偷摸摸地把她送走……

"你需要带些什么东西走吗？比如，一本书啊、笔记啊、你的电脑啊……"

瓦莱丽想了一下，眼睛里还闪烁着因疼痛而泛起的泪花。之后，她使劲儿将脑袋左右摆动了两下。

"什么都不带？太棒了。作为一个真正的塞津人，除了自己，就应该什么都不需要。那现在就跟我走吧。"

在多娜老师的指示下，一个布瑞克机器人走进屋子，把瓦莱丽抱了起来。躺在机器人那冰冷而坚硬的手臂中，瓦莱丽浑身疼痛得颤抖起来。

"没关系，只需要走两步就能到院子里了，用不了多久。"多娜说。

门外的走廊上空无一人。瓦莱丽心想，竟然没有一位老师前来跟自己道别！学校就这样悄无声息地把自己送走了！在同学们眼里，自己的形象将永远被定格为那个遭到惩罚、受尽侮辱的塞津人。除此之外，瓦莱丽什么都不是。

想到这里，瓦莱丽感到内心的怒火从胸腔升腾而起，一直蹿到嗓子眼儿。她挣扎着想从机器人怀里直起身来，可从背部传来的疼痛像闪电般迅速传至全身，那感觉就像自己的脊椎突然从身体里弹射出来一般，差点晕厥过去。

机器人跟在多娜老师的侧后方，它迈着频率均匀的步伐，踩着院子里曲折的石头小路，走到了飞船前。这时，"飞龙号"尾部的舱门向侧面自动打开了。机器人把瓦莱丽放在旅客的座位上，瓦莱丽这时才发现飞船真是小得可怜：仅有的旅客座椅几乎占据了整个船舱。她听到，站在门外的多娜老师轻轻地说了两个字："再见！"

飞船内部连窗户都没有，四周都是冰冷的铁壁，瓦莱丽坐在中间的椅子上。飞行员躲在驾驶室内，根本看不到身影，连他都懒得打开麦克风和瓦莱丽打个招呼。

就这样，瓦莱丽踏上了前往京都17号的旅途。在起飞的那一刻，她多么渴望能够再看一眼渐渐远去的校园建筑，哪怕仅仅是一座屋顶——毕竟，自己在这里生活了很多年。她知道那不可能，她只能想象自己离去的那一刻：天空漂浮着淡淡的云。渐渐地，学校就永远消失在她的视线外了……

2251年牧月22日。德国黑森林。

北纬47度57分，东京8度29分。零线以上706米。

劳伦斯和约瑟蹲在一棵树的后面。时间刚过午夜，天空中一轮明月将皎洁的光投洒在前方空地的一艘飞船上。此时，飞船的金属外壳居然闪耀出美丽的光亮。那是一款早已过时的飞行器，不知道曾被多少位工匠修补过：船体外侧凌乱地焊接着发动机和一些叫不上名字的仪器。整个飞船被涂成了大红色，但由于修复次数过多，很多不配套的零件也被拼凑、安装在上面，花花绿绿的，相当难看。因此，这艘飞船被命名为"小丑号"。

劳伦斯盯着"小丑号"看了几秒，忍不住对父亲说："好像没什么问题。"

"咱们最好还是检查一下报警设备。"

劳伦斯不满地哼了一声，说："在这个人迹罕至的鬼地方，除了我们，你说还能有谁？"

"怎么？你忘记了？这片森林里可不仅仅有我们两个人。"

想起之前在教堂里的奇遇，劳伦斯不禁悔恨起自己的莽撞，他同意了父亲的看法，再观察一段时间。

在他的身前，约瑟已经单独行动了，他躲在树林的阴影中屈身前进，尽量不让自己暴露在月光下。他来到不远处的一棵大树下，这颗树因病枯死，但枝叶仍然张牙舞爪得吓人。他仔细刨去大树根部的浮土，挖出一个盒子检查了一番。然后，他又来到二十步以外的另一棵大树下，重复了同样的动作。就这样，在绕着飞船停放处检查了一圈后，他回到了劳伦斯的身边。

"发现什么问题了吗？"劳伦斯问道。

"有人来过这里，警报系统的记录里清楚地显示有人曾靠近过飞船。"

"会不会是什么动物闯进来了？"

"可能吧……也可能是这个岛的居住者。"

约瑟掏出了撞针式手枪，拨开了保险，对儿子说："我到飞船里看看。如果十五分钟后我还没有出来，你就赶紧带着水冷凝器逃跑，背包就留在这里吧。"

劳伦斯点了点头，这是他们经常使用的配合战术。他从背包中掏出等离子卡宾枪套装，飞快地把枪管、木托和笨重的枪身组装在了一起。

"我去了。"约瑟说。他在树林中不断变换着路径方向，以迷惑那些可能躲藏在暗处、正监视着自己的敌人。其实，他的目的是在无人掩护的情况下抵达飞船的停放处。

劳伦斯看着父亲像猴子一样灵活地穿梭在树木之间，不时用双臂吊在树枝上跳跃前行。很快，就到了飞船旁。

劳伦斯心中开始计时："十五分钟，从现在开始。"

劳伦斯开始明白这里为什么叫做"黑森林"了：停放飞船的空地除了因月光照射可以看清东西外，森林里基本上是一片漆黑。冷嗖嗖的阴风不时穿过树林，连一声鸟叫都听不到。整个森林笼罩在一片死寂中。

不知不觉，劳伦斯握在卡宾枪扳机上的手指越来越用力了，两只耳朵保持着高度紧张，使劲儿想在这片寂静中捕捉到点什么。突然，他叹了口气：没有必要这么担心。绝对不会有人闯入过"小丑号"。很快，父亲就会发出预定信号。那时，劳伦斯会一跃而起，跑进飞船，然后离开这个该死的岛屿。

劳伦斯掏出他从老怪人那里"买"来的电脑，放在膝盖上。他没有对约瑟说过这件事情，因为他不想在毫无根据的情况下让他的父亲分神。但在他的内心里，却萌生了一种疯狂的想法：这是他们所有旅行中最宝贵的收获。或许，爸爸和他要靠这台电脑才能偿还得起高额的债务。只是，他需要时间冷静地想一想，怎样才能解开那古老的密码。等上了飞船，他就马上把这东西拿给父亲看（父亲在破解古老密码方面可比自己强多了）。父子俩合作，一定能顺利破译，启动这台电脑。那样的话，就太棒了！

想着想着，劳伦斯就放松了警惕，随手把卡宾枪靠在身边的树干旁，双手抱起了电脑。电脑的塑料外壳摸起来很软，因为年代久远，边角都已经被磨平了。劳伦斯心想，这东西有多少年历史了？一百年？两百年？还是五百年？

"啊啊啊啊啊啊啊啊啊啊啊——"

尖锐、充满着野性的叫声突然打破了原有的寂静。

劳伦斯一下子蹦起来，把电脑摔在了地上。他转过身去拿枪，可不速之客的动作要比他迅速得多。只见他四脚着地，猛然从身后的灌木丛中蹿了出来（天啊！鬼知道他躲在那里多久了）。在劳伦斯还在低头忙着给枪上膛的时候，他已经扑了上来。

"遗产！是我的！"

那声音，那一头油腻的白发、满嘴掉光的牙齿。没错，是他！教堂里的老怪人。原来他一直跟踪着自己！

老怪人远比劳伦斯想象得强壮和迅速。他闪电般地朝劳伦斯的肚子一拳打过去，力道十足，劳伦斯失去平衡倒在了身后的树干上。他刚想爬起来，却又被老怪人在脸上狠狠地挠了几下。在连连的怪叫声中，劳伦斯握紧拳头，挥舞着，朝对方的身上打去，这一下就好像打中了一堆骨头。老怪人并没有因此减慢行动速度，他捡起地上的手提电脑，抱在胸前，疯子一般地跑开了。

劳伦斯举起卡宾枪，瞄准老怪人那渐渐远去的身影。他不能就这样失去那台电脑，他必须拦住那个疯子——无论付出什么代价。

步枪的瞄准镜已经锁定在老怪人的身上，等离子光线在不断聚集，枪身也发出嗡嗡的声响，这预示着巨大的杀伤力。就在这时，劳伦斯感到肩膀被人按住了。

"不要开枪。"

是约瑟。

劳伦斯只迟疑了一秒钟，老怪人的身影就消失在黑洞洞的森林里，远处回荡着他那得意的怪叫声。

"小丑号"上装载的发动机仅限于在起飞和降落的时候发挥作用。在飞行过程中，"小丑号"前进的动力来自于那一对巨大的、蝙蝠翅膀式的双翼。因此，它的引擎室要比大多数飞船的配置紧凑许多。它是那么小，以至于只装得下约瑟和劳伦斯其中的一个人。即便是这样，也得小心避免被四周布满的管道和机械装置刮伤。

在引擎室内，劳伦斯跪在地上，仔细检查了发动机的喷射头，然后闷闷不乐地念叨着："这分明是用最小的行动造成了最大的伤害。"

约瑟在外面，一直开着门，他努力把脑袋伸进引擎室里，好看清楚里面发生了什么事。

"哎，明显是专业人士干的。他们把阀门给弄坏了，然后带走了备件。"约瑟说。

"如果是这样的话，'小丑号'还怎么起飞？"劳伦斯说。

劳伦斯愤怒地踢了一脚旁边的金属管道：

"我们被困在这个鬼地方了！"

"孩子，保持冷静。"约瑟说，"情况很糟糕，但我们更需要保持清醒的头脑。你看——"

他递给劳伦斯一根黑色的、非常轻巧的金属短棍。

劳伦斯拿着短棍掂量了一下："好像是支手电筒，但太轻了。怎么连电池都没有？"

"是的，也没有开关。这不是手电，而是一根神经鞭，是塞津人常用的武器，只有在塞津人的手上才能发挥威力。"

劳伦斯吓得腿软，赶紧扶住身旁的引擎才没有摔倒在地。是塞津人！他知道：自己和父亲已经命悬一线了！

二

京都的聚雨盆

第一章

2251年牧月28日。京都17号岛。

北纬35度，东经135度48分。零线以上40米。

炙热的阳光透过瓦莱丽头顶上方的玻璃穹顶照进来，挥洒在会议厅的每个角落。除了她，这里还有三四百个塞津族年轻人，他们身穿着抢眼的红色衣服，这种衣服是WRC①水研究中心统一定制的制服。同样身着红色衣服的还有五十几个负责管理水研究中心的塞津族教授。在这里，没有繁冗的手续和规矩，也没有神经鞭刑胶囊，瓦莱丽带着热情迎接着属于她的新生活。新牛津学院，还有那些曾经的规矩和教条，如今已统统变成了朦胧的记忆，宛如过眼云烟。

"你为什么笑？"

瓦莱丽惊讶地转过身去，意识到自己的脸上已经露出了

---

① WRC：英文 Water Research Center 的简写，意为"水研究中心"。

一个大大的微笑,还有三十二颗牙齿。

跟她说话的男孩是坐在她旁边的同学,一个皮肤白皙、身材单薄的年轻人,长着一对纤细的金色眉毛、挺直的鼻子,深色的眼睛里闪烁着智慧的光芒。

真是个帅气的小伙子! 瓦莱丽心想。

"我只是很激动。"瓦莱丽回答。

"我也是。"小伙子说,这回,换作是他在笑,"我们终于可以见识到易教授了。"

提巴德·易是水研究中心的负责人,但是还没有人在食堂或是什么地方见到过他。瓦莱丽明白,她所好奇的水研究中心的行为准则,包括缺课考勤和一整套严格的指挥在内的行为准则,都在这位教授的管控之下。学生们的用水,哪怕是片刻的沐浴用水和全天的供水,也全部由提巴德教授负责。

在瓦莱丽的脑海中,提巴德应该是一位身材高大的塞津人,他已从一个风华正茂的年轻人成长为如今历尽岁月沧桑的教授。她迫不及待地想要认识这位久闻大名的提巴德教授。

"我叫乔尔。"小伙子一边说一边向瓦莱丽伸出手。

"我是瓦莱丽。"

瓦莱丽的反应有些温吞、迟疑,她还没能习惯水研究中心令人如此放松的氛围,没有习惯在这里可以全然放松地和她所遇到的人进行自由交谈。

"那么，你是什么时候来到水研究中心的？"

"大约是十五天以前，牧月11日。"

"我是牧月2日跟随第一批人来的。"乔尔说，"但是易教授是11号来的，和你同一天，你知道吗？"

"啊……我不知道。"

"他应该是一位传奇人物。"

"我也这么觉得。"

从露天会议厅的主席台上传来米娜教授的声音，透过话筒，响起了她那洪亮的声音："注意了，请大家安静一下！"

学生们的吵吵嚷嚷停息了下来，米娜教授情绪激昂地继续说道："现在，我很荣幸地给大家介绍水研究中心的主任，提巴德·易教授。他将为大家上第一堂公开课。"

台下的学生堆里顿时响起了热烈的掌声，掌声持续了片刻后，从教室一头的门口出现了提巴德教授的身影。会议厅里开始了一阵骚动，各种窃窃私语声汇集在一起，声音越来越大。

提巴德教授应该有五十岁左右。他身形瘦弱，臂膀细长，橄榄色的皮肤。但是大家的注意力主要集中在了他的头上。他有一头浓密的黑色鬈发，两鬓胡须呈灰色。头发！教授竟然不是塞津人，而是一个京塞人！

"多么糟糕的笑话……"瓦莱丽自言自语道。

"这也就解释了为何他不曾在公众场合出现。"瓦莱丽的这位新同学接着说。

提巴德教授走到米娜教授身边,和她短暂地握了握手,然后调整了下喉咙下方的麦克风。就这样,他的声音在会议厅的穹顶下响起,安静又祥和:"请大家安静一下。"

台下,热议在继续。有些孩子站起身来准备离开教室,瓦莱丽也试图这样做。难道大家应该听从一个京塞人的指挥吗?瓦莱丽还从没听说过这样荒谬的事。

"同学们!"提巴德喊了一句,俯瞰着台下的一片混乱,"如果你们想离开这里,可以立刻走开。我也会随后考虑辞职。我向大家保证不会在你们的个人信息卡上填写任何不满意的评语。"

"您向我们保证?"前排的一个学生喊道,"您不应该向我们保证任何事!"

提巴德摇了摇头:"很遗憾由于我是京塞人而给你们带来这么多的麻烦。不管你们喜欢还是不喜欢,事实就是如此,这就是我,我是京塞人,这丝毫没有阻止我成为华盛顿5号岛科学学院的一员,也丝毫没有阻止我与天空之城里最优秀的人才合作。我的履历可以在水研究中心的内部网络查阅到。如果大家认为我够资格与你们像同事一样平等地进行交谈,而不是为了教你们,就请大家留在座位上。我将会向大家解释这个水研究中心为何创建,以及我们又是为何被召唤到这里来工作。"

似乎情况有所缓和，除了十几个人以外，学生都重新回到了座位上。"辞职"这个词很管用，学生们从天空之城的四面八方聚集到这里，能够加入到这个研究项目，是塞津人的生命里的一次重大机遇。此时此刻，还没有到说放弃的时候。

"很好。"提巴德说，"现在我们将灯调暗，开始讲课。"

教授挥了下手，示意将灯关掉。笼罩在会议厅上方的穹顶立即暗了下来，会议厅里一片漆黑。主席台两侧的墙壁上闪现出一个大屏幕，上面显现出了提巴德教授的脸部轮廓，上面可以清晰地看到他那头浓密的黑发。然后，屏幕将镜头聚焦在他的手上，只见教授双手托起一只橙子：

"我们暂且就将这个橙子看做是地球。或者，将它看做是给予天空之城生命的旧世纪的古老地球。直到它的消失（大约两百年以前），人们都生活在那里，就像生活在这个橙子的皮上。"

提巴德教授的手指在橙子的表面上来回移动。他指着橙子的皮，然后忽然扒开了一大块，说道："有一天，地球的平衡系统崩溃了，对于这个问题的原因存在着很多种解释。你们是经受过高级训练的塞津人，当然知道'万物相关联理论'①。但是，还没有人能够站在纯粹科学的角度来解释这

---

① 万物相关联理论：书中用以解释天空之城形成的物理原理的理论之一。

个现象。也就是地球的"皮"为何有一天开始从果肉上被剥落下来。"

他的手指不再继续剥橙子皮。

"按照逻辑，在那一刻到来的时候，可能会产生两种现象：第一种可能是地球会发生爆炸，爆炸后在太空中分解，无数支离破碎的地球碎片被释放到大气层中，将地球上的所有生命毁灭；第二种可能的现象是地球自身发生瓦解，直到凝结成一个质量很小、密度极高的类似于宇宙黑洞的东西。正如你们知道的那样，这两种可能的现象至今都还没有人能验证和解释。"

提巴德教授将剥得只剩下果肉的橙子塞进口袋，然后将犹如谜语拼图一般的橙子碎皮重新组合在一起，拼成一个球形。提巴德说："在这之后，实际发生的情况是，以前地球的碎片留了下来，变成了现在我们所说的'岛屿'，这些碎片岛屿之间达到了某种平衡。他们保持着大气层的平衡，使生命得以延续。这些地球碎片形成的岛屿悬浮在空中，违背了重力定律和很多古老地球旧有的物理规律。"

瓦莱丽在座位上听得目瞪口呆。她曾经听到过无数次有关天空之城是如何诞生的解释，但是没有一个解释如此清晰和简洁。

"你们现在不禁要问：我的话到底要说明什么？毕竟我们来到这里是为了研究水。我想要说的是，这些问题是彼此相互关联的。当地球死去的时候，天空之城诞生了。河水和海洋都消失了，我们的文明犹如命悬一线。面对几乎枯竭的水资源，我们能做的只有珍惜和挖掘剩下的每一滴：冰川里的水资源，或是人工储备水源。我用一个橙子做演示，这本是原来地球上最常见的水果之一，而如今已是极其罕见了。

"天空之城拥有收集水资源的发达网络，也拥有高科技的液态再循环系统……但是我们被召唤到这里是为了从根本上解决水资源短缺的问题，为了再造养育地球文明的水资源。为了达到这个目的，我们必须揭秘在我们祖先的时代到底曾经发生了什么，为什么'橙子'的皮破了，为什么那些地球碎片可以悬浮在空中达到一种平衡……"

"你觉得这位教授怎么样？"瓦莱丽问她的新朋友。

他们在食堂相遇。这里的食堂很大，窗明几净，大堂顶部同样罩着一个玻璃穹顶。此时，在食堂的第一层和阁楼的过道上，已经聚满了人。教授和学生们无不在谈论着一个共同的话题：提巴德。

那些拒绝继续听提巴德教授讲话的学生已经离开了水研究中心，他们享受着最高的礼宾待遇，乘坐"彗星号"飞船回到了原本属于他们各自的岛屿。

"我觉得他是一位很有能力的教授。"乔尔回答说。

"他不能让我信服。"瓦莱丽反驳道,"华盛顿5号岛的学院是不可能接受一个京塞人的。你看过他的履历吗?他出版了很多有分量的出版物,想必在我们这个年纪时就开始写文章了。"

"你觉得会有内幕吗?"

"对。也许他只是个木偶,而实际隐藏在身后的是另一个真实身份。"

"就算是这样,他们用一个京塞人也很奇怪,不符合常理。这会让所有人的注意力都聚集在他的身上。"

这时,坐在他们桌子旁边的一位年轻的教授,光秃秃的脑袋上有几个红色的斑点,他笑着说:"你们在谈论提巴德?"

"是的,先生。"瓦莱丽不假思索地回答。

教授做了一个手势:"不要用'是的,先生'回答我,你已经不在塞津人的培训学校了。"

这位教授端了一碗蛋白质汤和当天的餐点——一份烤土豆,安静地开始进食。一边吃一边说:"我们接着说说提巴德,也许你们不应该过早地做出结论。他是一个京塞人,但你们想想,能够来到水研究中心工作的人之前所经受的考验和所做的准备该有多少。"

"但是……一个京塞人,竟然就这样公然成为了我们的领导……"

"他也成了我的领导，请你们相信我，用不了多久你们就会对此信服的。你们知道为什么直到今天他才在公众前露面，进行宣讲吗？他刚一抵达水研究中心就将自己封闭在房间里，开始阅读所有人的档案，包括教授们的和学生们的。他还查阅了我们所做过的研究、大家的兴趣点和专长，以及所有的资料。我敢打赌，他已经对我们每一个人的名字都烂熟于心。"

"可是，我们在这里有将近五百个人，全都记住名字是不可能的！"乔尔脱口而出。

教授笑了笑："你们等着看吧。"

这座水研究中心是由规模不等的岛屿群组成，岛屿彼此之间有桥梁相连。

瓦莱丽踏着电动滑板车沿走廊快速地前行，只要再转过一个弯就到她的房间了。

这是一个完全属于我的房间，如果我愿意做点自己的事情，就可以用钥匙将门锁住，不会被他人打搅。瓦莱丽心想。

突然，一个女孩在瓦莱丽面前跌倒了。那是一个看似和瓦莱丽同龄的京塞族服务生。这个女孩编着辫子，头顶上的帽子半遮掩地戴在头上，五官长得十分精致。她正在奋力地拖一辆巨大的金属车，上面载着满满的垃圾，准备直接运回总部。

瓦莱丽为了躲避开她，将电动滑板车的重心移到另一侧，而后来了个急刹车，地板上瞬间留下了两道滑板车的轮印。

"你小心点！"瓦莱丽冲着她喊，"你想找死吗？"

与别的京塞人不同，这个女孩遇到陌生人并没有低下目光，而是直视着瓦莱丽。她很漂亮，苗条的身形在肥大的工服下依稀可见。

瓦莱丽心想，如果她没有那头深色浓密的头发和那对浓密的眉毛，该会是什么样子？

瓦莱丽从滑板车上蹦下来，依然和这个女孩保持着一定距离。因为京塞人有体臭，而瓦莱丽不能忍受一丁点儿的怪味道。

"我没有听到你的道歉。"瓦莱丽严肃地说。

"那是因为我并没有道歉。"这个女孩平静地回答。

"我差点就撞到你了。"

"一点没错。你正要撞到我，所以我为什么还要向你道歉呢？"

瓦莱丽憋得说不出话来。这是真的吗？一个京塞人，一个服务员，竟然真的反驳了一个塞津人？这真是难以想象！

有那么一刻，瓦莱丽想过用能量光线眩晕她，可是，也许走廊里会有人经过。要知道，一个受到过良好教育的塞津人是不会为了一个京塞族服务生浪费时间的。

想到这儿，瓦莱丽哼了一声，回到滑板车上。"这一次就算了，女奴隶。但是不要让我再碰到这样的事。"瓦莱丽带着一丝怒气说道。

没想到这个女孩大笑了起来，面带嘲讽的讥笑让瓦莱丽觉得十分刺耳："你说我是女奴隶？难道你是自由人吗？你有没有仔细看看周围？你知不知道自己身在何处？……"

瓦莱丽还没听到女孩后面所说的话，就快速地消失在了走廊里，因为她已经耽搁了很多时间。瓦莱丽心想，这就是让一个京塞人做领导的结果。此刻，所有"长毛"的京塞人的形象都浮现在了瓦莱丽的脑海中。

瓦莱丽坐在房间里属于自己的那张柔软的床上，她钻进被窝，将床头灯打开。她没有拉上窗帘，想让自己随时可以看到窗外。眼前，她看到水研究中心所在的岛屿群里，有一些岛屿所处的位置要高于学生宿舍所在的岛屿平面。可恰恰是那些她一抬头就能看见的悬浮在空中的小岛，给了她一份安全感。这一刻，她需要的只是一本好书，一本能让她畅游梦境的床头书。

就在瓦莱丽马上要进入梦乡的一瞬间，有人敲响了房门。

"现在又是谁？"她哼了一声。

"很抱歉，小姐。"是一个她并不熟悉的男人的声音。

总之，那不是乔尔的声音，尽管瓦莱丽下意识地希望是他。

　　瓦莱丽走下床，快速脱下睡衣，换上了红色校服，在镜子前照了一下。她心想，门外来访的客人，不管是谁，一定会装作很无辜，毕竟他也不想在深夜打搅一个女孩吧。

　　"如果现在不是时候，我可以稍后再过来。"门的另一端传来那人的声音。

　　"不，不，马上就好！"

　　瓦莱丽很紧张，她穿好鞋，最后照了下镜子，眼前自己穿着校服的样子貌似还能让人接受。随后，她将大拇指伸进门锁里，通过验证指纹将门打开。

　　"知道是谁……"她话未说完就愣住了。打开门后，站在她面前的竟然是提巴德教授。他戴着一副圆圆的眼镜，笑着说："很抱歉现在打搅，我刚刚读完你写的那份关于火山的调查报告。瓦莱丽，你方便和我一同去花园散散步吗？我有些问题想和你探讨一下。"

　　显然，瓦莱丽对他最初的直觉是有些厌恶的。提巴德倒是没有体臭，可是他的出现，他那有些过度的绅士做派……他的一切，无不让瓦莱丽联想到京塞人。而一个京塞人竟然和她平等地进行交谈，这实在是没有道理的事。

　　然而，实际情况超乎了瓦莱丽的想象。她静静地聆听着提巴德教授对她所做的火山研究报告的看法。教授的观点十分尖锐,教授的确找到了一些研究报告里的错误,这些错误甚至逃避了之前多娜教授的眼睛,也没有被华盛顿5号岛的专家委员会发现。

瓦莱丽跟随提巴德在一个她从未见过的花园里散步。这座花园位于京都17号岛上一座核心建筑的顶部。建筑顶部的四周边缘处种植了一些花卉植物,因为这样至少可以遮挡住一部分用塑料玻璃制成的防护栏。而种植花卉的土壤则被一层柔软的假草制成的草坪所覆盖,草坪被分割成规则的形状,形成一条又一条的花园小径。

在他们的头顶上方,在繁星闪耀的日本夜空下,一座座悬浮岛屿的暗影打破了原本夜空的寂静与空旷。这些岛屿悬浮在空中,有的很小,小到甚至连一个人都无法落脚。

看到瓦莱丽迷失在夜空中的目光,提巴德对她说:"这景色堪称美妙绝伦,对吗?"

"是的。"她回答,"如果我捡起一块石头扔上去,石头一定会掉下来,这是符合重力定律的。但那些岛屿却牢牢地悬浮在空中上百年,这简直让人难以置信。"

"你读过贝勒教授写的《天空之城物理原理的变形元素》吗?"

瓦莱丽点点头,说:"是的,岛屿的微观运动和旋转理论。这本书的理论讲得很精彩,但是我需要一些解释。比如,一艘大的航空飞船可以在不需要任何助力和引擎的条件下悬浮在空中，而一艘小的飞船却会掉下来。但一些篮球大小的岛屿却可以飘浮在空中。这是很荒谬的。"

"你难道不相信'万物相关联理论'吗？"瓦莱丽继续问。

"我是一个京塞人，当然相信了。但是我认为宗教和科学也可以达成某种一致。"提巴德回答说。

两个人继续安静地散着步。瓦莱丽惊奇地发现，原来提巴德的存在也会让她感到一丝轻松和自在。

教授是个京塞人，也许正是因为这样，才使得瓦莱丽在他面前不觉得害怕。

提巴德弯下腰，观察着花圃里的植物，隐藏在叶子中间的微型喷雾器浇灌着这些植物。

"这真是浪费！"提巴德教授说道，"在古老的地球，每天清晨的阳光会将水分蒸发掉，然后形成云朵，逐渐产生降雨。而如今，这些水分就这样流失掉了，蒸发后不再形成任何形态的水。"

"这……变成现在这样确实是一件令人费解的事。"

"没错。但是，我很乐意飞回华盛顿5号岛，我很愿意去告诉我的那些同事们，尽管阳台的花很漂亮，但是我们应该尽量减少种植。"

瓦莱丽带着有些惊讶的目光望着提巴德："哦，那么教授先生,您为什么不去呢?"

提巴德用一只手指着天空,向瓦莱丽示意,一颗很小的星星正从上空的岛屿群轻轻掠过。

"看到那颗星星了吗? 那是一艘'宇爆号'飞船,我……"教授忽然停下来,欲言又止。他摇了摇头,显得有些忧虑:"我说得太多了,很抱歉。我也不知道我是怎么了,就请你当做我什么也没说吧。"

此时,瓦莱丽脑海中浮现出那个京塞族女孩的话:"你说我是女奴隶? 你知不知道自己身在何处?"这句话就像一记耳光打在瓦莱丽的脸上。

"您想说什么? 那颗星星是一艘飞船,是什么意思?"

提巴德犹豫了很久才开口回答:"好吧,这其实并不是秘密。只是星球总部喜欢保留一些专属于自己的信息和设备。这次谈话只能限于你我之间,同意吗? 现在的水研究中心正被十艘军用飞船监视。在没有权限的情况下,任何一艘飞船都不得飞往其他地方。而权限只能在遇到最严重的情况时才能放开,或者出于放逐的原因……"

"但是,今天那些孩子……我是说那些没有听您演讲,没有选择参与到研究项目的那些学生,他们不是已经返回到属于自己的岛屿了吗?"

提巴德望着瓦莱丽,眼神里那深深的悲伤隐藏在圆形的镜片后,这似乎让瓦莱丽读出了些什么。

"关于这件事,我无可奉告……很抱歉。"

2251年获月10日,京都17号岛。

北纬35度,东经135度48分。零线以上40米。

十二天过去了,瓦莱丽再次遇到了那个神秘的京塞族女孩。

瓦莱丽和乔尔正从食堂经过,此时这里空无一人,他们正在前往研究小组的路上。提巴德将学生们划分为几个工作小组,瓦莱丽和乔尔刚好是一组,这真是件幸运的事,因为他们两人很投缘,很多观点都一致。此外,让他们备感幸运的是,组长是布里曼——就是他们在食堂里认识的那位年轻教授。

"布里曼对我说降雨总是发生在潮湿的地方。我觉得……等一下,瓦莱丽,你看,那是谁?"

只见食堂的自助吧台旁,一个京塞族女孩将食物倒入一个金属容器内,然后将容器放在手推车上。

"那个女孩……"瓦莱丽嘟囔着说。

"呵呵,在你我之间,只有我才应该盯着女孩看。尤其是长得和你一样漂亮的女孩……"

瓦莱丽没有在听乔尔讲话，也没有笑，而是大步走向那个京塞族女孩。女孩轻抚了一缕滑落在眼前的头发，脸上露出一丝挑衅的微笑："塞津族小姐，真是巧啊……"

"是你！"瓦莱丽试图用尽可能更威严一点的语气说，"你们是怎么知道监视的事情的？"

"监视？"乔尔反问了瓦莱丽一句。可瓦莱丽再次忽视了他的存在。

京塞族女孩耸了耸肩，说："我只是专注于我所看到的东西。你难道不是这样吗？"

"好了，在你寻找答案的同时，我也有很急迫的工作要做。我叫莉妮，学号1741H，厨房职员，F等级服务生。这样你就可以将我的信息报告给你的上司了。或者你来找我，让我教你一些生活上的小事。"

"我怎么敢呢！"瓦莱丽应声说道。

在对莉妮所说的话做出反应之前，瓦莱丽感到太阳的热量正透过穹顶穿透她的身体，这让她起了一身的鸡皮疙瘩。与此同时，她还在心里计算着阳光的能量。

乔尔向前迈了一步，抓住瓦莱丽的肩膀："你在做什么？难道你要打一个服务生吗？"乔尔随即向莉妮挤出了一个微笑："亲爱的，你可以走了。还有，你最好跑步离开这里……"

"等着瞧吧！"莉妮说罢，转过身去做手里的活，不再理睬他们了。

于是，乔尔拉着瓦莱丽走开了。乔尔边走边回头看了妮莉几眼。

艾科第二小组①由乔尔、瓦莱丽、布里曼教授和另外三个塞津族年轻人组成，他们分别是：比瓦莱丽年长几岁的米利阿姆、何若基和阿伊多。其中，何若基和阿伊多两个人身材娇小，长着东方人的面孔。

提巴德让艾科第二小组与艾科第一小组，以及德尔塔第四小组②共用一个实验室。这间实验室很宽敞，即使三个小组的人员全部到齐，感觉上也只是占了半个实验室的空间。

瓦莱丽从电脑屏幕前抬起头，发牢骚说："我不明白为什么我们要做这么费劲的活。"

乔尔坐在她的旁边，冲她笑了笑说："因为这是我们的工作。形成降雨是最实际的解决方案，直到……"

"形成降雨解决不了根本问题！"瓦莱丽脱口而出，"我同意，下雨的时候我们可以收集到水，但是你长这么大又曾见过几次降雨呢？"

---

① 艾科第二小组：水研究中心实验小组的命名。
② 德尔塔第四小组：水研究中心实验小组的命名。

"数据显示在印度陆地岛屿……"

"这简直是无稽之谈。除非我们解决水循环的问题，否则，情况是不可能因为几次简单的降雨就得到改善。"瓦莱丽反驳道。

"现在希艾拉第一组①和祖鲁第三组②的人正在负责研究水循环的事。"乔尔提醒瓦莱丽说，"提巴德教授希望我们小组能研究一些更为直接和简单的问题，以便向总部提供具体的研究成果。"

"我的想法还有：重要的不是形成几次降雨，而是如何找到形成降水的方式。"

何若基和阿伊多听了瓦莱丽和乔尔的谈话，也加入到讨论中。

"其实，形成降水并不难，我们只需要将碘化银洒在云层里。"何若基首先说。

"可是，难就难在如何造出适合形成降雨的云朵。"阿伊多补充道。

瓦莱丽对上述观点略加思考后，点了点头，说："问题在于如何将空气的湿度凝结，以便形成能量。"

---

① 希艾拉第一组：水研究中心实验小组的命名。
② 祖鲁第三组：水研究中心实验小组的命名。

“没错，先将空气加热，然后使其绝热冷凝。”

瓦莱丽突然笑了起来："哈哈，我们就有这样的能力啊！"

所有人都惊讶地望着瓦莱丽。乔尔停顿了片刻，继续说："大家注意了！瓦莱丽已经有了一个绝佳的想法。"

“就是塞津人的能力。我们可以依靠自己的超能力给空气加热。"瓦莱丽顺着乔尔的话说道。

实验室里顿时鸦雀无声，从大家的表情里可以十分确定的是，瓦莱丽的话的确是一个绝佳的想法。

大家叫来了米利阿姆，一起进行热议，还不时地画着草图。

“应该给布里曼教授看看这个！他一定会目瞪口呆的。"

“这会儿，布里曼教授应该在图书馆。谁去找一下他？"

“你去吧，瓦莱丽。"米利阿姆提议说，"毕竟这个创意是你提出的。"

“我陪你一起去。"乔尔说，"也许帮得上你。"

此刻，布里曼教授并没在图书馆，而是在附近的咖啡馆里。当看到瓦莱丽和乔尔出现在他面前时，他扶了一下架在鼻子上的眼镜，问道："你们是在找我吗？"

“是的，教授先生。"瓦莱丽说，"我们想向您展示研究结果。"

布里曼教授笑了笑说："才过了十二天，工作就有了结果吗？孩子们，很多事情是需要时间来完成的，而且是很多的时间。"

“您看这里。"乔尔一边说，一边将他那潦草的、只画了一半的草图摊开在教授的面前。

"这是一次降雨的形成过程。"布里曼教授说。

"是的,但是要和……要和这个一起看。"

瓦莱丽翻出一份彩色的图表,给教授展示了上面做的新标记:"显然,我们还需要进行一系列的测试,何若基和阿伊多已经找出了十七处有待验证的地方。然后,就是工程学和数学方面的运算了……"

"这能行得通。"布里曼自言自语说,"我立刻拿给提巴德教授过目。我和你们一起去,这件事我们得马上做。"

提巴德将门关上,双肩倚着门板,舒了口气。水研究中心的管理工作远比他想象得要繁忙得多。当他站在学生们面前时,他真的害怕会引发一场针对他的叛乱,幸运的是他没有让这样的事发生。远离水研究中心的只有十二个孩子,全部都算上的话,这个数字并不算多。

少数不合作者将被押解。押解地点将依据水研究中心的操作规则,在必要的情况下押解到保密地点,抑或是自愿被放逐。[1]

---

[1] 这是水研究中心秘密管理文件中的一段话。

提巴德深知，在星球总部里生存该如何解析上述的这段话。针对那艘载着十二个学生远离水研究中心的飞船，有人已经公开宣称：将这些学生转移到极地冰川上遗失的岛屿，或者让他们不留下任何痕迹地从此消失。提巴德选择了让这些孩子到极地冰川，他对自己的决定感到庆幸，因为，这样至少可以给他们一个快速而又无痛的死亡。

然后就是那个女孩——瓦莱丽。

起初，她表现出对提巴德的不信任，也表现出自己作为塞津人那份高高在上的优越感，那是一种想要凌驾于京塞人之上的优越感。然而，后来的瓦莱丽表现得还不错。她很有智慧，或许是整个水研究中心最优秀的学生。

然而，提巴德错了。他透露了太多，对瓦莱丽说了太多。现在，水研究中心的所有京塞人都知道侦查飞船的事了，也知道了总部安排的那些非同一般的保安措施。塞津人总是忽略一切，总是以傲慢者自居，不肯放下姿态同他们所谓的"长毛的人"交谈。总部不允许塞津族的学生知道真相，而提巴德却差点泄露天机，向瓦莱丽揭示了所发生的事，差点就说出了这些孩子为何会来到水研究中心工作。

可是，这些学生迟早会明白，他们所到之处究竟是什么地方。真相是：这里是一座监狱。

提巴德教授只是希望这件事被揭密的时间能有多晚就有

多晚。

提巴德走到书桌前，开始在焚烧炉中销毁文件。他必须在这场卑劣的游戏中扮演好人的角色,他必须努力保持微笑,必须尽可能得到重要的研究结果，尽可能赢得总部官僚们的敬重,以避免继续遭受他们的要挟和压迫。

很快，第一份文件就消失在了书桌底部的纸槽内。片刻过后，纸槽内燃起了一缕黑烟。书桌下方的地板上有一个专为回收文件之用的深色焚纸筒，纸张焚烧完毕后会在纸槽内凝结出几滴水,每次提巴德都会将这些水倒进特有的储水罐里。

提巴德正准备将第二份文件放进书桌底部的纸槽内时，忽然有一张纸片掉在了地上。他随即将纸片捡了起来。

上面的字迹不是提巴德的，早晨他不曾来过办公室。显然，有人在他之前进入到了这里。要进入到这间办公室需要一把开启生物识别锁的钥匙，以及解禁一套完备的电子指纹识别系统。尽管如此,这里还是被人入侵了。

这张纸片的质地十分考究,是用湿纤维做成的,上面的字迹是用传真机的油墨打印的。

尊敬的提巴德教授：

在此我要向您表示祝贺，由水研究中心产生的小麻烦并没有给您带来过多的困扰。

有个好消息要通知您:有线索表明,我们将会找到那份档案,不久之后我将拿到它。因此,这份档案很快也将到达您的手上。谨此,在获月结束前告知您这个好消息。

请您谨记我们之间的约定。

信函没有落款签名,但提巴德教授眼前立即浮现出一个身影——一个面部被遮掩起来的男人,那个声音是仿造的无脸人。他意识到自己被监视了。对此,他必须提高警惕。

第二章

2078年5月18日,雷克雅未克①,冰岛,圣伊莎贝尔医院。

北纬64度09分,西经21度56分,海平面以上0米。

"我在哪里?"

"在医院。"

经过了一个月的昏迷,士兵马克·奥克诺几乎已经面目全非。他的皮肤苍白,眼睛憔悴,流露出痛苦的神情。自从他受伤入院以来,他的脖子到胳膊就被安插上了输液套管和传感器,以便医生每时每刻监控他的身体状况。

"曼斯威尔博士怎么样了?他还好吗?"马克问道。

莉莉叹了口气,回答说:"他去世了——十天以前。"

马克眼里噙着泪水,像噩梦初醒般地望着莉莉:"十天以前?可是……我在这里已经多久了?今天是什么日子?"

---

① 雷克雅未克:冰岛首都。

"今天是五月十八日。"

莉莉转过头,不忍心看马克眼里淌出的泪水。

当天晚上,在看到马克苏醒后,莉莉回忆起此前在五月七日那天与莱昂纳多·格鲁派克先生会面的情形。那天,刚好是曼斯威尔博士死去的前一天。莱昂纳多先生是一位六十岁出头的老人,头发花白,有安全恐惧症。他是一位负责维护基地所有电脑系统的信息工程师。

当晚,莉莉来到他的住处。刚一进门,莱昂纳多就紧紧关闭了房门,然后在地上放置了一个比网球稍大一点的金属球,他笑着说:"这是一个脉冲开关,放在这里,这个房间就安全了。"

"有什么最新消息吗?"莉莉小声问道。

"消息多得惊人。他们已经对豚鼠和两个伤员分别做了DNA分析。"

"伤员"——在试验发生意外后,这是基地对奥克诺和曼斯威尔的称呼。

莉莉在豚鼠进入试验舱之前,就已经提取了卡提亚①的DNA。而在事故发生后,也是她最先向调查委员会提出:应该重新对奥克诺、曼斯威尔以及小豚鼠进行DNA的取证,以便

---

① 卡提亚:试验中豚鼠的名字。

和档案里记录的结果做对比。

"他们是不可能发现基因突变的。事故是在一瞬间发生的，一切都发生得太快了。"莉莉说。

莱昂纳多的脸上露出一丝微笑，继续说："可是后来，他们真的发现了基因突变。"

"是哪一类基因突变？他们发现了什么？"

"孩子，我不仅仅是一个工程师。我知道华特先生正在负责这起事件的试验室分析。他已经给发现的基因突变起了个名字：'杰克突变'。华特当时笑着对我说，这个命名来自于一个叫杰克的屠夫。"

莉莉盯着莱昂纳多，使劲地攥着拳头，说："你必须给我一份数据分析的复印件。不管多少钱我都要。"

"这可不是一件容易的事。但是，我们可以试试看。"

不管"杰克突变"到底是什么，可以肯定的是，曼斯威尔比马克所受的冲击要严重得多，这也许是因为他的身体之前所经受的训练不够强，不足以抵挡那次意外的冲击。

曼斯威尔的去世给莉莉的内心造成了巨大痛苦，也给她带来了深深的挫败感。唯一让莉莉感到些许安慰的是，她最终成功说服了纽曼博士将马克转到了另一家医院。

工程总基地的负责人已经下令封锁了整个圣伊莎贝尔医院，并在这里驻军把守。所有的医生都被一一监控，他们必须对马克的病例和所有的监测数据进行严格保密。

唯一让人欣慰的是，马克在医院里能够得到良好的救治。

"你就是那个一有空就使出浑身解数出来透透气的女博士，对吗？"

莉莉听后很惊讶，她一边笑着，一边推着马克的轮椅。

自从吉莫博士开始为纽曼博士工作以来，他们千方百计地想将莉莉排挤出这项试验工程。为此，莉莉不得不秘密地生活在一个地下通道内，就像被囚禁了一样。马克苏醒后，莉莉也变得平静了许多。相比之下，马克显得更加乐观、开朗，总是随时可以说出笑话逗莉莉开心。此时的马克正在全身心地接受康复治疗。

"很抱歉，我只能坐在这带轮子的东西上陪你逛花园了。你觉得我变成一个矮老头的样子会怎么样？"马克开玩笑地说。

"用不了多久你就能甩开这张轮椅，到时候我们一起去附近的酒馆喝啤酒庆祝。"

马克看了一眼莉莉，说："一言为定。"

莉莉穿过走廊，这里静悄悄的，没有人。四周绿色的墙壁上被喷得满是消毒水的味道。她按了下电梯按钮，金属门自动打开，里面出现了两个全副武装的士兵，挎着机枪，面无表情地伫立在那儿。

"嗨，小伙子们！你们好！"马克向他们打招呼，可是没有人回答。马克笑了起来，说："这是怎么了？一个月以前，我们还经常在一起聊天，现在你们怎么连一句话都不跟我讲了？难道他们命令你们闭嘴不许出声吗？"

"我觉得是这样。"莉莉说，"纽曼博士派他们把守医院。只有最后一层是不受限的，你是这里唯一的病人。在这座建筑里出入，我们必须有护卫跟随才可以顺利通行。"

"神经！"马克叹息道，"我一直都明白'危险'这个词的意思，但在危险的情况下，我还是不能对自己喜欢的人做出违心的事。"

这时，其中的一个皮肤白皙、眉毛微红的士兵忽然绽露出一丝笑容。

马克傻笑着说："哦，皮特①，现在我才重新认识你。"

电梯平稳地下降了七层，抵达一楼时，电梯的门再次打开，门外依然有一对士兵在等候，见到电梯门打开了，他们立即调整了军姿，肃立站好。

圣伊莎贝尔医院戒备森严，在医院内的每根立柱后，以及候诊室的沙发后，都架设着防卫机枪。除了这些装备以外，这里和医院并没有什么不同。这里随处可见身穿蓝色病号服的老年人慢吞吞地挪着步子，他们拖着挂有吊瓶的输液杆在走

---

① 皮特：其中一个士兵的名字。

廊里转来转去。护士们则是穿着护士鞋和一次性的护士服。莉莉带着马克多转了几个来回，然后将他带到一间咖啡厅门口。一股咖啡被烧焦的糊味、热帕尼尼①和烤牛角面包的混杂味道扑面而来。于是，他们绕过了这间咖啡厅，转而来到医院的大门口。

医院是在雷克雅未克北部的一个半岛上修建的，直到2040年这里都曾是这座城市的港口。后来，一场大火将港口内装货、卸货的船舶和机械全部摧毁了。又过了很久，港口在雷克雅未克南部重新得以修建，圣伊莎贝尔医院就是在那片废墟上建起来的一座建筑。

医院所处的地理位置极佳，可以鸟瞰整座城市。走出医院大门就可以看到一望无际的大海，海上零零星星地点缀着一座座贫瘠的岛屿，让莉莉一下子想不起它们的名字。在右手边很远的地方，维迪岛②依稀可见，岛上建有著名的"和平塔"，意思是：和平的岛屿。是七十多年前，一个名叫尤可·奥诺的女人为了纪念她去世的歌唱家丈夫乔恩·莱诺所修建的。

"从这里看不到和平塔，实在是可惜。"马克说。

"今天空中水雾太多。"莉莉说，"但在夜晚，你会看到和平

---

① 帕尼尼：意大利的一种面包。
② 维迪岛：一座岛屿的名字。

塔被无数激光照亮的美妙景象,那些激光的光柱穿透力很强,给人感觉好像能直耸云霄,甚至能照射到星星。"

"好吧,我怎么没发现原来你还是个诗人。"

莉莉脸红了,笑着坐了下来。事实上,脸红是因为她渐渐感觉到了自己对冰岛的喜爱,尤其是在寒冬悄然过去的时节。这里的山脉、岩石、晴朗的天空、波涛汹涌的大海,无不镌刻在她的脑海中。某一秒钟的感觉,好像四种生命元素:土、火、水、空气再次重合在了一起。过去,在人类来到这个世界以前,整个地球就应该如现在这般平静。

"你在想什么?"

"没什么,什么也没想。"

"我猜与诗歌有关。"

马克向莉莉示意左边的砾石车道,莉莉顺势将轮椅推了进去。移步换景,呈现在他们面前的是在北部海域里滑过的一艘摩托艇,还有它溅起的一串串白色泡沫。

如果可以将这里的驻军、武器和那可怕的防御工事忽略不计,只是单纯地像现在这样待在这儿,也是件很美好的事。莉莉知道,一旦她再次回到地下的工程总基地,就会再一次尝到窒息的感觉。

"你看,"马克比划着说,"前面,就在那儿,有一个撒满阳光的露台,你带我过去吧!"

将那里描述成"撒满阳光"也许有些夸张，但它整体营造出的感觉就像是拨开了圣伊莎贝尔上空的层层云朵，让莉莉和马克有了一种想去拥抱春天的惬意。

莉莉将轮椅车停放在露台一旁，随即坐了下来。

"孩子们，"她对旁边的守卫士兵们说，"你们能离我远一点吗？你们的影子挡住我了。"

莉莉的话犹如对牛弹琴。

"算了，就这样也挺好，对吗？马克……马克？"

有什么地方不对劲了！莉莉猛地转过头去，看到马克不再笔直地坐在椅子上，他的身子有些倾斜，好像脊椎失去了支撑力，他的头转向有阳光的一侧，嘴巴张得大大的，似乎呼吸困难。他到底是怎么了？

"马克？！"莉莉喊道，"士兵！我们必须马上把他带回去！快去叫医生！"

莉莉马上转过身去摸马克的脉搏，希望能感觉到跳动。

更确切地说，是莉莉试着去感觉他的脉搏。

可是，莉莉刚一接触他的皮肤，自己就跟着晕厥过去了。

莉莉在一张病床上醒来。有一刻，她感觉到自己裹在床单里，房间的四壁紧紧地围着她。难道这是在监狱吗？不，她是在自己的房间里，在基地的那个属于她的房间里。可又是谁将她带回到这里的呢？

一分钟过后，莉莉意识到自己并非独自一人。吉莫博士正带着似笑非笑的神情站在一旁观察着她。

莉莉下意识地拉紧床单，厉声问道："是谁带我回到这里来的？"

"亲爱的莉莉博士，感觉您除了是一个悲剧的环境学家外，还是一个护士——马克的私人护士。他感觉可不怎么好，而您是否也曾想过自己也会失去知觉吗？"

莉莉摇了摇头。是电击致使她晕厥的。莉莉就像是被一个巨大的能量袭击了，可那又是什么？真是个诅咒，那一瞬间的力量至少有两百二十伏特。

"我猜，马克已经死了。"

莉莉难过地说出了这句话，尽管她不愿面对，可事实确实如此。倘若只是轻触了下马克就会导致莉莉晕厥，那么留给马克的除了致命的一击还能有别的可能么？

吉莫挑起一只眉毛，说："请问，您是怎么知道的？"

"这只是假设。你们为什么将我带到这里？"

"委员会中止了您所做的工作，您应该对此感到高兴才对。最后也没有给您定什么罪名，您也不至于在军事法庭或民事法庭面前被宣判致死。对此，您应该感到庆幸。"

吉莫笑了。显然，他还有不好的消息留给莉莉。能否晚一点告诉她？莉莉心想。她感到迷惑不解，她已经昏迷在梦里多久了？如果他们已经将她带回到了基地，并进行了彻底消毒,那么应该已经过去很久了。而马克已经死了,天哪！马克死了！

"但是,"吉莫接着说,"科学委员会一致认为,您不适合做分配给您的这项工作了。过度的情绪化,缺乏实践精神,以及在突发事件中的无力表现……就像在马克·奥克诺事件发生时您所表现的那样。"

莉莉简直不敢相信自己的耳朵："你是说,你们将会把我从项目组中驱逐出去？"

"我可没有这么说。纽曼博士认为您,莉莉博士,更适合项目的科学研究工作,并已经为您挑选了适合的项目,总部准备派您去德国黑森林。在那些树林里,正在发生怪异的突变,您可以在那里发挥您作为环境保护主义者的价值。"

"我是一个环境学家,不是环境保护主义者！"莉莉愤怒地叫着。她不久前刚刚发现了一个新的致命突变,此时却要被委员会派去研究树木。"杰克突变"是由阿尔法十二号能源引发的。目前这还只是一个合理的假设,但迟早是要说出来的。只是莉莉目前还不能对吉莫提及此事,因为那将是对莱昂纳多的背叛,毕竟是他给莉莉分享了那些秘密。

莉莉起身,努力不让自己的身体颤抖。她用愤怒的眼神看着吉莫："你们不能这样做。你们难道就不害怕我把这里发生的事情说出去吗？你们派那些士兵跟踪我，而且还是用那么滑稽可笑的方式。而现在，你们就这样毫无顾及地让我离开吗？"

吉莫不再用"您"来称呼莉莉，而是用毫不客气、让人生厌的语气说道："不要把自己看得那么重要，莉莉。你的科学研究历程已经有了严重的污点，在这个工程项目组里，你的那些同事们对你的评价是负面的，你的情绪化……"

莉莉立即明白了："情绪化"——这才是吉莫手中握着的把柄。

"如果你这么说，那你们让我走的理由其实就是说我疯了。这就是你们的计划，对吗？"

"不，不，不！你不能这么说，因为你什么也没搞清楚，一点也没搞清楚。你没有证据这么说，也不能假设这样说。你现在应该做的就是乖乖听纽曼博士的话，去黑森林，然后尽可能地表现得像个说得过去的科学家，或者去找个什么工作去做吧。"

吉莫站起身，朝门口走去。

莉莉脑中仍旧一片混乱，试图留住吉莫，说："你要去哪里？"

"离开这里。你我之间已经没什么可谈的了。再过二十六个小时你将从这里被带走。因此，剩下给你收拾行李并在病例卡片上签字的时间已经不多了。如果你愿意的话，去德国的机票已经按你的名字预定好了。这是我亲自为你做的，以此赞扬你的配合。或者，你也可以去你想去的地方……我觉得，去见鬼也无妨。"

吉莫走出去，摔了下门。莉莉想象得出在这个简单的摔门动作之后，吉莫的表情该有多么得意。

毕竟他做得让自己十分满意。他震慑住了莉莉。他做得天衣无缝，让莉莉几乎找不出继续和他对抗的理由。

2251年获月20日，京都17号岛。

北纬35度，东经135度48分。零线以上40米。

阳光洒在水研究中心的花园阳台上。工人们此时正沐浴在阳光里，毫无顾忌地踩在花圃和草坪上劳作着。

瓦莱丽、何若基和阿伊多盘腿而坐，注视着眼前的工作场景。瓦莱丽怀里抱着手提电脑，实时监控着工程师和他的手下们是否正确地进行操作。

水循环系统已初见雏形。一个边距7.5米的金属网格已经延伸至地面，工人们正在仔细地系好每个结。还有一些人正在准备塑料卷纸，用来覆盖在金属网格上，形成一个帆形的屏障，以便储水。

"嗨！"瓦莱丽突然蹦了起来，"看你都在做些什么。"

两个同伴惊讶地望着瓦莱丽。而瓦莱丽已经走到一位正在网边工作的工人身旁。

"你没看到那个角落的网格线缝得太密了吗？如果这样，网的结构就会被破坏，实验就会陷入困境。这简直太糟糕了！"

干活的工人是一位六十多岁的京塞人，晒得黑黑的脸被一道道皱纹所遮盖。他慌张地看着瓦莱丽，说："很抱歉！小姐！但是……"

瓦莱丽感到太阳的光能正照射进自己的身体，她怒火中烧，但仍在努力控制着情绪："网格的扭矩是最根本的。需要两千克米①！你没有扭矩扳手吗？"

瓦莱丽注意到工人旁边的地上放着一把工具：是一把在靠近手柄处装有小表盘的螺丝刀。她弯下腰将螺丝刀捡起，像握着武器一样指向这个工人说："是的，你有！但是没人教过你怎么用吗？你看这里，你应该紧握着这里来控制刚好两千克米的功，多一点也不行，少一点也不行！你明白吗？"

工人点了点头，惊恐万分。何若基和阿伊多走到瓦莱丽身边说："瓦莱丽，你冷静点。你知不知道你正在激发能量光波。"

---

① 千克米：物理学中功和能的单位，等于将1千克重物沿力的方向移动1公尺的距离时所作的功。

　　瓦莱丽向后退了一步，叹了口气，说："没错，你们说得对。可这项实验太重要了。"

　　"我们当然知道，但是把工人们都恐吓致死，可不是个好主意。"

　　阿伊多笑了起来，继续说："哎，已经到中午了。我们一起去食堂吃饭吧，怎么样？我不觉得我们消失半个钟头的工夫这里会发生什么灾难。"

　　她们对在花园另一角的工头嘱咐了几句，准备离开片刻。那里有一扇金属门通向整座建筑的入口。

　　这个钟点，这扇门是敞开的，是为方便给工人们送饭的餐车通过。

　　"看到了吗？"何若基说，"他们也要吃饭了。"

　　瓦莱丽点点头，转过身去。餐车由两个京塞人推着。其中一个年轻的女孩，头上戴着一顶纸帽子，是那个女孩！瓦莱丽心想，她叫什么名字来着？莉妮？或者和这个差不多的名字。

　　女孩也看到了瓦莱丽，但马上将目光垂下，只是盯着餐车，继续朝草坪中央推去。工人们看到了推餐车的两个女人，便停下了手里的活。他们使劲儿地喊："开饭啦！大家快动起来！我们只有一刻钟的吃饭时间！"

　　头上戴着纸帽子的女孩将餐车的最上面一层打开，从里面掏出一个个塑料容器，可以看到，滚滚的蒸汽正从容器盖子的下方溢出来。

"今天有什么好吃的吗？"

"氢化汤。"莉妮边说边给第一个工人发餐点,"这是刚出锅的。"

"太香了！"

工人们排起长队,莉妮开始一个个地分餐,她的同伴则负责从餐车里拿出餐点递给她。

"大家慢一点,按次序一个一个地来。"莉妮的同伴朝那些向前挤的工人们喊着。正在这时,倒霉的事发生了:莉妮的同伴从餐车里取出两份餐点递给莉妮,可莉妮没有接住。只见两套餐点在空中翻了几下,盖子掉了下来,里面热腾腾的汤接连溅在两个工人身上,他们身上的蓝色工作服和双手都沾满了汤汁。

"你小心点！"莉妮的同伴喊叫着,"看你都搞砸了什么！"

其中一个工人被烫了一下,退到后面去了。而另一个则走上前去,一把抓住莉妮的肩膀,说:"你这笨蛋！下一次换洗衣物的时间是一个星期以后,现在我不得不一直穿着这件满身是汤的衣服,直到下个星期！"

这个工人的身高大约是莉妮的两倍,他宽大的双手几乎能将莉妮从肩膀到脖子的位置全部抓住。他抬起一只手向后一伸,准备给莉妮一个耳光。莉妮闭上眼睛,收紧了下巴,准备挨打。

可拳头并没有打过来。

那个工人被推倒在身后排队的人群里，而莉妮则是在相反的力量下倒向了另一侧。何若基和阿伊多涌到瓦莱丽的面前。此时，她仍被蓝色的能量光波所环绕。

"你为什么要这样做？"

"你疯了吗？"

瓦莱丽没有听她们说的话。她完全笼罩在体内激发出的神奇能量里，她感觉到了远处的光。瓦莱丽沿着草坪走去，周围的空气发出咝咝的声响，她走过去的草地上泛起了一阵白色的烟雾，伴有烧焦的味道。工人们仓皇而逃，抛弃了还摔在地上的同伴——那个浑身沾满汤的脏兮兮的男人。

"不许动她。"

"你想怎么样？"男人的眼睛好像在问，"该死的秃子，为什么不管好你自己！"

"她是个女孩。你不能伤害她！不许动她！"瓦莱丽呵斥他道。

男人气喘嘘嘘，惊恐万分。他看到瓦莱丽的手指是蓝色的，被一个球状的能量光波所环绕。他知道塞津人的厉害，于是马上点了点头，说："您说得对极了！我错了！很抱歉！您说得对极了！这样的事不会再发生了！我不敢了！"

"很好。"

瓦莱丽转过身去，努力闭上眼睛，释放了太阳能量光波。她意识到莉妮已经离开了，应该是被她制造的混乱给吓跑了。

该死的京塞人！瓦莱丽心想。

"你知道你刚刚做了什么吗？"何若基向瓦莱丽发问道，"你至少应该认识那个女孩吧？她是你的朋友吗？"

"别开玩笑了！"阿伊多反驳说，"那个服务生是个'长毛'的。怎么可能是她的朋友？"

"的确如此，她不是我的朋友。"瓦莱丽讪笑着说，"我可能是饿了……每当我觉得饥饿时就控制不住自己。"

"幸运的是，我们谁也没有把事情搞砸。走吧，快点。午餐正等着我们呢。"

周围所有人的目光都聚集在那三个远去的背影上，可没有人试图上前拦住她们。

究竟是什么让瓦莱丽有保护那个女孩的冲动呢？一记耳光也许可以教会那个女孩如何更加专注于工作，甚至还能让她学会更好地尊重上级，服从领导。而瓦莱丽插手这件事，还使用了她的超能力，事后也没有对此进行反思，这实在是太奇怪了！

快到半夜十二点的时候，乔尔路过图书馆时看到了瓦莱丽。此时，这里已人去楼空，大家都去娱乐室里聊天了，或者回住处睡觉了。

"你怎么还在这里？"他问瓦莱丽，"你该回去睡觉了，明天的试验任务还很重。"

"我正在计算主方程式。我担心天气条件会影响工程实验的结果。你看看湿度表。"

"嗯，"乔尔小声地说，"我希望运气能再好一点，相对湿度有些低。"

"没错，"瓦莱丽点点头说，"但是，如果我们的主方程式计算正确，降雨还是会照常形成的，而不需要碘化银或是别的化学成分。"

忽然，乔尔靠近了瓦莱丽，在她的脸颊上轻轻吻了一下。那是一个如亲人般的吻，可瓦莱丽依然感到怦然心跳。

"快回去睡觉吧。"乔尔说，"晚安。"然后转身离去。

"乔尔很有亲和力，也很可爱。他是一个无可挑剔的队友，头脑非常灵敏……"瓦莱丽正想着，突然在这个空无一人的图书馆里传来一阵脚步声，瓦莱丽听到后马上抬起头，试图寻觅刚刚还冲她微笑的那清澈的眼神。然而，呈现在她面前的却是莉妮那对漆黑、深邃的眼睛。

"你来这里做什么？"瓦莱丽从她的书桌前站起，惊得差点将正在读的书扔在地上。

这个京塞族女孩转过头去,好像要反驳她一样,但接着又低下了头:

"我来这儿,是因为我在找你。我想对你今天为我所做的一切说声谢谢。"

"我不想听一个京塞人说感谢的话。我今天那样做是因为……"瓦莱丽绞尽脑汁想找出一个理由,"那个家伙一整天都表现得很糟糕,我只是想给他一个教训,并不是想要帮助你。"

骄傲的神情又闪现在了莉妮的脸上,她说:"我发誓。我不知道为何我还要和你站在这儿,浪费自己的时间。"

"也许你根本就不想工作。你这个懒女人,你们京塞人都一样。"瓦莱丽嘲讽道。

"把你的手伸开让我看看,你这个塞津人。我敢确定你的手上甚至连一条伤痕都没有。你这辈子都不曾工作过一天。你根本就不知道什么叫'工作'。"莉妮的回答丝毫不含糊。

瓦莱丽攥紧了拳头喊道:"你给我滚开!马上!"

莉妮嗖地一下转过身去,但瓦莱丽马上拦住了她,抓住了她的一只胳膊:"还有一件事,等一下,你还没有告诉我你是怎么知道飞船监视水研究中心的事的。"

莉妮露出了一丝坏笑,坐在离瓦莱丽最近的一张书桌前:"我们第一次碰面的时候,你说我是女奴隶,就已经让我啼笑皆非了。你们这样容易就被你们那些秃头的专家所欺骗,这简直难以置信。"

"还有一个方式是你不曾见到过的,我发誓。我不需要使用超能力,就可以在对峙中轻松获胜。"瓦莱丽说。

"事实是这样的,亲爱的塞津女孩,听好了,他们欺骗你们的功夫很到位。你们被说服到一个我都不知道该如何形容的地方,我们暂且称之为一间实验室吧,好吧。而你们却没有丝毫意识到,实际你们已经被关进了一间安全等级最高的监狱。一个让你们既进不来也出不去的地方。去问问提巴德吧,问问他那些因为害怕被京塞人管制而拒绝在这里学习的学生们最后怎么样了吧。"

"你怎么会知道提巴德的名字?"

"醒醒吧!这里所有人都知道提巴德是谁,他不是最重要的人。在教授中,还有星球总部的职员和官员们在监视着他的一举一动。真正负责那些造反的孩子的人不是提巴德,而是他们。如果你能看到我所工作的地方,我是说在厨房,你就会清楚地知道这里不过就是一处监狱。我们每次都会多准备几份午餐,你知道是为什么吗?那是为监视这座悬浮在空中楼宇的空中飞行员们准备的。每天都有一艘飞船从京都17号岛起飞,专门给这些监视飞船的飞行员输送食品和燃料。"

这会是真的吗?有可能。瓦莱丽心想,毕竟这里确实有飞船在监视着水研究中心,显然地面也会有配套支持。这一点也不奇怪。

"还不止这些。这里还时常会更换服务人员。昨天，他们就带走了我的两个同事，我们都不知道他们被带去了哪里，也没有再换新的人。他们要求我们随时准备好行李箱，以便在任何时间都可以将我们驱逐出境。"莉妮继续说。

"我觉得没那么严重吧。"瓦莱丽小声嘟囔了一句。

"好吧，看来你是不愿意明白这些事！他们正在想尽一切办法隐瞒一切真相！因此，会经常更换服务人员。你知不知道水研究中心是受护于专业的安全措施？上个星期，从华盛顿5号岛上直接派来了几位专业工人，是专门来维护防卫系统的，我听见了两个塞津族工程师的谈话……."

"你竟然像间谍一样偷听了他们的交谈！"瓦莱丽惊讶地说。

"假如我真的是间谍呢？但其实并没有这个必要，他们将我们京塞人看做是垃圾一样愚蠢，因此他们不会担心自己说的话会泄露出去，不会闭口不谈。我听到他们说到无线电遥控炸弹。总之，整个情况就是我们受到了威胁，只要华盛顿5号岛的一个负责人按下某个红色按钮……砰！我们就到另一个世界去了。"

瓦莱丽看着莉妮，即使她不曾察觉到这些，听到这些话后也会跟着心跳加速，瓦莱丽感觉到自己的头也在跟着摇晃。

"我一句也不相信。"瓦莱丽故作镇定地说。

莉妮从书桌前一跃而起,说:"今天你让我少挨了一个耳光,作为回报,我跟你透露这些,只是想帮你解决未来将会发生的重大问题。你自己决定要不要相信我的话,信与不信对我来说都无所谓。总之,我们算是扯平了。"

此时,水研究中心的塞津人都涌到了阳台上,人群聚集得越来越多,入口处的大门也相应采取了关闭措施,以免过多人群阻碍实验进行。

获月21日在一个明媚的早晨悄然而至。天空中散落着几片云彩,好似羊毛织成一般。

"堆得再高一点!"瓦莱丽指挥道,"至少需要六千米的高度。现在这样,对形成降雨毫无作用。"

艾科小组和福克斯特[①]小组的人、提巴德以及教授们都已聚集在聚雨盆旁边了,他们都抬头仰望着天空。瓦莱丽站在乔尔身边,尽管天气很凉爽,她还是感到浑身发烫。现在到了检验她的设想能否成功的时候了。九点钟的实验就要开始了。

聚雨盆建在阳台的正中央,由几根粗大的杆子和钢丝绳固定。之前在上面蒙好的塑料纸现在已经被风吹得鼓了起来,

---

① 实验小组的名字。

形成了一个巨大的鼓风口袋，在空气中砰砰作响。

"这不是理想的条件。"提巴德小声地评论道，"风太大了，湿度也少得可怜。"

尽管提巴德是京塞人，这个时候，瓦莱丽也得试着摆出一副亲切的姿态，对他说："没关系，我们可以试试看，教授。"

乔尔快速地握住瓦莱丽的手，给她鼓劲儿加油。她从没有像现在这样紧张过。

大家静静地等候太阳继续上升，直到正午时分，提巴德做了个手势，布里曼教授喃喃地说："好了，我们准备好了。塞津人们，请你们集中注意力了。"

瓦莱丽放开了乔尔的手，她感到太阳光能如巨浪般袭入她的身体，而她同时也在努力控制自己。乔尔的手也很烫，从他的手指尖同样迸发着能量。

一瞬间，瓦莱丽脑海中回想起她原来学院的一位技术教授——卡迪士，回想起她讲授的"万物相关联理论"。而后，瓦莱丽又将目光落在提巴德教授的身上，他是站在瓦莱丽身边唯一没有发出超能力的人。他的轮廓很模糊，看上去一团黑，但瓦莱丽似乎可以感觉到他的脸上因疲惫而长出的皱纹。

布里曼教授领导这个小组，瓦莱丽可以感受到布里曼正在组织所有塞津人释放出的能量源，他将所有的能量束进行重组，然后再把它们汇集在一起。

"注意了。"布里曼教授说,"现在,你们一起向上激发超能力,朝着天空的方向。"

瓦莱丽的头奋力向后仰起,她的双眼专注地凝视着头顶上方湛蓝的天空。能量束伴着超能力发出时的嘶嘶声射向空中。

渐渐地,水分子粒子分解了,单水分子在京都17号岛的上空漂浮着。超能力将这些单一的水分子锁住,凝聚在一起。瓦莱丽闭上眼睛,此时,水已经在空气中形成,在某种意义上,瓦莱丽已经将自己一部分的形象塑造成可以随心所欲改造自然的上帝了。

瓦莱丽重新睁开眼睛,想到这一切也许是幻觉,这也是卡迪士教授多次提过的警告。然而事实并不是这样,这一切都是真实的,天空中形成了一片云。那不是一片普通的云,而是一大片膨胀而又柔软的积雨云,云层厚度达到数十米。那是一朵积满水的云朵,是夏日里倾盆大雨的积雨云。

云朵刚刚形成,就被超能力的光束所包围,云层越变越密实,被向下推了至少两千米的高度后,变得更加密实。能量在不断聚集,空气的温度在不断升高,仿佛到了炎炎夏日,闪电将至。

忽然,一个闪电从云层里劈出,击中了瓦莱丽身后聚雨盆的金属桅杆。接着,闪电顺着接地电缆将蒙在聚雨盆上方的塑料纸燃着了。

　　瓦莱丽听到了喊叫声,她看到提巴德教授趴在地上,双手护着头。瓦莱丽感受到人群中有人在四处逃窜,有人手里拿着灭火器跑来跑去。可她却纹丝不动,小组的成员也一动不动地站在原地。他们全神贯注,释放着体内的超能力。

　　过了一会儿,瓦莱丽感觉到了一滴雨。渐渐地,雨越来越大,越来越猛,雨滴打在她额头的正中央,就像是为她做了个完美的祈祷。

　　"这样足够了。"布里曼教授喊道,"大家将能量散开吧!"

　　瓦莱丽遵从了命令,瞬间瘫坐在地上,她感到如释重负。雨滴沿着她的嘴角落下。一滴,又一滴……

　　"下雨了!"瓦莱丽身后的某个角落里传来一个男孩振奋的呼喊声。

　　瓦莱丽笑了,这一切都是真的。此时此刻,雨水降落在了天空之城。

第三章

2251年牧月22日。德国黑森林。

北纬47度57分,东经8度29分。海平面以上706米。

"你说'水'?什么意思?"

劳伦斯没有回答,他避开了父亲的目光。他意识到自己错了:在他发现那台陈旧的笔记本电脑可能与水资源有关的时候,就应该马上告诉父亲。可劳伦斯却没有那样做,因为他不想让父亲对这件虚无缥缈的事有太多的期待和幻想。然而,既然选择了沉默,就应该沉默到底:现在电脑都被那个老疯子给重新抢了回去,再跟父亲提起这件事,还有什么意义呢?

劳伦斯和约瑟迅速地离开了"小丑号"的停放地。两人在不远处丘陵侧面的山坡上找到了一处合适的掩体:一个被小树和灌木丛遮盖得严严实实的山洞。与其说是山洞,倒不如说是一个自然形成的小坑。劳伦斯和约瑟的身体将里面的空间撑得满满的,勉强才把随身的设备也塞了进去。

山洞距离停放"小丑号"的地方有一公里远,这对于他们观察飞船附近的动静非常方便,也很安全。躲在黑暗的山洞里,劳伦斯自言自语地念叨着:"我们可以……"

"可以什么? 回到那个荒芜的村子去? 还是找到那个老疯子,杀掉他,夺回那部电脑? "

说完,约瑟停顿了一会儿,好像真的在思考这个方案的可行性。之后,他摇了摇头,说:"不行。塞津人就在附近,这样做太危险了。"

"那我们应该做些什么? "

"什么都不做,就在这里等。我们必须时刻保持警惕,观察附近的情况。我有预感,或早或晚,总会出现些情况。比如说,会出现一部没有人看护的飞船之类的。"

"明天我想回'小丑号'那里去。指不定能从飞船的部位找出来一些可以替换的部件。"劳伦斯说。

"你想都别想,那周围可弥漫着塞津人的体臭味儿。咱们就在这儿等,哪儿也不去。"

"等多久? "劳伦斯不甘心地问。

"需要多久就多久。即便是一个星期,也得等着。"

两个人都明白这句话意味着什么。

也就是说,在一个星期里,他们都不能出去寻找水源,只能消耗之前的储备水。出于对光头塞津人的畏惧，约瑟甚至放弃了再造一部"太阳能蒸馏器"的想法：实在是太危险了！

"睡会儿吧。"劳伦斯对父亲说，"我来值第一班岗。"

"不行。你先休息会儿，晚些时候你再替我。"

约瑟的身体朝洞口的位置挪过去，他把脑袋架在一根树干上，周围是浓密的树枝，隐蔽效果很好。他的双腿紧紧夹着那杆卡宾枪，手指放在枪栓保险的位置。劳伦斯把身体使劲儿往底部靠，好使双腿在这狭小的山洞中能尽量地伸展开来，同时又不会影响到父亲的空间。这个鬼地方实在小得可怜，一个人躲在里面都显得局促。一想到自己和父亲要在这里猫身藏上一个多星期，劳伦斯就禁不住浑身颤抖。

当劳伦斯突然醒来的时候，听到父亲在他耳边轻声说："早上好，儿子。"

"几点了？"

"早上五点。你差不多睡了三个小时。"

劳伦斯感到浑身的关节涨得难受，他打了个长长的哈欠，以驱走身上的困倦。然后，他和父亲交换了位置，开始观察外面的动静。而约瑟刚把身体挪到洞底没多久，就发出了轻微的鼾声。

劳伦斯努力用眼睛和耳朵去捕捉外界的一切动静，但除了父亲在熟睡中的呼吸声，什么情况都没有，整个森林安静得令人感到不安。就好像除了自己和父亲，这里再没有任何生命体存在。当然，除了那个老疯子。

想到老疯子，劳伦斯不禁用力握紧了卡宾枪：那个家伙或许一直在监视他和父亲的行踪，肯定也发现了他们的水冷凝器。他随时都有可能对他们发起突袭。而且，种种迹象表明，塞津人也在附近。

约瑟曾告诫过劳伦斯：在一个人站岗放哨的时候，最容易导致他精力涣散的原因就是不停地胡思乱想。意识到自己的错误后，劳伦斯开始采纳父亲的建议：保持深呼吸，让心脏加速跳动，眼睛扫视四周，同时默念一定有什么东西，或者什么人埋伏在前面的那片阴影中……

劳伦斯将之前的那些想法统统从脑中驱散，遵循父亲的方法，让林中的寂静渗入到自己的身体里。他集中精力观察着前方，哪怕是一丁点儿的动静也逃不过他的耳目。他一直保持着这样的状态，直到岛上的天空开始泛蓝、发青——新的一天即将到来了。在大约早上六点，也许是六点半的时候，他听到了一些声响。

起初，这声响并没有激发劳伦斯的警惕。他以为那不过是父亲鼾声中枯燥、低沉的音符而已。可很快，他意识到，声音是从别处传来的。

是飞船的声音。是"新星"级巨型轰炸机和"宇爆"级侦查战斗机①组成的战队所发出的声音。一共有几艘飞船呢？五艘、六艘，还是十艘？很难说，因为距离依然很远，不过很明显，舰队已经在朝自己的位置靠近了。

"爸爸。"劳伦斯小声喊道。

劳伦斯总是被父亲的警觉与敏感所惊讶——虽然自己的嗓音比默念高不了多少，父亲还是立刻睁开了眼睛，并射出炯炯如炬的目光："发生什么了？"

"星球总部的舰队正在朝我们的位置靠拢。"

约瑟做了个手势，示意劳伦斯闭嘴。他仔细听了一会儿，点了点头："是'宇爆'飞船和'新星'飞船。"

"我也这么觉得。咱们怎么办？"劳伦斯不安地问父亲。

"等在这儿，提高警惕，继续观察。"

"你觉得，他们是不是发现了'小丑号'？"

"我觉得不是，不过弄不准。"

劳伦斯和约瑟没有等多久，舰队前行的速度比他们预期得还要快，见鬼！很快，反应式引擎的巨大威力就让山洞的四壁震动了起来。劳伦斯想探出脑袋，看看外面什么情况，约瑟制止了他：

———————————

① 星球总部的两支飞船舰队。

"不行。或许他们只是经过这里，很快就离开了。这时候探头出去，会被发现的。"

在脑中，劳伦斯依然能勾勒出"新星"级战舰的轮廓：巨大的金属圆盘悬浮在天空中。远远看去，就好像漂浮在高空的几只体型肥硕的鲸鱼。它们那单薄的、与舰体不成比例的机翼看起来相当滑稽。

随后而来的情况却一点也不滑稽。舰队开始朝地面投放炸弹。第一枚炸弹在距离他们四五公里的地方爆炸了，响声震天。随后，炸弹就如雨点般，铺天盖地袭来。爆炸声听起来很有规律，间隔时间相同："砰——砰——砰！"

"炸弹不是在地面爆炸的，"约瑟说，"而是在距离地面十多米的空中，对地表的破坏很有限。"

"他们到底想干什么？！"

"我也想不明白！"

"爸爸，你在这儿等着。我出去侦察一下。"

没等约瑟来得及阻止，劳伦斯就拨开洞口的树枝，猫身钻到了地面，手里还握着那支根本派不上用场的卡宾枪。

外面的空气已经变得焦裂，让人喘不过起来，浓烟呛得劳伦斯眼泪都流下来了。

劳伦斯迅速躲藏在一棵树下，透过树枝，他能看到西边天空中塞津人飞船的轮廓。他注意到，舰队在绕岛环形前进。

此时，一艘"新星"飞船在另一艘"宇爆"飞船的护卫下，朝自己驶来。相比之下，"宇爆"飞船的体积要小得多，只有"新星"飞船的三分之一不到，但看起来却非常灵活和富有攻击力。

这艘"新星"飞船投下了一枚炸弹。劳伦斯看到几公里外，炸弹在到达树林顶部的时候爆炸了。那声音震耳欲聋，却看不到任何光亮或是火焰，而是一团绿色的烟雾弥散开来，很快笼罩住了附近的大片树林。

风将绿色烟雾朝劳伦斯的方向刮来，烟雾所到之处，树木迅速枯萎，然后化为灰烬。

"新星"级战舰即将从劳伦斯和山洞的上空经过，劳伦斯只得灵敏地提前钻到洞里。就在这一刻，一枚炸弹在他的头顶炸开了。

"你疯了？！"约瑟训斥道。

"他们在毁灭整个树林！"劳伦斯不安地回应，"炸弹里装有某种威力巨大的生化烟雾……"

他还没来得及说完，突然不停地咳嗽起来。他转过身，看到掩饰洞口的矮树和灌木也化为了绿色的灰烬。

约瑟也开始咳嗽，心中咒骂着可恶的星球总部和无耻的塞津人。他打开背包，慌乱地在里面翻找着什么东西。他找到一块原本用来隐蔽太阳能蒸馏器的塑料布，用它把洞口遮盖得严严实实。

"这样会憋死人的。"劳伦斯一边不停地咳嗽，一边埋怨。

"不这样做，咱们就完全暴露了。没有别的选择。"

劳伦斯和父亲一起，用钉子把塑料布固定住，封死了洞口。然后，他俩各自手里握着一块手帕，捂住了嘴和鼻子。

充足的阳光从洞口的塑料布穿射进来，外面飞船引擎的噪音和炸弹的爆炸声连绵不断。洞里的温度在不断上升，变得滚烫。透过缝隙，仍有不少烟雾和粉尘飘进山洞，令父子二人咳嗽不止。劳伦斯闭上了充满血丝的眼睛，无助地开始担心自己是不是就要死在这儿——一个无人知晓的山洞里。

狂轰滥炸持续了一个小时，然后突然停止了。整个岛屿又恢复到之前的状态，只听得到飞船引擎的轰鸣。劳伦斯和约瑟又等了半个小时，才敢稍微活动了下身体，然后从山洞探出了脑袋。

那一刻，他们实在找不到合适的词语来描述眼前的景象。

之前，这里曾是一大片茂密的树林，而现在却变成了光秃秃的高原，辽阔的土地上寸草不生，到处弥漫着树木烧焦的气味。他们的飞船"小丑号"此时孤零零地停放在原处，而原本隐藏在树林中的教堂和被遗弃的村落此时也变得非常显眼。除了树林、灌木丛和草丛，一切都完好无损。看来炸弹中填充的化学物质只对植物起到了破坏作用。

"看那儿！"约瑟突然说。

距离不到两公里的地方，一艘"新星"飞船落了下来。从它那硕大无比的腹部中，无数的装甲车以整齐的队形钻了出来。在它旁边，停放着另一艘"新星"飞船，穿着工程服的士兵们正忙碌地把一些箱子从飞船上卸下来。

"他们在建兵营。"劳伦斯小声说道。

"是啊，他们要搜寻什么东西。你先回洞里去。"

说着，他把劳伦斯推进山洞，仍用塑料布掩盖着洞口。

"你想怎么样？"劳伦斯问，"那些人肯定会发现我们的。他们已经把整座岛的植被荡平了，咱们的'小丑号'就摆在那边，比摩天轮还显眼。"

"或许他们会先去老教堂附近。况且，藏在洞里总比暴露在这荒野中强得多。"

"他们一定有红外搜寻设备和生命探测器，用不了多久就会过来抓捕咱们的。"

"那就让他们试试看吧，咱们还有等离子卡宾枪呢。"

约瑟的这句话，听起来是那样地没有说服力。

一整天，劳伦斯和约瑟都在高度警惕中轮流放哨：一个人把脑袋从塑料布中伸出去，手中握着卡宾枪，随时准备开火；

另一个人躲在洞穴里，把耳朵紧紧地贴着地面，试图从一丁点儿的声音中分辨出形势的变化。

他们心里都明白，这只是无谓的抵抗，只是在浪费时间。如果塞津族士兵是为搜寻人类而来的，他们两个早就被盯上了。那些家伙会悄悄地包围山洞，然后以迅雷不及掩耳之势制服他俩。无论如何，人类的眼睛和耳朵都无法和星球总部的先进仪器对抗。

时间就这样慢慢地流逝着。早上十点。十一点。等到中午十二点时，他们听到装甲车从距离山洞不远处经过的声音，鬼知道那些士兵要到哪儿去！接近下午四点时，劳伦斯开始偷偷地幻想：或许那些家伙并不是冲他们来的。是啊，大老远来抓他俩有什么意义？总部又能从他们身上得到些什么？值得花费这么多资源、大量飞船和大批士兵，来逮捕两个无辜的寻水猎人？

到了傍晚，什么都没有发生。气温变得有些低了，只穿着一件毛衫的劳伦斯禁不住打了几个冷颤，双腿也因为太长时间保持同一个姿势而疼得厉害。突然，约瑟举手示意，劳伦斯立刻屏住了呼吸。他们听到了说话声。

"队长……"

"保持静默，这是命令！分散包围！"

他们终究来了。

劳伦斯看到父亲抽出了手枪，他想把卡宾枪递过去，却被父亲的手势制止了。约瑟伸出手指，开始倒数：三，二，一。

劳伦斯从山洞中一跃而起，握紧卡宾枪冲到了外面。他能感觉到，父亲也跳了出来，在以最快的速度朝自己的反方向奔跑。

他听到塞津族士兵在大声叫嚷，用眼角一瞄，看到一片阴影贴着地面，以超自然的高速度紧紧地跟在自己身后。

"尾行火箭！"劳伦斯刚刚意识到，便被一股强烈的电流击倒，失去了知觉。

四周是无尽的黑暗。劳伦斯睁开眼，感觉到自己躺在一个光滑、冰冷的台子上。是金属台子！一股难闻的气味扑鼻而来。

他昏迷了多久？

"爸爸……"他呢喃道。

"我在这儿。"约瑟回答，"原谅我，孩子，我不应该把卡宾枪给你用。我拿的是手枪，塞津人只是击昏了我。而你拿着长枪，他们对你使用了麻醉剂。"

"我们在他们的基地里？"

"是的。"

约瑟向劳伦斯简短地描述了被抓捕时他所观察到的情况：

他俩遭遇的是一队穿着生化作战服、武装到牙齿的塞津族士兵。队伍里唯一的新兵在山洞附近违反了静默命令，约瑟注意到他的眼神中充满了悔恨，而队长则对此愤怒不已。

长方形的军营由三艘"新星"飞船守卫着，场地中央撑起了两个供士兵居住的帐篷，还有两套供长官使用的简易房。士兵们正将一套复杂的设备从飞船上卸载下来，旁边的工程师们则在忙碌着安装和调试。塞津人在兵营的周围竖起几根高十米的灯杆，在上面安装了功率强大的卤素照明设备。如此一来，即使是黑夜，这附近也亮如白昼。

"看来他们是打算在这里待上一阵子了。"

"可能吧。"

"他们不是冲我们来的，这一点毋庸置疑。这些家伙都是专业人士，在运送咱俩到基地的过程中，他们一句话都没有讲。但我确信，他们几天前就已经侦查过整座岛屿了……他们一定是在那时发现了'小丑号'。我敢打赌，他们知道那是我们的飞船。"

"是的。"劳伦斯强打起精神，想理清思路。然而，他感觉头疼得厉害，尤其是在这伸手不见五指的黑暗中。他觉得，自己好像被严严实实地裹在绷带中一样。他想要努力去分辨出父亲的轮廓，却毫无所得。他问："你觉得我们逃走的几率有多大？"

"哎,几乎是零。你还是没弄明白:外面到处是特种兵、先进飞船和各类设备。"

"那我们怎么办?"

"等等看吧。既然已经捉到我们,就一定会有人来审讯。那时他们会发现我们什么都不知道,兴许就把我们放了。星球总部不喜欢寻水猎人,但如果没有利用价值的话,通常也不会把他们关进监狱。"

"别忘了'小丑号'的引擎都坏了。如果他们不帮我们修好飞船……"

"一次能解决一个问题就不错了。我们应该先想想怎么从眼前的困境中逃脱出去。"

没多久,一丝亮光突然打破了房间里的漆黑。长方形的门外,一束刺眼的亮光照射进来。就好像中国的皮影戏一般,两个士兵的黑影出现在门前,一个侧面站着,另一个正面对着劳伦斯和约瑟。

这次,士兵们没有穿生化作战服。

"站起来,跟我们走!"距离较近的那个士兵冲他俩吼道。

劳伦斯和约瑟没有反抗,乖乖地跟着士兵走到了外面。两人并没有被戴上手铐:押送他们的士兵都配有手枪,和他们也保持着合适的距离,随时可以制止他们两人的一切行为。

现在劳伦斯开始明白父亲所说的"亮如白昼"是怎样的概

念。虽然是晚上，但整个基地都被笼罩在强光中。在基地的四个角上，"新星"飞船的后面都竖起了高高的铁杆，顶端发出的光亮就像人造太阳，耀眼得让人无法直视。

他看到，之前自己和父亲被关在简单的金属集装箱里。而整个场地布满了忙碌的人群：士兵们匆忙的步伐扬起一阵阵的灰尘；基地周边，身着生化作战服，手持自动机枪的士兵们漂浮在不同高度的空中，负责警戒。劳伦斯听到引擎发出的嗡嗡声、电台发出的嘶嘶声和高空中"宇爆"飞船发出的巨大轰鸣声，这些声音交织在一起，热闹之极。

士兵押送着两人，路过两顶巨大的防声帐篷，一直走到了基地的另一边。在不断地推搡中，父子俩来到一栋正在建造中的建筑前。整栋楼都由米黄色的特种塑料搭建，门和窗户装有深色玻璃，并被栅栏保护起来。

第一个士兵上前迈了一步，敲了两下房门，然后等在一边。很快，从屋里传出一个声音："进来！"

士兵并没有推开门，而是高声喊道："报告长官！我把两个囚犯带来了！"

"让他们进来！"

门被打开了，从里面走出来另一个配有手枪的士兵。劳伦斯和约瑟被推到屋外的墙边，背着手，戴上了那种会自动收紧的塑制手铐，然后被毫不客气地推进了房里。

　　房间的布置十分符合典型的军队风格：一张金属质地的写字台，几把椅子，光秃秃的四壁，角落里摆着台电脑。屋里坐着一位身穿制服的塞津族军官，光秃秃的脑袋上反射着灯光。他身边站着两个扎着辫子的士兵——这是特种部队的标志性发式。

　　劳伦斯从没见到过塞津人或是星球总部挑选的特种战士，于是他瞪大了双眼，目不转睛地观察着对方，却突然被一连串野蛮的叫声吓了一跳。

　　原本看起来像摆在椅子上的那一团脏衣服居然是一个人，他叫嚷着跳了起来，一头蓬松、油腻的白发让人不难认出他是谁。老怪人含糊不清地喊道："就是他们！他们抢走了我的遗产！我又从他们那儿抢回来了！那份遗产是我的祖先留下来的，只属于我！"

　　只见塞津族军官轻盈而优雅地抬起一只手臂，一拳打在老怪人的下巴上。很明显，他没有发力，但老怪人立刻瘫软在地上，呜咽着说不出话来。军官弯下腰，抱起他（而且是只用一只手），把他重新扶回到原来的椅子上。

　　眼前的这位军官很年轻，不过二十四五岁。他的肩膀很宽，浑身上下的肌肉结实有力。他的鼻子很端正，一双深蓝色的眼睛盯着劳伦斯，双唇间突然挤出一丝冰冷的微笑："很好，很好，看来我们找对了人。过来坐下吧，先生们。我是孔瑞德队长,能有幸知道你们的名字吗?还有,你们为什么对这台电脑如此感兴趣呢?"

2251年获月24日,京都17号岛。

北纬35度,东经135度48分。零线以上40米。

提巴德被周围热带空气中夹杂的气味所围绕。已经是半夜两点了,这时在京都17号岛上的棕榈树和红树林玻璃温室里漫步,再合适不过了。

沿着郁郁葱葱的主路走了几步,提巴德就开始出汗了。大颗大颗的汗珠从他的额头和腋下淌出,衣服也开始黏在身上。提巴德心想,每天给这么大一块地方提供照明、灌溉植物,以满足它们生长所需的能量和水,这需要用掉多少水资源!又要耗费多少能源!然而,这是一座神奇的、种满了很多濒临灭绝植物的大花园。在这里,提巴德甚至可以暂时忘却自己是一个悬浮在空中陆地上的阶下囚,每当想到这儿,他就会心存感激。

"教授先生,希望这次的打扰没有让您感到不悦。"

这个声音吓了提巴德一跳。他转过身去,看到一棵茂盛的海枣树上面结着硕大的果实,而树干后面是一团黑色的影子。接着，传来一个被某种东西扭曲了的金属般的声音——是那个无脸人。

"什……什么打扰？"

提巴德并不想结结巴巴地说话，但此刻他是不由自主的。这个男人是如何在他没有丝毫察觉的情况下进来的？理论上，提巴德对每艘过往于水研究中心的飞船都登记在册。

"就是来这里打扰您一下，进行一次让我遭受风险的操作，我们这样说好了。"

无脸人从暗处走了出来。在玻璃温室内人造光线的照射下，他的面目比提巴德记忆中的还要狰狞：支离破碎的眼睛散落在他的脸上，下巴被撕成两片，一片长在鼻子上，另一片长在戴着帽子的脑门上。耳朵、脸颊、颧骨，所有的一切都错位了，并以每秒数十次的速度不停地进行组合，这效果简直令人作呕。

"据我推断……你是想和我聊聊吧？"提巴德说。

无脸人忽然爆发出一阵噼里啪啦的大笑声，说道："没错，就是这样。请您过来，教授先生，我们需要找个地方坐下来舒舒服服地聊一会儿。"

"我的学生们也许一会儿就来这里了。"

"您不必担心，玻璃温室里没有人。大门在您进来后就密封起来了。现在只有你和我了。"

提巴德感到身体一阵寒颤，脊柱发凉。空气也显得更加潮湿,让人窒息。

无脸人在玻璃温室里迈着坚实的步子,好像他此前已来过这里很多次了一样。他走到一块岩石旁,忽然停了下来,岩石周围长满了矮矮的红色树木,树上开满了紫红色的花朵。

"多么神奇啊!"无脸人说,"您请坐,教授先生,请您告诉我,您是否了解这些植物?"

提巴德更愿意就这样站在一边,但他还是服从地坐了下来,回答说:"是的,我了解这些植物。它们是马达加斯加的茅膏菜科植物①,属于食肉类。"

"没错,是这样的。这些漂亮的花朵让我们如此着迷,流连忘返,而它们的叶子却是致命地危险。你看,它们刚刚捕获了一只猎物。"

提巴德顺着无脸人手指的方向望去。只见,一片茅膏菜科植物的叶子轻轻地闭合,里面裹着一只苍蝇。应该是刚刚抓到的猎物,因为苍蝇的脚仍然在挣扎。

"这真是一个神奇的物种。这株植物的根系几乎没有丝毫用途,只是让它稳稳地扎在地上而已,而植物的营养成分全部来自于它所捕获的昆虫猎物。这只刚刚被囚禁的猎物会被

---

① 茅膏菜科植物:双子叶植物纲五桠果亚纲的一科。食虫草本,稀亚灌木,多生于强酸性的湿地。

慢慢消化掉,尽管这一刻它还活着。"

"只可惜,天空之城的诞生抹掉了无数对古老地球事物的认知,我们没有确切的实验数据和证据……但是我相信用这种植物会做成很棒的药材。"提巴德说。

无脸人仍在笑着,过了一会儿,他发出了一种让人听了便会仓皇而逃的声音:"教授先生,您看到这只永远盛着半杯水的杯子了吧?总之,这不是我无意间带到这里来的。茅膏菜科植物给我们上了一堂课。"

"您的意思是?"

"即使是人类也会变成类似于这样的植物。从前,在古老的地球,我们也曾经是有根系的。根系给我们带来营养。但是如今……"

"我们就像这食肉类植物。"

"我们需要寻找水源,寻找我们的能源。为此,我们也需要一些'昆虫猎物'。提巴德教授,我们迫切地需要'昆虫猎物'。"

提巴德长叹一口气,说:"前几天,在京都17号岛我们刚刚完成了一次试验……"

"我不在乎您所谓的什么试验!"无脸人的声音忽然抬高了八度,变成了刺耳的女性的声音,"我想要的不止是一只能让我存活下来的昆虫猎物,而是上万只昆虫猎物。我要的是一劳永逸地解决问题!"

"我会认真考虑您的话。年轻的学员瓦莱丽对这个问题所提出的理想解决方式，将会给星球总部带来巨大的优势效应。我希望……"

无脸人似乎平静了下来。他从茅膏菜科植物上撕下一朵花，闻了一下就扔到地上，这一举动让人很反感。他将双手缩进自己巨大的斗篷袖子里，说道："水研究中心现有的人员，全部加在一起耗资巨大。教授先生，这远远超乎您的想象。因此，总部需要确切可行的研究成果。请您开发这个女孩提出的项目方案，并邀请华盛顿5号岛的专家们来水研究中心参观，证明给他们看总部所耗费的人力和物力是值得的。但是，如果那个年轻的女孩真的如你所言，聪慧过人，你就要让她参与到更加重要的工作中去，甚至是参与到我们的关键项目中——'为天空之城重新创造水循环系统'。"

"恐怕我没有足够的信息资源能够办成此事，先生。"提巴德说。

一眨眼的工夫，无脸人就穿越了他和提巴德之间原本间隔的距离。他一把抓住提巴德的衣领，提巴德喘着粗气，眼镜也从溢出汗珠的鼻梁上滑落到地上。无脸人将提巴德举到半空中。

"您很快就会得到您所需要的东西，教授先生。两天以前，我的手下已经成功得到了那份之前我向您提到过的特殊文件，名叫《卡莱尔档案》。您很快就会见到它的。"

无脸人力大无穷，非普通人类所及。提巴德心想，在他身穿的巨大斗篷下，应该有某种生物装置，但他看上去又是如此瘦弱和单薄，怎样也不可能在身下还藏有生物装置。莫非是一个微型的生物装置？配备一个这样的装置需要花费多少呢？

提巴德的身体向后一仰，被抛到空中，随后跌倒在一株食肉类植物上，植物顺势也被压折了。

他跪着站起来，气喘吁吁，努力不让自己像个孩童一样哭出来。他摸索着在地上找到了那副眼镜。当他再次戴好时，才发现无脸人已经消失不见了。

他究竟是什么人？直觉告诉提巴德，当无脸人说自己不是塞津人的时候，他并没有说谎。"秃子"应该效忠于星球总部，因为他们有着共同的、非常繁冗复杂的宗教信仰、法律，还有道义责任。而这些东西是他们自小就被灌输的。无脸人似乎渴望一种绝对的权力，甚至是比星球总部还要高一级的权力。

提巴德吓得浑身发抖，他沿着花园主路走了回去。身穿的衣服已经沾满了灰尘，他的心久久不能平静下来。他不停地冒汗，野生植物们好像触须一般跟着他在移动，它们不停地伸向提巴德，好像要抓住他，这令提巴德感到窒息……

不知不觉中，提巴德开始奔跑，一直跑到透明玻璃温室的大门口，等待着门也许会自动打开，但是什么也没有发生。提巴德举起双手,敲打着玻璃门:"救命!"他嘶喊着,"救命啊!"

门的另一端传来一个女孩的声音:"教授先生……是提巴德教授吗?"

提巴德向后退了一步,门朝一边滑开了。一个年轻的塞津族女孩站在他的面前:是瓦莱丽。

"教授先生,发生什么事了?"

"没什么……没什么……你帮我……请扶我回房间吧。"

提巴德教授浑身颤抖着,瓦莱丽必须使足了力气才能顶住紧贴在她身上的重量。此刻,提巴德已经站立不稳,全身倚着瓦莱丽的肩膀。他的衣服已经弄脏了,脸上全是汗水。斗大的汗珠在他那羊毛一般的头发卷上依稀可见。京塞人的头发就是这样。瓦莱丽现在竟然允许自己搀扶着一个京塞人!

"我们要往哪里走?"

"去我的房间。不,我们乘坐6号电梯,我不想让人看到我们。"

瓦莱丽遵从了他的话。在到达了只有教授们才有资格乘坐的电梯之后,瓦莱丽按照提巴德的指示按下了按钮。教授的双手还在不停地颤抖。

项目的合作者们,也就是那些老师们,此刻正在一个相对隔离的小岛上。小岛与主岛之间由很多人行通道相连。瓦莱丽陪着提巴德沿途一路走着。不久,提巴德感到体力逐渐恢复了。

他站直了身体，开始不用人搀扶地向前走，即使他那双颤抖的双手还没有完全恢复平静。

空荡荡的走廊里一片寂静，瓦莱丽在这样的气氛下终于鼓足勇气，问道："您愿意跟我讲讲吗？"

"不……这是不行的……"

"教授先生……"

他们来到了提巴德教授的房门前。提巴德用手推了下门，门随即放出一道隐形激光，是用于通过对准虹膜来验证来客的身份。瓦莱丽没有被提巴德邀请进入，但她还是跟着一起进去了。

房间的环境和陈设十分简单，书房里放着一张偌大的写字台，上面堆满了纸张、书籍和电脑。在墙角处有扇窗户，站在那里可以感受窗外的夜景。这里还配备了存量很大的图书。书房墙壁的两侧各有一扇门，分别通向卧室和浴室。

提巴德走进去，将灯打开，然后从一个不锈钢水龙头里接满一杯水，这套动作花费了很长时间，因为水龙头每次只流出一点水。他回到书房，站在那儿慢慢地喝着水。而后，忽然将目光转移到瓦莱丽身上，问道："我可以信任你吗？"

提巴德仍旧十分紧张，踌躇不安。正当他转身要将水杯放在桌上时，从他的口袋里滑落出了一样东西。一颗很薄的、白色的长方形塑料胶囊掉在地上，破了。这让瓦莱丽不由地想起自己在新牛津学院时的鞭刑胶囊。但实际上，这并非是神经鞭刑胶囊，而是一颗记忆胶囊。

提巴德从这个已经破了的胶囊里抽出一根冒着烟的细线，它不时地发出吱吱的声响。瓦莱丽试图躲到一旁（因为如果和教授一起破坏掉这个本不是给自己的记忆胶囊，会是很没有礼貌的行为），但此刻她来不及躲闪了，记忆胶囊里的信息已经回荡在房间里，里面写道：

请您开发这个女孩提出的项目方案，并邀请华盛顿5号岛的专家们来水研究中心参观，证明给他们看总部所耗费的人力和物力是值得的。但是，如果那个年轻的女孩真的如你所言，聪慧过人，你就要让她参与到更加重要的工作中去，甚至是参与到我们的关键项目中。

这些话在瓦莱丽的脑海里回荡，像是逐字逐句地打印在她的脑海中。由于记忆胶囊已经裂开并破损，它距离瓦莱丽咫尺之遥，才使得瓦莱丽闻到了里面散发出的味道。那是记忆的味道。一旦闻到这个味道，就再也不可能将这颗胶囊里承载的记忆抹去，至少在这只胶囊的研发者所预期设定的记忆时间内是不可能忘记的。

瓦莱丽感到一阵头晕："这些话是什么意思？这个人是在说我吗？"她疑惑地问道。

"我……"

教授将记忆胶囊的碎片拾起，投进了书桌下面的深色焚纸筒里。

瓦莱丽继续问道："您能否解释一下这个人刚才说的'关键项目'是什么？是指星球总部的关键项目吗？"这一回，瓦莱丽的语气变得生硬起来，"教授先生，这里究竟发生了什么？所有的一切都让人想到……'叛国罪'。"

提巴德再次长叹，回答说："没有人叛国，瓦莱丽。有时候很多事并没有想象中的那么复杂。即使是星球总部，它的最高管理层，也是一个复杂的组织，里面充满了各种利益相冲突的政治派系。"

"为什么今天晚上您独自一人待在玻璃温室里呢？而且门打不开是为什么？我失眠了，于是出来散步。然后就听到您的求救声……"

提巴德摇摇头说："明天吧。明天下午你来一趟我的办公室。我会给你解释一切。"

瓦莱丽回到学生公寓后，那些话依然无休止地在她的脑海里打转。该死的记忆胶囊含有毒素，致使瓦莱丽感到偏头痛。

　　水研究中心被一个叛国者控制了吗？毕竟提巴德是一个京塞人，瓦莱丽心想。但又是谁说出了那段话呢？没有证据可寻。那颗记忆胶囊没有留下任何的蛛丝马迹。不管怎样，水研究中心是与提巴德有关的，而水研究中心与外界的联系必然是由某种力量所控制的。如果这件事与星球总部有关，或者与华盛顿5号岛上的某个人有关，为了警告那些……

　　"嘿！你在这啊，干嘛一脸的愁容？"

　　莉妮突然从瓦莱丽身后的一根柱子后面蹦出来，头发依然裹在帽子里，说话的语气很疲倦。

　　瓦莱丽叹气，说道："我想应该是因为昨晚见面的事。"

　　"你怎么了？发生什么事了？你的样子好像背上了艘飞船似的，怎么那么沉重？"

　　"这不关你的事，京塞人。"

　　莉妮对她笑了笑，说："你已经让自己难以忍受了，对吗？跟我来。"

　　瓦莱丽跟着莉妮，一边质问自己为何如此轻易地就跟着一个京塞族女孩走了。她们来到食堂，莉妮将瓦莱丽带到吧台的金属门外，金属门里面是只有服务人员才能进出的厨房。

　　她们走进一间刷着白墙的大厅，里面摆着正在消毒的盘子，架子上叠放着大大小小的锅，还有洗碗机和水槽。一个京塞人正在用一块抹布擦拭灶台，他抬起头看到她们从这经过，什么话也没说。莉妮笑了，往锅里倒了一些水开始放在火上加热。瓦莱丽陶醉于这个能接出蒸馏水的透明容器，为了不浪费每一滴水，接满后莉妮立刻将火关掉了。

"这是你喜欢喝的茶。"莉妮小声地说。

瓦莱丽坐在一把不锈钢做成的高高的椅子上，背靠着墙壁，说："你为什么要这样呢？我们讨厌彼此。"

"我不讨厌你。"

"但你是一个京塞人，而我是一个塞津人！"瓦莱丽困惑地感叹。

"是的，这没错。我的眼睛是黑色的，而我妈妈的眼睛是榛子色的，但我并没因此憎恨她。"

瓦莱丽感到很惊讶，她沉默了一会儿，说："你的妈妈？你认识你的妈妈？"

"对，这当然了。事实上，我现在还认识她。她住在……"莉妮顿了一下，"很远的地方。我希望尽快能见到她，哪怕是在一个离这里很遥远的地方。"

"这怎么可能？你的妈妈，我是说。"

莉妮将煮沸的开水倒进两只陶瓷杯子里，再分别将两勺干茶叶放进杯子里，接着用两个更小的盖子盖在茶杯上。莉妮将两只吸管插进杯子盖的孔里，随后将一只杯子递到瓦莱丽的手上。莉妮继续说："我妈妈的个子有我这么高，头发也和我的一样，只是比我更漂亮。我的爸爸是一艘飞船的飞行员，他总是在飞行。尽管如此，妈妈还是独自将我和我的三个哥哥抚养成人……"

"你有哥哥？"

瓦莱丽很惊讶，她知道"哥哥"这个词的含义，但是她却从没认识过一个有哥哥或者有家庭的人。因为那是以前地球上的人才有的，也只有京塞人才有的。而塞津人只是简单的塞津人，他们唯一的家就是星球总部。

"四个，事实上我们是四个兄弟姐妹。"莉妮笑着回答说，"三个哥哥和一个妹妹，和三个男孩子一起成长是一件艰难的事。"

瓦莱丽喝了一口茶，味道清香扑鼻，她一边喝一边听莉妮讲她过去的故事。比如讲到他爸爸工作回到家，他们一起为他开庆祝派对，还讲了有关舞会和集市，她的朋友们以及她的男朋友——一个做机械师的京塞族小伙子。

"那才是一个有滋有味、有根基的生活。只有京塞人拥有，也许并非所有人都讨厌他们。"瓦莱丽这样想。

"好了，罗伯特邀请我乘坐他的直升式飞船……"

"直升式飞船？"

"是的，难道你之前没有见过吗？就和一个空中摩托差不多，只不过直升式飞船是封闭的，有趣极了！因为引擎就在船舱内发动。"

"我不知道还有这么有趣的东西。"

莉妮笑了笑，将茶杯放下，说："你和我一起去吧。"

尽管已是凌晨四五点了，京都17号岛停靠飞船的停船室内依然呈现出一片繁忙的景象。身穿蓝色制服的机械工程师们在很多艘飞船之间穿梭着，他们从一边跑到另一边，忙得不可开交。运载着飞船备件和许多小水箱的电动车在人声鼎沸的停船室里来回移动着。

停船室是一个在岛屿的地下直接挖掘出的大仓库，里面没有窗户，但四周的墙壁上开凿了许多金属门，这样的设计使里面的运输工具和飞船可以直接从岛屿下方飞出，在这座本来就漂浮在空中的岛屿下方任意地翱翔。

瓦莱丽和莉妮路过一个身穿制服的塞津族女孩身旁，她的脸上都是污垢，露出一副看似困惑又像是厌恶的表情。路过她时，她瞥了一眼莉妮，而其他人都在工作。瓦莱丽决定在这一刻静默，因为让自己保持沉默是最好的办法，至于这个塞津族女孩是什么人以及她正在做什么与自己没有任何关系。

莉妮将瓦莱丽带到一个有些僻静的角落，那里停放着直升式飞船，那是一艘神奇而又奇怪的空中飞船，完全由废料组装而成。飞船的中央是一间封闭的驾驶室，驾驶室由一个废弃的空中的士修复而成，因此带有一块巨大的挡风玻璃。在靠近驾驶室的地方有一对巨大的螺旋桨，由复杂而庞大的机械系统将其焊接到驾驶室和降落制动器上。引擎是一块粗大的深色装置，这必然是源自旧世纪古老地球的创造发明，它被固定在螺旋桨的一个叶片上，每当飞船起飞时，引擎就会在驾驶室周围以极快的速度运转起来。

"喔！"瓦莱丽惊呼，"这家伙真的可以飞吗？"

"为什么不能飞！这是一艘真正的配有引擎的、内燃机气缸容量为250的超轻型直升式飞船。我们飞一圈怎么样？"

瓦莱丽顿了一下，说："我不知道……我觉得我们飞不到外面，因为天上有很多护卫飞船，随时可能发现我们……"

"哦，你不用担心。这是一艘服务船，我们是被授权飞行的，只要我们离开岛屿不超过一百五十米。"

瓦莱丽犹豫地说："那如果我们计算错误呢？如果我们离开的距离超出了一百五十米怎么办？"

莉妮没有回答，她的眼睛里也闪过一丝犹豫，但又果断地说："我们错不了。"

莉妮从驾驶室里拿出一件脏兮兮的帽衫，递给正在揉鼻子的瓦莱丽，瓦莱丽不明白为何她必须穿这件犹如抹布一样的衣服。

"来啊，要想和我一起飞行，你就必须穿上它。侦察飞船上的飞行员们会检查咱们，如果看到一个塞津人在船舱内，麻烦可就大了。"

瓦莱丽只好顺从了这一要求，她可以在晚一点儿的时候去洗澡。瓦莱丽将帽衫上的背帽戴在额前，然后坐在驾驶室内副驾驶的椅子上，莉妮这时握住了飞船的起落器。

"我们就这样飞吗？在没有得到任何批准的情况下？"

莉妮笑了笑，向她指了指仪表盘上的按钮，说："这个按钮用来打开停船室的大门，我们不需要什么了。就像我曾经对你说过的，由于工作上的各种需要，我们可以每天使用这艘飞船多达上千次。"

瓦莱丽叹了口气。直升式飞船里混杂着引擎机油的味道和她身上那件帽衫的臭味，如果将这些忽略不计的话，这里的座椅还是相当的舒适。这里的一切都是那么的不同寻常，工艺感十足，还有那份自由的感觉。

引擎嗡嗡地发动起来了，螺旋桨也随之开始旋转。起初速度很慢，随后越来越快，直到最后，瓦莱丽唯一能在驾驶室内听到的声音就是螺旋桨的叶片发出的噼里啪啦的声响。

"这声音实在太吵了！"瓦莱丽喊着，"你难道什么都没有听到吗？"

莉妮踩下油门踏板，螺旋桨继续加速旋转。这艘直升式飞船在停船室内飞了起来,飞到几米的高度时,莉妮按下飞船舱内的控制按钮,停船室的地板上随即出现一道裂纹,接着一扇地下舱门自动打开了,下面是黑漆漆的洞。

"出发了!"莉妮尖叫了一声,飞船朝洞口加速驶去。

瓦莱丽看到飞船离洞口越来越近,认为她们是不可能从这里飞出去的,因为洞口实在太小了……

但莉妮驾驶着这艘直升式飞船,驶出了洞口。然后将发动机的马力逐渐减弱,飞船开始朝岛屿下方的天空飞去。

瓦莱丽呼喊着,她感到自己的心已经跳到了嗓子眼。她闭上眼睛,感受着这一切。当她再次睁开眼睛时,发现自己已经置身于夜幕初降的星空,在她们的头顶上方就是那座不规则形状的岛屿,那座在飞船出入要塞口都布满了铁脚手架和水泥块的京都17号岛。

"我可不喜欢头上顶着一座岛屿飞翔。"莉妮大声说。话音刚落,这艘直升式飞船就加快速度在空中旋转了三百六十度,这一下反转差点让瓦莱丽吐出来。然而,翻转过后,她们竟然飞到了京都17号岛的上方,翻越到距离岛屿的防护围墙很近的地方,而后,飞船继续升高。此时此刻,在她们的头顶上方只有繁星闪耀的夜空和一片一片亦步亦趋的云朵,美妙极了!眺望更远的地方,是数以千计的京都岛屿。瓦莱丽可以瞥见一处处旧世纪时古老地球遗留下来的房屋碎片,还有那些历经岁月沧桑，虽已倾斜却未崩塌的屋顶。

"我想打开挡风玻璃窗！"瓦莱丽呼喊着说，然后飞快地转动控制飞船窗子的操纵杆。

莉妮笑着说："你疯了吗？你想做什么？你不能……"

莉妮的话还没说完，顷刻间，嘴巴就被灌进船舱的咆哮着的风给噎住了。瓦莱丽拉紧帽衫上的帽子，以免被风吹走，她将头探出船舱外，发现自己刚好在螺旋桨叶片的正下方。

瓦莱丽只是想呼吸一下新鲜空气的味道——那是属于自由的味道！她情不自禁地憋足了身体内所有的气息，用尽全力呼喊了出来。她这一生中还从没像现在这样幸福。

第四章

2251年获月30日，京都17号岛。

北纬35度，东经135度48分。零线以上40米。

"现在可以告诉我你要去哪里了吗？"乔尔望着瓦莱丽，急切地想收集她的所有信息。

"去提巴德教授那里。"瓦莱丽回答。

"但现在是午餐时间。"

"我已经跟莉妮说了给我留一块面包。很抱歉，我没有时间去食堂了。"

乔尔将椅子挪到瓦莱丽的身边，丝毫没有关注电脑显示器上刚刚计算得出的数据。他俯下身问道："你知道明天是什么日子吗？"

"热月一日。"

"没错。热月一日将会发生什么？"

"是的，这我知道。在星球总部官员面前进行试验。但是我没有时间。"

乔尔抓住瓦莱丽的双手，直视着她的眼睛，而他看到的却是一张面带微笑的倦容。

"瓦莱丽，你现在归属于艾科第二小组。而你现在正在做的事却不是和小组成员一起合作试验。你所做的甚至没有一点与水研究中心的研究项目有关。整个水研究中心正在紧锣密鼓地做降雨项目的研究。所有人都在夜以继日地忙碌着，除了你。此外……"

瓦莱丽懊恼地看着乔尔，挣脱了他紧紧握着的双手，问道："此外什么？"

"好吧，提巴德是一个京塞人，是我们的上司。而现在还有一个莉妮，我知道和京塞人打交道很不舒服。他们不认同'万物相关联理论'，和我们不是一类人。你和他们这样频繁接触，大家会对此说闲话的。"

"那么莉妮呢？我知道你喜欢她。"瓦莱丽说。

"那……那是另外一回事。我们说点别的吧。"乔尔搪塞着。

"对不起，我得走了。"

瓦莱丽在玻璃温室内找到了提巴德教授，一个星期以前他们还时常在一起聊天。而如今她知道了无脸人，也知道了他带来的威胁，瓦莱丽心里很清楚地知道那个神秘人说的是对的。人类就像是食肉类植物——功能十分低下的食肉类植物,他们不能成功获取"昆虫",就如同无法获取水一样。如果不赶紧获取水源的话,这一切都将永远消失。

瓦莱丽来到提巴德的房间门口,敲了敲门。提巴德将门打开,他深色的头发乱蓬蓬的,白色的胡须好像也变长了。

"我来晚了吗?"她问道。

"一点都不晚。我正在研究汉姆林教授的学术报告。写得非常有趣。"

瓦莱丽同提巴德一起在书桌前坐下,自从她和提巴德教授开始紧密联系以来,这个地方就变成了他们的操作中心,而提巴德也在这里加了一把椅子和一台电脑。

"喔!"瓦莱丽发出惊讶的感叹,"这与上一次降雨试验过程的地震图一样。"

"这非常有趣。"提巴德继续说,"你看这里。"

提巴德用手指触摸屏幕让图滚动起来。图表线遭受的电涌从十升到四十一,然后变为恒定值,而后再次遭受从十到五十六的电涌变化。提巴德说:"你看这里,第一次高峰值正好产生于塞津人集中开始释放超能力的瞬间。而第二次高峰值的产生刚好与塞津人聚合超能力的最大值相吻合,也是在那一瞬间开始降雨的。"

"超能力难道可以引发京都17号岛的地震吗?"瓦莱丽表

示怀疑地问道,"这是一个疯狂的假设吧?"

提巴德摇了摇头,说:"不是的。塞津人的超能力能够对京都17号岛产生重力作用。尤其是,你看看这些图表数据……"教授的手指在屏幕上滑动着,好让瓦莱丽看到另一个数据,"岛屿被向上推动了。好像有某种神秘的力量在违背重力的情况下,造成了岛屿上移。"

"教授先生,'万物相关联理论'适用于周围所有的事物,这是正常的现象。但是不能说……"

"'万物相关联理论'是一个宗教信仰,瓦莱丽。我们现在讨论的是科学研究。"

瓦莱丽顿时说不出话来。"万物相关联理论"是塞津人超能力的理论基础,也是星球总部之所以存在的理论基础。一个京塞人又怎能理解这些呢?尤其是,他们又怎敢批判这一理论?

"我在等您说,教授先生。"

这就像是一个隐晦的威胁,瓦莱丽想换一个话题和口吻,她说道:"那么,您已经对这些数据做过分析了,对吗?"

提巴德点了点头,说:"我已经对数据计算结果做了三次全面审核,没有发现任何有意义的数据变化。"

这也就说明了岛屿的移动应该与超能力的运用有关,或者无关,也许只是一次再简单不过的巧合而已。从数据的角度来看,结论更趋向于将它视为一次巧合。

瓦莱丽笑着说:"我想说我们首先要做的是重新审核这些数据,如果有必要的话,要从头算起,这是为了精确、保险起见。然后……"

提巴德好奇地看着她。瓦莱丽接着说道:"如果我们认为塞津人的超能力能够对岛屿产生重力作用的话,那明天的试验我们可以使用塞津人超能力的两倍,甚至三倍。更加集中地使用超能力会使其附加效应的变化更加明显。这样,我们就知道之前的试验结果究竟是不是一次巧合。"

自从瓦莱丽和莉妮一同乘坐了直升式飞船后,她们就成为了朋友。她们一起学习化妆技巧,以便彼此可以经常见面聊天。热月第一天的早晨,瓦莱丽很早就醒了,她通过房间的内部对讲机进行呼叫,让厨房传唤服务生莉妮,通知她备好早点送至床前。尽管她让朋友给自己服务内心多少会觉得有些不舒服,但这是让她们彼此见面不引起怀疑的最简单的办法。

在对讲机的另一端,一个女人用急促的语气回答瓦莱丽:"今天早班莉妮不在岗,我们会给您派去另一位服务生。"

她没有在岗?这很奇怪。前一天晚上瓦莱丽还去找过她,她们说好第二天早晨见面的。

"没关系，"瓦莱丽不情愿地说了一句，"不用叫了，我会去食堂吃早点。"

已经到了早晨七点半，这一天要进行试验。中午时，会有一批从星球总部直接派来的华盛顿5号岛的官员，届时会有一大堆活儿等着去做。

在距离水研究中心不远的京都2号岛上，一个新的聚雨盆刚刚搭建好。京都2号岛面积很大，可以容纳下所有的"超能力释放者"，也就是说能够容纳下水研究中心所有的塞津族教授和学生。

此外（这也是一条相当秘密的信息），京都2号岛是由提巴德和瓦莱丽共同挑选的试验地点，因为即使这里很宽敞，但岛屿的厚度仍然很有限。实际上，这座岛就是一块很平坦、很薄的长满草的岩石板。如果大家的怀疑是真的，也就是说如果一股塞津人聚集的超能力能够真的对重力产生作用，那么这座岛的形态应该也可以见证这一现象。

瓦莱丽乘着她的电动滑板车快速到达了食堂。此时，大部分学生都已吃完早餐，正在朝着停机坪走去，那里的飞船将会载他们到京都2号岛。

乔尔将瓦莱丽拦住，向她投来责备的目光："你迟到了。"

"我吃了点东西，所以刚到。当我感到饥饿的时候就无法控制好超能力。"

"你至少可以动作再快一点。"面对瓦莱丽的话，乔尔感到很无奈。

食堂里洋溢着激动又热烈的气氛。在吧台后面却是另一幅场景，那些京塞人都沉着脸，脸上布满了疲倦。其中一个红头发的女孩长着两汪清澈的大眼睛，可以看得出她刚刚哭过。

这间屋子里的除了瓦莱丽以外，没有一个塞津人发觉这回事。因为瓦莱丽是唯一一个在吧台用餐的人，她顺便靠近这个红头发的女孩，问道："有什么地方不对吗？发生了什么事？"

这个女孩抹了下鼻子，将头抬起，惊讶地说："小姐，怎么了？是牛奶味道不对吗？"

"不，不是的，我是说你们今天早晨是怎么了？好像都很悲伤的样子。"

"小姐，我觉得这与您没有什么关系。"

瓦莱丽转过身，乔尔正盯着她。见鬼！他也在这里。瓦莱丽越过吧台，在京塞人吃惊的目光下从厨房的金属大门穿了出去。

这里没有了往日的喧嚣，尽管瓦莱丽最近刚刚适应并有些喜欢上这里的气氛。在厨房的一角，有个女人在哭，旁边还有一个男人用手拍着她的肩膀试图安抚她的情绪。在另一个角落，一个女人刚刚将餐具放入一个庞大的洗碗烘干机内，她擦了擦哭红的双眼。

"这里发生了什么事？"瓦莱丽问道。她原本想用威胁的语气质问，但从嘴里说出的话却是那么的温和，甚至略带歉意。在场的人都没有回答她。瓦莱丽耸了耸肩，她穿过食品储藏室，而后来到服务走廊。这里只有少数几个人。每个人的脸都拉得长长的。每个人都在哭。

瓦莱丽拦住了一个穿着机械师工作服的年迈的男人，他正后背倚靠在墙上，喝着一杯茶。

"你，"瓦莱丽逼问道，"我能否知道这里究竟发生了什么吗？"

这个男人的脸上立即显出严肃的表情，回答说："这和你没有关系，秃头。"

以前——不，就在几个星期以前，瓦莱丽如果听到这样侮辱的话一定会感到愤怒。但是通过走进京塞人的阵营，她已经学会了适应这些。如果一个塞津人鄙视他们，那么他们这样回答是很正常的事。

"我是莉妮的朋友。"瓦莱丽客气地解释道，"今天我没有找到她。"

"在你们的人里，莉妮是不可能有朋友的。"

"我并不是'我们的人'。我是瓦莱丽。这里发生了什么事？为什么大家都这么伤心？"

　　这位老机械师摇了摇头，悲伤地说："因为一起事故。今天黎明，本来有一艘飞船将要到达。飞船里载有四十多个来水研究中心的新服务生。但是登记簿上出现了错误，导航员没有被提前告知这艘飞船的抵达信息，而用于识别和认证飞船的密码又没有启动。飞船在准备落地的时候被烧毁了。"

　　瓦莱丽脸色发白，问道："所有人……都死了吗？"

　　"是的，所有人，无一生还。这些人里有很多我们的亲人和朋友。莉妮也失去了他的哥哥。"

　　"我得找到她，你知道她在哪里吗？"

　　"应该在她自己的房间里。你试试坐电梯下到地下二层，C号走廊H2号区……"

　　莉妮死去的哥哥叫鲁克。还记得几天前的一个晚上，莉妮和瓦莱丽在洗衣房里聊天。

　　她们背靠着巨大的洗衣烘干机，坐在那儿说着悄悄话，因为靠在那里很暖和。瓦莱丽拿了一些晚餐的点心，莉妮则端来了两杯热腾腾的牛奶。

　　瓦莱丽神采奕奕的，因为她终于找到了一个可以倾吐心事的人。她和莉妮谈天说地，调侃着有关男孩子的话题，她们谈论着彼此的梦想，谈论着有一天如果从水研究中心离开会去做些什么。但是,在所有谈论的话题里,瓦莱丽最喜欢听莉妮讲她的家庭,讲她和家人是如何生活的,以及讲她的那些哥哥们的传奇故事。

"鲁克永远是我最爱的人。"莉妮说,"他很帅气,很聪明,他可以只凭一个眼神就读懂你的内心。现在他在飞船上做机械师,但是……他提出了申请。总之,他应该会来水研究中心。很快就会来的。"

瓦莱丽让她再多讲一些他们兄妹之间的事。莉妮便给瓦莱丽讲述了他们的童年,讲他们之间常开的玩笑,还讲了有一次,她在深夜离开家去会自己的小男友,后来被妈妈发现时鲁克是如何帮她解围的事。

鲁克本来是要在水研究中心与莉妮团聚的……但是,现在他就这样消失不见了。瓦莱丽简直不敢相信这是真的。

瓦莱丽应该做些什么。她以最快的速度朝京塞人居住的宿舍跑去。莉妮应该就在这了。然而,就在那一刻,别在她腰间的通讯器响了起来。是提巴德教授的声音:"现在你在哪里?"

"发生了一场悲剧……现在我不能……"

教授的声音变得很伤感:"飞船坠毁了,我知道。但是你要知道你还有责任在身,还有问题等着你去解决。你需要在五分钟内抵达京都2号岛。楼顶上的飞船已经准备就绪,我们都在等你。"

"我不能……"

"瓦莱丽,这是命令。不要考验我的忍耐度。"

瓦莱丽叹了口气,她别无选择。

当她穿越了整个研究中心,抵达屋顶露台,踏上了那艘双人座的小飞船时,她感觉到自己内心的愤怒,正在变得越来越强烈。

飞行员是一位京塞人,他好像一整夜都未合眼。

"你还好吗?"瓦莱丽问他。

"我没事,小姐。"

瓦莱丽将声音放低,轻声地问:"是因为昨晚的飞船事故,对吗?"

飞行员点了点头,说:"我昨夜在巡逻,看到了这一切。太荒谬了!本来我要开枪报警的,但还是晚了一步……"

瓦莱丽没有说话,也没有安慰他。但她心里的愤怒仍在增长。

京都2号岛是一座有着不规则形状的平台岛屿,看上去它更像是一块人造岩石,荒谬地漂浮在空中。工匠们在岛屿的周围修建了保护网,以免有坠落事故发生,而在岛屿的中央则竖起了一个高达十一米的聚雨盆。

除了放置聚雨盆外，岛上可以利用的空间里都站满了身穿红色制服的塞津人。由于这里实在太拥挤，以至于星球总部的官员们只好在视线相对宽广的飞船里就坐，而这艘飞船则是悬浮在距离京都2号岛不远处的天空中。

难以想象的是，天空之城里竟然有这样一块又小又轻薄的陆地碎片悬浮在空中，上面载着如此多的人和机械设备竟然不会从空中沉下去。

瓦莱丽乘坐的飞船停在与聚雨盆垂直的位置上，她系着安全带降落到了地面。她的脚还没在草地上踩稳，提巴德就已经推搡着人群迎面向她跑了过来。

"你终于还是来了。加油！加入你的同伴中吧！我们要开始进行试验了。"

瓦莱丽双眼燃烧着怒火，她望着提巴德，一言未发。瓦莱丽加入到艾科第二小组的成员中，依然保持着沉默。

鉴于布里曼教授是所有水研究中心的教授中能力最强的塞津人，因此，他被指定负责主持这项试验操作。他已经在激发体内的超能力了，以便提高自己的声音分贝，也让自己能听到别人的声音。他说："集中我们所有人的超能力非常重要，我们每个人集中自己的力量也非常重要。你们要开始按照我的指令激发超能力了，请按照我的指令进行操作。听懂了吗？"

瓦莱丽试着做了一次深呼吸，想将自己的注意力集中在水、热空气还有照射在自己身上的阳光上，但她就是无法做到。

在她的脑海里依然呈现出一幅画面：一艘飞船在京都17号岛的上空渐渐下落，飞船减速，准备在停机坪上着陆。莉妮的哥哥在飞船上。随后一束激光袭来，飞船不见了踪影。

"十秒钟准备。"提巴德喊道。

布里曼教授回应说："我们准备好了。请大家收集你们的超能力。"

当太阳光照射进瓦莱丽的身体时，她的愤怒就像汽油一样燃烧了起来。她松开了本来与乔尔，还有何若基紧握相联的手。同伴们的超能力远远不及她，几乎将瓦莱丽拖了下来。而瓦莱丽想让超能力的光束一直向上，再向上。

瓦莱丽的能量光束已经与布里曼的汇聚在了一起，能量束变得更加密实，可瓦莱丽的能量束还在将已经汇聚在一起的光束不停地向上超越。无数汇集在一起的塞津人的超能力正在不断地增长，达到了令人难以置信的程度。或许是因为瓦莱丽的超能力更强，而其他人释放的能量只占到瓦莱丽释放的能量的一小部分。

布里曼发现后，声嘶力竭地喊道："瓦莱丽，减少你释放的能量！你这样释放能量让我根本无法汇集能量光束！"

然而，瓦莱丽没有听他的话。相反，她还在加剧释放能量。她的皮肤已经变得闪亮发白。整个身体已经到了燃烧的临界点。如果她不立刻停止，就会有丧命的危险。但是她却毫不在意，因为她的愤怒已经让她无法停止下来。

瓦莱丽的能量越过了布里曼，将其释放的能量光束抓住，与其他塞津人释放的光束交织在一起。她将自己的意志施加在聚集后的光束上，将其不断向上推升。水，小的潮湿分子开始悬浮在空气中，萦绕在了瓦莱丽的周围。

布里曼筋疲力尽，用耳语说："瓦莱丽，你来指挥。"瓦莱丽笑了笑。她将空中的星球总部飞船外壁上的水吸干，看到船舱内官员们无比惊讶的眼神。其中有一位胖胖的教授，正是瓦莱丽之前在新牛津学院见过的那位。

这座小岛的金属防护网上漂浮着许多露珠，瓦莱丽也将其一并收集。

天空中渐渐形成了一片又一片的云。

一股巨大的热气流将空气中的湿度凝结在并不稳定的大气层中，形成了一团灰色的阴沉沉的积雨云，这是一团酝酿着倾盆大雨的积雨云。闪电以令人难以置信的力量开始向岛上放电，而此刻，事先安插在聚雨盆上的金属桅杆也将空中直劈下来的闪电拦截住。

与此同时，雷声响了起来，震耳欲聋。雷声伴随着闪电将原本暗沉的天空照得十分耀眼。塞津人的超能力在渐渐变弱，有些塞津人甚至被雷电击中，躺在地上昏迷不醒。

为了避免被磁风暴击中，即使是星球总部的飞船，这一刻也应该下降高度了。布里曼喊道："瓦莱丽，快放手！散开你的超能力！不然你将无法控制它！我们每个人都会死！"

瓦莱丽内心的愤怒在最后一次闪电到来时，爆发了。而后，瓦莱丽将所有万物相关联能量光束①聚合在一起，将其向下推压。最终，在跌落地面之前她成功将光束散开了，此刻，瓦莱丽已筋疲力尽。

在瓦莱丽的双膝还未触到地面时，京都2号岛已经被这场突如其来的大雨浸透了。雨很大，很密，如洪水一般。这是她所见到过的最大的一场暴雨。

"你是个不负责任的人。"布里曼教授的语气异常严肃。

此刻，瓦莱丽正在无菌医务室里疗养。窗外是明媚的阳光。

她在病床上坐起身来，这才注意到布里曼教授和提巴德教授脸上那份担忧的神情。此时，只有他们两人在场。

"发生了什么？"

---

① 万物相关联能量光束：是塞津人产生超能力时释放出的能量光束，依据的是"万物相关联理论"。

"我的孩子，"布里曼教授的语气变得温和了一些，"如果你之前告诉我，你拥有控制万物相关联的超能力，我就让你来负责整个操纵协调任务了。可你并没有告诉我，这让我们险些就一起灰飞烟灭了。"

"我不是有意要这样做的。"瓦莱丽怯怯地说，"当时我已经控制不住自己了。"

"是的，我们也察觉到这一点。但重要的是……"

提巴德将布里曼的话接过来，说："重要的是试验获得了成功。这给星球总部的来宾们留下了非常深刻的印象。"

"形成降雨了吗？"瓦莱丽问道。

她回忆起水从她的肩膀落下，直到浸透了身上的衣服。

"何止如此！这次收集的水足够水研究中心未来三个月之用的了。这个结果简直超乎所有的预期值。"

瓦莱丽却轻轻摇了摇头。莉妮呢？此刻，她想见莉妮，想知道她怎么样了。

"那么，我们的试验呢？怎么样了？"瓦莱丽问提巴德。

话音刚落，瓦莱丽就后悔自己说出这样的话了。因为布里曼教授对她与提巴德教授共同参与的工作一无所知。两位教授之间的眼神有些尴尬和怪异，这让瓦莱丽顿时感到手足无措。好在提巴德教授反应过来说："我们还没有拿到数据。等你好一些了我们再谈。"

"可是,我现在已经全好了!"

"再过一段时间,我说了。现在,你必须静养。"

两位教授站起身来。提巴德向瓦莱丽告别,离开之前跟瓦莱丽眨了下眼睛,而布里曼教授却待在病房内,想再停留一会儿。

"瓦莱丽,在此之前,你有没有释放过自己如此巨大的超能力?"布里曼教授若有所思地问。

瓦莱丽摇了摇头,说:"只有一次,是在新牛津学院,当时是因为我生气了。但从未像现在这样,从没有过。"

布里曼教授笑了:

"看来,你似乎找到了'催化剂'。那就是愤怒。非常好。现在我也得走了,但是我要告诉你一件事:你有没有想过自己会成为一名女祭司?你应该已经具备了所有的素质。当然,你必须学习一下神学,尤其是学习如何利用'催化剂',而不是让你自己被'催化剂'所利用。如果对'催化剂'使用不当,超能力将会带来极大的危险。"

瓦莱丽点了点头,教授用手指轻轻拍了拍她的脸蛋儿:

"等你好一些了,记得来找我。我们需要谈谈这件事……还有别的事。"

布里曼教授的这些话一直萦绕在瓦莱丽的脑海中。即使是在她独自一人躺在床上的时候，也会想起布里曼教授说的"催化剂"——愤怒。

莉妮。是她哥哥的离奇死亡导致了瓦莱丽内心的愤慨，从而激发了她体内的超能力。她应该去见见她了。

这时，瓦莱丽看到了床头上挂着的通讯器，她拿起来对着它说："我是瓦莱丽。我在……我不知道我的地点，我在一间医务室里。你们可以传唤莉妮吗？"

通讯器的另一端静静的，没有声音。过了一会儿，有人回答说："莉妮已经不在了，小姐。她离开了。"

"什么？"

"她说过您的名字，您叫瓦莱丽，对吗？她走之前，曾来过这里和您告别。"

瓦莱丽将通讯器挂断，没有再说下去。

莉妮走了？瓦莱丽瘫倒在床上，双手紧紧抓着枕头。莉妮曾经来过这里和自己告别，而当时自己还在昏迷中。可是现在自己再也见不到莉妮了。瓦莱丽越想越难过。

她感到自己的心像被掏空了一样。那艘直升式飞船，无数次的秉烛夜谈，还有那些记忆中的碰面，一切的一切，都结束了。

忽然，瓦莱丽的手指在枕头下方摸到了什么。是一张普普通通的纸片，上面用潦草的字迹写着：

尽管这一切都不在我的预料中，但你还是以一种奇妙的方式成为了我的朋友。再见了。如果你需要帮助，记得去寻找红花。①

瓦莱丽兴奋地一跃而起。

2078年5月22日，德国多瑙艾辛根②。

北纬47度57分，东经8度29分，海平面以上706米。

莉莉感到疲倦。这是一个星期天的中午，天气很热，为了带莉莉参观一下多瑙艾辛根的景色，弗朗斯不得不在八点钟出门。

在到达多瑙艾辛根之前，他们先来到了菲尔斯滕贝格王子城堡。弗朗斯不情愿地带莉莉在这座小镇的市中心参观了一圈，然后陪她参观了一家啤酒工厂，这也是这座只拥有二十万居民的小镇的荣耀。

---

① 这是莉妮留给瓦莱丽的信。
② 多瑙艾辛根：德国巴登-符腾堡联邦州最西南面的一个小镇。它位处黑森林的南方，邻近多瑙河两个源头的汇合处。

莉莉称赞这里的啤酒味道清淡，且口感清新。她不停地称赞简直有些过火，也许是因为她啤酒喝得上了头，而弗朗斯讲的德语又不像黑森林当地人的方言那般柔和，这让莉莉有时听不太懂，甚至无法理解。

"你刚才说的是什么？不好意思。"莉莉问道。莉莉是在柏林读大学的期间跟一个室友学的德语，但是过了这么多年，她的德语已经变得有些生疏。

"我说我们快到了。"弗朗斯一边面带笑容地回答，一边迈着轻快的步伐继续在公园里走着。

此时，莉莉已经到达德国南部一座名叫巴登-符腾堡州①的地方将近一个星期的时间了。她认识了在这里的第一个朋友：弗朗斯。他是一名花匠，就在莉莉住处前的一座教堂花园里工作。

弗朗斯是一个十九岁的男孩，莉莉的到来让他感到无比荣耀，因为有一位在世界上都享有声誉的女环境学家来到这里居住，并成为了他的新邻居。为此，弗朗斯的眼神里总是充满了激动和热情。而且，莉莉和他的年龄差不了多少，她绝对称得上是一个漂亮的姑娘。

"我们到了！就是这里！"弗朗斯感叹道。

---

① 德国十六州之一。

一个新古典主义风格的栏杆，围成了一个很小的护栏。护栏的一边连着一级很矮的台阶，另一边连着一座大理石雕塑。在护栏内最中央的位置有一口绿汪汪的水井，在这样一个星期天的午后，水井里泛出的光芒照耀着即将挥别的春天。

"这是什么？"莉莉问道。也许在散步途中莉莉错失了一些讲解的片段。

弗朗斯感叹道："天啊！你怎么会不知道呢！这是多瑙河的源头啊！传说中多瑙河就是从这里发源的。"

莉莉笑着说："多瑙河难道不是由再往东北几公里远的布雷格河①和布里加河②交汇而形成的吗？"

"事实上，我要说的是，这里诞生了……这是根据传说记载下来的。而在东边，你可以看到一个指示牌一直指向大海，足足有三千公里远！"

莉莉不再继续听这位新朋友喋喋不休地说那些历史了，而是驻足欣赏这口简单的水井。这样的想法简直不可思议：从这口井中竟然会诞生世界上最长的河流之一——美丽的蓝色多瑙河。莉莉开始哼起施特劳斯的圆舞曲，边唱边跳起了轻快的舞步，独自在太阳下翩翩起舞。

---

① 布雷格河：位于德国，是多瑙河形成的源头之一。
② 布里加河：位于德国，是多瑙河形成的源头之一。

弗朗斯笑着问:"你这是怎么了?"

"这个地方实在是太好了!"

纽曼博士和吉莫博士将莉莉发配到这里,以此作为对她的惩罚,使她远离冰岛,远离总部基地的实验项目。但这件事似乎也不完全那么糟糕。莉莉的内心有一面还是感到高兴的,因为她终于可以不必再封闭在山里做试验了,现在的她可以尽情地拥抱大自然,既可以晒太阳,又可以游山玩水,呼吸新鲜空气了。相比冰岛而言,德国的气温更高一些,已经逼近夏季。多瑙艾辛根是一座静谧的小城。在这里呼吸,你似乎可以感觉到它已在历史的年轮下停滞了几百年。

莉莉停下舞步,依靠在一块大理石旁边,对弗朗斯说:"你跟我说过,要在这个公园里向我展示一些对我的工作至关重要的东西。"

弗朗斯的脸立刻变得严肃了起来,回答说:"是的,就在这附近。"

多瑙艾辛根在他们的身后渐行渐远,只留下那座美轮美奂的菲尔斯滕贝格王子城堡。随后,弗朗斯走出了标识道路,来到草地上,在一片郁郁葱葱的小树丛前停了下来。

他走近一株橡树,尽管此时的季节已快到夏天,但树叶却是泛黄的。莉莉来到这棵树下,向前走了几步。

"就是这里。"弗朗斯说,"我们管这种树的病叫做'斧头击'。"

"其实这并不难理解:这是一株高达二十多米的夏栎树①,长着粗壮的树干和庞大的树冠。这是一株普通的橡树,看上去好像被一个巨大的伐木工人砍伐过。因为有一个明显的信号:树脂是湿的,将树干分割成两半。橡树的树叶呈现出不规则的形状,而且树叶的边缘已经泛黄,这是病态的表现。树叶正从树上一片片地剥落,就像是秋风扫落叶一般。"

"它快死了吗?"莉莉问道。

"没有。"弗朗斯回答说,他抚摸了一下这株橡树,"好像'斧头击'并没有彻底杀死这棵树。它还是照旧活着,尽管树干已经断裂,树皮却会渐渐地重新形成。这种传染疾病起初是从冷杉开始的,现在正朝着橡树、云杉和栎树蔓延。树木的树干开始分割成三四个部分,彼此形状各不相同,却又以奇怪的形态缠结在一起。树木不再结出果实,也不再产生种子。即使这样,它们也依然活着。"

"这太可怕了!"莉莉感叹道。

"人们开始担心整个黑森林将毁于一旦,将会彻底消失。我们现在还无法知道正在发生着什么,尽管我敢打赌这一切与污染有关。与那些该死的工厂有关。"

---

① 夏栎树:又名英国栎夏橡,落叶乔木,高35m,树冠达25m。

莉莉点了点头,若有所思。她需要样本进行分析,也需要向林业方面的专家咨询请教。

"这就是我对您这位新入住的邻居感到满意的原因啊!因为您是一位科学家,是专门来这里研究这个现象的。"弗朗斯笑着补充说,"我们都对您的能力坚信不疑。"

"真的么?……"莉莉说,但她此刻不想继续说下去。因为在得到有效的、确凿的数据之前,说任何话都是无用的。此刻,莉莉尤其希望能咨询莱奥①。

莱昂纳多·格鲁派克的影像断断续续地出现在屏幕前。显然,由于莉莉和他之间的沟通是在数以百计的全球代理服务器上进行的,从俄罗斯到马来西亚,再到南非,到处都是。

"必须在代理服务器上进行交流吗?"莉莉问道。

过了一秒钟,一张长满皱纹的苍白的面孔露出了笑容:"你还记得我在哪里吧,还有我所在的位置,是的,我们必须用这种方式交流。"莱昂纳多在屏幕的另一端回应道。

在离开山里的试验基地总部之前,莉莉曾经和她的这位工程师朋友交谈,莱昂纳多曾承诺过要帮莉莉一个忙,答应传给她所需的有关"杰克突变"和阿尔法十二号能源的相关数据。有了这些数据,莉莉才能继续她的研究。

---

① 莱奥:人名,是下文中莱昂纳多·格鲁派克的简称。

　　两个人都避免提及那次试验的名字，而是用"间谍"来做暗语。双方也避免提到试验的经过和他们曾经发现的问题。而后，莉莉便逐渐地开始信任他。

　　"我简单地跟你说吧。"莉莉叹了口气。

　　屏幕的一侧有个计时器，显示对话的时间还剩下一分四十秒的时间。时间一到，对话连接就会被自动切掉。

　　"这里有一些树木正在发生着奇怪的突变。今天早晨，我成功提取了一棵树干的标本，并提取了 DNA。我会把它送到实验室进行 DNA 排序，然后再提取树木的标本做对照。但我的问题是，这些树木是否是被大剂量地感染了阿尔法十二号能源？"

　　过了几秒钟，莱昂纳多才回答。他嘶哑的声音像是从很远的地方传来："你的意思是说，这些树木的突变和'杰克突变'有共同之处？"

　　"现在下结论还为时过早，我需要等待 DNA 的排序结果。但我担心的是，最终的结果就是这样。"

　　"这是不可能的。"

　　莉莉感叹说："事实上，这很有可能。即使我们现在是彼此孤立开的，但是阿尔法十二号能源确实能在自然界中永恒存在。"

　　"我们还有五十秒的时间，莉莉。具体地说，你需要什么？"

"数据。在电子显微镜下的组织分析,所有与爆炸试验有关的豚鼠和人类的 DNA 和 PCR 的提取数据及其排序,我都需要。此外,我还需要一份吉莫和纽曼的档案副本,是在三个月前的一次科学会议上提交的。你能做到吗?"

"这需要几天的时间。"

还剩下最后十秒钟。莱昂纳多微笑着说:"你是一位相当出色的科学家。"

莉莉也笑了:"谢谢夸奖。"

德国这个地方给莉莉提供的研究工具实在让她觉得幼稚可笑。至少相对于目前所要做的工作来说,简直是可笑之极。

提供给莉莉的是一套很大的租住型公寓,距离弗朗斯工作的教堂有一百多米的距离。公寓里配备了电脑和一些办公用的基本设备。除了这些,剩下的事就得向距离这里六十公里远的弗莱堡大学①寻求帮助了。莉莉曾尝试通过电话与该大学环境学院的院长取得联系,但对方的态度十分冷漠,显得很有距离感,丝毫没有表示出一丁点儿要合作的意愿。院长表示如果有需要,他会将测试序列器提供给莉莉,但其他方面的帮助就微乎甚微了。

---

① 即德国弗莱堡大学。

　　这是再明显不过的事实了。之前，纽曼和吉莫博士决定派莉莉到这里度假，分明就是要阻止她完成任何一项科学工作。但是，莉莉想重新获得他们信任的态度却十分坚决。

　　星期一的早晨就这样在电话中度过，莉莉和她在法国的老朋友玛丽亚以及乌克兰的乔治煲了很久的电话粥。这两个人也是环境学家，他们正在研究不同国家各种各样的污染问题。但从他们那里并没有检测出任何树木的基因突变。疫情只是被限定在黑森林地区，至少此时此刻是这样的。

　　快到中午的时候，莉莉带着随身包，里面装着便携式电脑和用来提取生物样本的试管，朝教堂的方向走去。这是一座高大的建筑，墙壁已经泛黄，圆顶是铁制的，历经了几百年的沧桑。教堂被一座公园所包围，公园里面还有一座公墓。一部分大理石做的碑刻和石板已经布满了杂草，弗朗斯正不知疲倦地在里面除草。

　　当他见到莉莉到来时，立刻露出灿烂的微笑，向她致意："莉莉博士您好！欢迎您！"

　　"弗朗斯，工作得怎么样了？"

　　"今天还剩下半个钟头我就可以收工了。"

　　"收工后你可以陪我吗？我得收集样本，好研究'斧头击'。"

　　弗朗斯兴奋地跳了起来，将脏手在裤子上蹭了蹭，试图擦拭干净,说道:"如果是这样,我现在就收工,我们马上就去。这些剩下的杂草可以留到明天再清理。"

莉莉拥抱了下弗朗斯,表示她的感谢。这里没有给莉莉提供任何形式的交通工具,哪怕是一辆破旧的汽车,或是一辆旧自行车。莉莉只能依靠弗朗斯的小面包车还有他的热心肠。

弗朗斯走进教堂和牧师说了几句,过了几分钟便走了出来,准备出发。

"我们先找个地方吃点东西吧,我饿了。"

"好啊,非常乐意。"

多瑙艾辛根广场被集市的摊位占得满满的。莉莉和弗朗斯钻进一个帐篷摊,点了大份的套餐,里面有奥地利香肠和黑面包,还有一杯苹果汁。莉莉狼吞虎咽地将盘子吃得一干二净,然后等弗朗斯再加一份。吃完后,两人一同上了车。那是一辆至少有二十年历史的老式面包车,后部的车厢装满了园艺用的工具。

"准备去哪里?"弗朗斯问莉莉。

"去任何你想去的地方。我需要收集被疫情感染的植物样本,然后拍照存档。"

弗朗斯若有所思了一会儿,接着说:"昨天我给你展示了多瑙艾辛根——传说中迪努比奥河的源头。而今天,我将要向你展示真正的源头,布里加河和布雷格河的交汇处:多瑙河流域。距离这里有些远。我注意到那里有些桦木也染病了。其中,有些树的状态尚且良好,但是另一些却已经开始变异。树干高处的地方出现了断裂,我担心这样的情况会继续恶化。"

"我同意你的说法。"

"然后我们一路南下,直到奥夫特丁恩①,真正的黑森林腹地。距离这里有一百多公里的距离。所以,我们得花点时间才能到达。"

"我们有的是时间。"

"那就出发吧。"

小面包车启动了,朝着城外驶去。

①奥夫特丁恩:是一个直辖市区,位于德国南部。

三

叛乱者之城

第一章

2251年热月1日。德国黑森林。

北纬47度57分,东经8度29分。零线以上706米。

孔瑞德开始一次次地出现在劳伦斯的噩梦中,他总是恶狠狠地攥紧拳头打过来,或是握紧神经鞭使劲儿地抽打自己。梦境是如此的真实,劳伦斯甚至能清晰地看到孔瑞德那发达的胸肌和健硕的臂膀。在梦中,他还常常听到别处传来的撕心裂肺的惨叫,那是父亲的声音。每到这时,劳伦斯都会惊恐地醒来。他知道,那些恐怖的场景并不只是个梦。

他和父亲在基地已经被关押了十天。其实,劳伦斯打心眼儿里想忘记时间的概念——在这里的分分秒秒都是在煎熬中度过的,他实在不愿去回忆。无奈的是,每天早上,负责看守父子俩的长辫子士兵都会刻意提醒说"今天是获月二十四日,你们被关在这儿","今天是获月二十五日,你们还被关在这儿"。

　　自从被捕时，在孔瑞德的办公室里见了老怪人一面起，劳伦斯就再也没有见过他。有时孔瑞德队长会恐吓他们说，老怪人已经被处决了。但还有一些时候，他会假惺惺地说，由于老怪人合作态度良好，已经被释放了。记得他的原话是："你们也能跟他一样，重获自由，只要你们肯配合我的工作。"

　　在严刑拷打中，孔瑞德的手下们从不使用疼痛药片，而是变着花样使用一些更专业、更惨无人道的"先进"手段。白天的时候，孔瑞德会把他和父亲带到室外，用塞津人所独有的超能力对二人进行精神折磨。劳伦斯的脑海里会不停浮现出乌扎克那狰狞的面孔，或是母亲在临死前的场景。与此同时，孔瑞德会时不时地使用自己的超能力，对他拳打脚踢。一整天，劳伦斯都在这种大起大落的情绪变动和痛不欲生的身体折磨中残喘。

　　有时候，孔瑞德会直接跟劳伦斯和约瑟询问关于笔记本电脑的事，或是关于《卡莱尔档案》。有时候，孔瑞德会拿着约瑟的探水杖对他大发雷霆："你们就是用这破东西寻找水源的？！你们这些笨家伙！"

　　其实劳伦斯和约瑟从一开始就没打算掩藏什么，他们早就把自己所知道的一切告诉了孔瑞德。但他们始终没法满足孔瑞德的要求：揭开电脑硬盘数据中的秘密。在孔瑞德的严格监视下，约瑟已经尝试了很多次，但都无疾而终。军队中的技术人员能够破译电脑的开机密码，但进入电脑后却发现有人对里面存储的内容进行过复杂的加密处理，能看到的只是大量杂乱无章的数据。这也就意味着，约瑟父子二人对孔瑞德来讲，已经失去了利用价值。他们明白：释放这条路已经走不通了。

热月的第一天。劳伦斯和约瑟依旧被关在那个伸手不见五指的集装箱牢房里。劳伦斯的身体在不停地颤抖，他喊道："爸爸。"

约瑟没有回应。劳伦斯知道父亲醒着，他能感觉到父亲因为身体无法承受的疼痛，就躺在他身边的地上翻来覆去。

"爸爸，"他又喊了一声，"那些家伙不可能放我们走的。我们没希望了。"

"无论何时何地，希望总是存在的。我的孩子。"

如此简单的一句话，却是约瑟使尽浑身力气从嗓子眼里挤出来的。他是那样的虚弱，说话时好像嘴巴里填满了淤血。

"爸爸，咱们是不是应该想想别的出路了……比如说，有尊严地自尽？"

在二人的探险历程中，劳伦斯和父亲不止一次讨论过这个问题。事实上，每位寻水猎人都有思想准备，明白早晚有一天，自己都会陷入绝境。因此，他们懂得如何在必要的时候，利用身边的任何东西来完成自杀的壮举。比如说只用衣服，劳伦斯就能设计出不下十种自尽方式。他知道怎么把纽扣磨出锋利的刀锋，或是用一条棉布闷死自己。

"还没到那个时候！"约瑟斥责道，"好运没准很快就会降临。还有时间等等看。"

"或许吧，可即便这回他们释放了咱们，咱们还得面对乌扎克。无论如何，咱们都没办法偿还欠他的债务。他会把我们……"

"行了，等咱们从这儿出去再考虑那些事情。"

"你有什么办法吗？"劳伦斯问。他觉得，约瑟应该已经有了出逃方案，不然他不会这么说。

"你认识隆斌波吗？"

劳伦斯认识他。那是一个体型硕大的黑人，他隆起的大肚子就像一轮满月。他的脸颊向两边鼓着，目光却很犀利。劳伦斯对他的印象很深，因为之前他从没见过这样一个头上寸发不生的京塞族人。

劳伦斯始终没弄明白，作为京塞人，隆斌波在这个塞津人的基地里扮演着怎样的角色。他曾看到隆斌波穿着厨师的大白褂子，给犯人们准备伙食；而有时候，隆斌波又穿着技工制服在基地里走来走去，双手都沾满了油污。

"昨天…… 他们把你带走后……"

劳伦斯回忆起来了：牧月三十日那天，孔瑞德开始对他俩进行隔离审讯。他被带到室外，接受塞津人的拷打，而父亲则被关在孔瑞德的办公室里，无奈地听着窗外传来儿子的惨叫。

"隆斌波负责看押我。他告诉我，孔瑞德已经接到了新的命令，把电脑转交给另一个家伙。我觉得，肯定是星球总部的某位大人物。"

约瑟说话的速度很慢，还不时地结巴起来。考虑到他目前的身体状况，如此大段的对话对他来说应该是非常费力的。

"不过，在此之前，他还会跟我们做最后一次尝试。隆斌波说，孔瑞德早晚会杀了咱们。"

"那怎么办呢？"

"别着急。这个隆斌波，之前我就怀疑他了。第一次见面的时候，我就觉得他在偷偷地向我们示好，流露出兄弟般的情分……昨天，他又向我展示了'幸运之标'。"

"幸运之标"是叛乱分子的秘密纹身，劳伦斯曾不止一次听说过这个名字。这种纹身被叛乱分子刻在手腕的皮肤下，保密性极佳，即便是使用最尖端的科技或是塞津族的超能力都无法察觉。只有在纹身者决定展示给别人看的时候，才会显现。当然，这种决定需要相当大的决心和勇气。更神奇的是，一旦成为叛徒和奸细，这个人便再也无法唤醒"幸运之标"的出现了。

"怎么可能？隆斌波是叛乱分子？！"

"看来叛乱分子们对那台电脑也很感兴趣，昨天隆斌波和我达成了协议。等今天孔瑞德对咱们进行最后一次拷问的时候，我会说自己知道怎么对电脑数据进行解密，需要使用一把电子钥匙将那些杂乱的数字变成我们使用的语言。事实上，那把钥匙只不过是一个简易硬盘，可以在很短的时间内复制整台电脑中的内容。一旦复制完毕，隆斌波就会协助我们逃离这里。"

很长的一段时间里，劳伦斯都没有说话，而是在静静地思考。叛乱分子居然成功潜入了星球总部的特种部队，还将帮助他们逃走？作为寻水猎人，劳伦斯和父亲之前都对叛乱势力敬而远之。他们觉得，叛乱分子都是理想主义者，总在盘算着如何推翻星球总部的统治，却又不得不无奈地东躲西藏，苟延残喘躲在见不得光的阴暗角落里。然而，在叛乱分子和星球总部之间做选择的话，劳伦斯宁愿站在叛乱势力的一边。对此，他毫不犹豫。

"你觉得他可信吗？这个隆斌波？"劳伦斯最后问。

"当然不可信。但我们也没有别的选择了。不尝试一下的话，我们就活不到明天。"

"那就这么定了。但我还有一个条件。"

"什么条件？"约瑟问。

"把'钥匙'插进电脑的人不能是你。你太虚弱了,孔瑞德只需动动手指,你就没命了。复制数据的事情还是交给我吧。"

"我不同意。"约瑟说。

"对不起,爸爸,我已经决定了。要么这么办,要么我们坐着等死。"劳伦斯坚决地说。

有人走了进来,是隆斌波和另外两个面无表情的士兵。隆斌波穿着一件小得可怜的军装,几乎包裹不住他那健硕的躯体。进来的三个人分工明确:其中一名士兵把枪口对准约瑟和劳伦斯,负责控制局面;隆斌波和另外一名塞津族士兵则负责给他俩戴上手铐。这时,劳伦斯看了一眼隆斌波,嘴里念叨着:"我。"

黑人用力抓住劳伦斯的手腕,从背后给他戴上了手铐。在这个过程中,劳伦斯感觉到手心被塞进一个小小的金属长条:是一把"钥匙"。

他叹了口气,偷偷地把那东西放进屁股上的裤兜里。

他们走了出去。

外面,士兵们正在有条不紊地拆卸各种建筑和设备,和之前搭建基地时一样,效率非常高。两顶军用帐篷已经被折叠起来,各种仪器也被装进集装箱,很快便装载到新星飞船的舰舱里。虽然忙碌,整个基地却是难以置信的安静,只听得到军靴踩在地上的声音和生化作战服因摩擦而发出的嗡嗡声。

孔瑞德队长站在他的办公室前一动不动，后面跟着两名士兵。在充足的阳光下，孔瑞德浑身的皮肤散发出蔚蓝色的光芒，显示着他强大的超能力。劳伦斯想看清楚他此时的眼神，却发现在蓝光映射下，那只是两个深邃的黑洞。劳伦斯的心跳开始加快了：他和父亲即将要把阴谋使在这个塞津人身上，而且还是一个星球总部的官员。他明白，按照惯例，即使是策划阴谋这样的事，也都会死无葬身之地。

孔瑞德手中拿着约瑟的探水杖，没等约瑟和劳伦斯走到他面前，就拿它指着两人说："这就是你们的神物？你们觉得用它就能找到水源？你们告诉我，这是用什么材料制成的？"

劳伦斯用余光看着父亲。在充足的光线下，他发觉父亲远比自己之前想象的还要虚弱：他的背部已经直不起来，腿也瘸得厉害，脸上布满了淤青，嘴唇裂成了好几瓣。鼻子的部位血肉模糊。

约瑟用微弱的声音回答说："是用灯芯草做成的，在里面……里面装着独角兽的一根鬃毛。"

孔瑞德笑了。在蓝光的映衬下，他那张开的嘴巴看起来像是一个黑洞。

"独角兽！传说中的神奇生物。就是因为它，这东西才变得珍贵吗？对你们来说很珍贵，是不是？"

"是的。"

约瑟想用力从牙缝中挤出这个"是"字，却发出"嘶"的声音。

孔瑞德还在笑着，他用两只手拿着探水杖，在一只膝盖上轻轻一磕，便折成了两段。他向劳伦斯和约瑟展示着破损的探水杖，说："看看，吹牛吧。这里头既没有独角兽鬃毛，也没有别的什么蠢东西。"

约瑟终于撑不住了，跪在了地上。劳伦斯也非常勉强地才站稳。探水杖对于他们来说是最珍贵的财产，甚至比"小丑号"飞船和水冷凝器还要重要。失去了探水杖，寻水猎人便失去了存在的意义。探水杖指引着他们去寻找水源，是他们无上的宝藏。

劳伦斯强撑着抬起头，不想去看父亲趴在沙地中哭泣的样子。此前，他从来没有看到过父亲流泪。

孔瑞德接着说："我来解释一下你们目前的处境。你们也看到了，我准备把整支队伍撤走。用不了多久，我们就会永远离开这座荒芜的小岛。我把电脑交给别人，就完成了自己的使命。但我还想再给你们一次机会，最后一次。如果你们帮我破译电脑中的资料，我就把你们活着留在这个岛上，还给你们留下水冷凝器和那艘可怜的破飞船。如果你们还坚持什么都不说，我也会把你们活着留在这里，但一滴水都不留……而且，我会打断你们的每一只胳膊和每一条腿。考虑到这个岛上也没什么野兽,你们或许还能活上七八天,但肯定会生不如死,这一点我可以向你们保证。最后等待你们的,将是最终的死亡。"

劳伦斯咽了咽口水。他觉得,自己一直都被命运捉弄着。一瞬间,他想起了那张地图,是它一直以来指引着自己四处奔波,指引着他们父子俩来到那条都不知已经干涸了多久的河床边。他想起了自己曾经到过的那个老教堂和荒芜的村落,后悔自己怎么会鬼迷心窍地对那台破电脑产生了兴趣。如果一切都可以重新来过……

"那么,告诉我你们的决定吧。"

劳伦斯想张口回答,但注意到隆斌波的表情变化,他立刻明白了:如果这么容易就招供,孔瑞德会产生怀疑,还得坚持一会儿,等等再说。

"嗯?"孔瑞德还不死心。

约瑟重新站了起来,他的双手还被绑在背后,浑身发抖。他低下脑袋,朝孔瑞德撞了过去。从孔瑞德身上射出的一道亮光打在了约瑟的身上,强大的威力使他悬在空中,动弹不得。孔瑞德抬起手臂,劳伦斯听到父亲肩膀上的关节发出咯咯的声音,骨头随时都可能碎裂。孔瑞德笑着说:"嗯,不错,就从老家伙开始。"

约瑟忍不住疼痛,叫了出来,那声音撕心裂肺。从他的嘴中，涌出一团团血。

"等等！"劳伦斯喊道，"你赢了，我帮你解密。别伤害我的父亲！"

孔瑞德收起了超能力，约瑟的身体像铅块一般，翻转着摔在了地上。孔瑞德好奇地盯着劳伦斯："你打算怎么做？"

他们来到了孔瑞德的办公室。

在走进房间，离开阳光直射的那一刻，孔瑞德身上的蓝光便消失了。现在，他和普通人没什么两样，只是稍微强壮一些而已。

隆斌波和其他的士兵跟在约瑟和劳伦斯的身后，始终用枪指着他们。

孔瑞德坐在写字台的后面，仔细打量着劳伦斯手中的"电子钥匙"。劳伦斯则用一双战栗的手启动了那台笔记本电脑。

"天才的设计啊！"孔瑞德队长赞叹道，"一把密码钥匙。你在哪里找到的？"

"从老怪人那里。我从他那儿偷来的。"

"老怪人怎么从来没跟我提到过这东西，即便在严刑拷打中也没有吐露过半个字。"

"我们也被你打得皮开肉绽，但也没开口啊。"劳伦斯反驳道，"如果说这台电脑是一笔宝藏的话，那这就是打开宝藏箱的钥匙。"

"可能吧，"孔瑞德念叨着，挤了挤眉毛，"但我不会让你随便把来历不明的东西插到这台电脑上的，谁知道那里面是不是有病毒或是一瞬间抹掉硬盘数据的程序呢。当然，如果是那样，我保证你死得更惨……只不过，你死不死对我来说没有任何意义。"

这时，隆斌波上前一步，说："报告长官。"

孔瑞德看着他，说："你是信息技术专家之一，对不对？之前是由你负责备份这台电脑的数据。"

"没错。您能让我看看这家伙所谓的'钥匙'吗？"

"好。你查查看有没有问题。"

隆斌波从裤兜里掏出一台掌上电脑，启动后把劳伦斯提供的"钥匙"插了进去。经过一番操作，他说："这是一把电子钥匙，长官。没有硬盘，所以也不存在复制电脑数据的可能。不过，要想让它工作，还需要密码……或许，那家伙知道密码是什么。"

"是的。"劳伦斯确认道。

隆斌波把"钥匙"还给了孔瑞德，孔瑞德又把它交给了劳伦斯。

"过来，开始干活吧。"孔瑞德催促道。

劳伦斯叹了口气。密码？他可不知道有什么密码。隆斌波对他什么都没说。他扭头看了看隆斌波，那个大块头表情严肃，一本正经，看不出所以然来。这时，他听到背后传来父亲痛苦的叹息声：他们失败了，他们的阴谋还没展开便已经失败了。

电脑屏幕上闪现出一排字：请输入密码。劳伦斯停下了："我该怎么办？我又能怎么办？"

"快点，"孔瑞德不耐烦地说，"我们可没有一整天的时间等你！"

劳伦斯想了一下，然后输入了那个唯一可能对他们来讲有意义的单词：水。然后按下了"确认"键。屏幕上出现了一个对话框，上面的蓝色进度条开始不停地填满剩余的空白。成功了！

"然后呢？"

"长官，程序正在进行解密。"劳伦斯回应，"应该用不了多久。"

所有人就这样烦躁地等待着进度条最终完全变成蓝色。一半儿。四分之三。速度慢了下来。叮咚！电脑发出这样的响声：复制完成了！

孔瑞德笑了。劳伦斯扭头看了看隆斌波。那个大块头突然间就出手了。

左肘子打过去，他击中了身边士兵的鼻子。清脆的响声意味着鼻梁骨的断裂，那个士兵当即倒在了地上。此时，隆斌波已经抽出了手枪，从劳伦斯肩膀的上方开了一枪，桌上的电脑立刻被击中，化为乌有。无数的塑料碎片像雨点般打在劳伦斯的身上，他失去平衡，倒在了地上，耳朵也被巨大的声响震得一时听不到声音。隆斌波迅捷地转过身去，手拿着枪管，用木质枪托狠狠地砸在另一个士兵的鼻子上。然后握好枪，冲着倒在地上的两名士兵各补了一枪。

劳伦斯钻到了桌子底下，伸出手到桌面上摸索着，找到了那把"钥匙"，将它小心地装到口袋里。他看到约瑟倒在地上，浑身仍然在不停地抖动。他看到孔瑞德因为吃惊，一边大声斥骂一边掏出了手枪。很明显，在密闭的房间内，他无法使用超能力。

可是，隆斌波犯了个错误：他应该先攻击孔瑞德，而不是先杀掉两个士兵。孔瑞德的反应速度完全不次于他，拔出手枪便朝他的右肩开了一枪，子弹强大的威力使他连退几步，倒在身后的墙上。孔瑞德转过身，用枪指着劳伦斯，恶狠狠地说："你死定了。"

那一刻，劳伦斯看到了黑洞洞的枪管，听到了塞津人用手指扣动扳机的声音。枪声响了。

就在那一刻，一个身影扑过来，挡住了劳伦斯的身体。是约瑟！父亲那沉重的身体把劳伦斯压倒在地上。

劳伦斯不顾一切地从侧面钻出来,喊道:"爸爸!"

在约瑟的腹部,血迹在不断扩大——子弹没有穿透,留在了他的体内。

与此同时,隆斌波扑到了孔瑞德身上,开始赤手空拳地打斗。他用没有受伤的左手臂抄起那台损坏的电脑,用尽全身力气砸在这个塞津人的脑袋上,孔瑞德重重地摔倒在地。隆斌波大声叫道:"跟我来,快出去!"

约瑟的双手还被绑在身体后面,躺在地上不省人事。劳伦斯想把父亲抱起来,但隆斌波一把推开他,把约瑟扛在肩上。此时的约瑟只剩下一口气,眼睛已经睁不开了,从嘴里还不停地冒出淤血。他估计活不了多久了。

"跟我走!"隆斌波喊着,"别忘了'钥匙'。"

他们冲出了孔瑞德的办公室。在这栋建筑的后面,停放着一艘能够承载十个人的"类星"级飞船。与巨型"新星"级飞船相比,它真是小得可怜。

劳伦斯和背着约瑟的隆斌波依次钻进船舱,隆斌波示意了一下劳伦斯驾驶员的位置,说:"你来负责驾驶,我的一只胳膊受伤了。"

"可我从来没有驾驶过星球总部的飞船。"

"现在赶快学!"

隆斌波把约瑟放在乘客的座位上,自己坐在了副驾驶的座椅上。他拿起无线电话筒："这里是隆斌波，注册码27-71。我申请紧急起飞，级别为最高优先权，孔瑞德队长的命令。命令代码为26-32-探戈-5。"

"这里是基地。飞船上是否有乘客？"无限话筒的另一头传来一个声音。

"有两名囚犯。队长要求马上转移。"

"我们需要队长的口头确认。他和你们在一起吗？"

"没有，他在办公室。他告诉我命令代码为26-32-探戈-5。"

基地那边还在无休止地纠缠，隆斌波扭头对劳伦斯说："见鬼！起飞啊！这里是引擎手柄，那边是陀螺仪。这是驾驶杆……"

"明白了。"劳伦斯打断了他的话。

这艘飞船的操控台非常先进，拥有很多劳伦斯从未见过的功能按键，驾驶起来和"小丑号"区别很大。不过它毕竟是艘飞船，劳伦斯很快就熟悉起来。他点燃了引擎。

隆斌波冲着电台吼道："怎么回事？！你们要跑去队长面前确认？好啊！你们去吧！我这就起飞！此次任务有绝对优先权！"

"你为什么不杀掉那个该死的塞津人？"劳伦斯抱怨道。

"杀掉孔瑞德？那可不是闹着玩的，即便是掘地三尺，星球总部也会找到你，处决掉你。"

劳伦斯点了点头，表示恍然大悟。他开始把所有的精力都放在研究眼前的驾驶平台上，这艘飞船的先进程度让他不禁啧啧称奇。按下引擎启动按钮后，只过了不到三十秒，引擎灯就变绿了。劳伦斯刚刚关闭制动系统，飞船就升到了空中，在地面扬起了一团灰尘。

"全速前进！"隆斌波命令。

劳伦斯加大引擎的马力，飞船迅速飞离了黑森林岛，消失在无尽的天际中。

"转向东南。"隆斌波指明了前进的方向，"待会儿如果发现敌人的飞船追上来，你再通知我。别紧张，或许那些家伙几分钟后才会发现问题。"

"快去照顾我爸爸。"劳伦斯点点头，迫不及待地说。

隆斌波拖着巨大的身躯，绕过驾驶座椅，朝船舱后面走去。那里，约瑟的呼吸已经非常微弱，时而还会间断。

"他还好吗？"劳伦斯问道。

"不好。"

隆斌波伸出那只没有受伤的手臂，掀开约瑟的衣服，仔细地查看了他的伤口。劳伦斯忍不住扭头看了一眼：父亲的整个胸口都已经血肉模糊，惨不忍睹。

隆斌波走到船舱尾部，找出医疗箱，从里面取出伤口包扎套装，将约瑟的伤口进行了初步处理。套装敷在伤口上，可以逐渐释放止痛物质进入约瑟的血液中。过了没多久，约瑟原本扭曲的面部神情便松弛了下来。

"他再也不会感到痛苦了。"隆斌波一边说，一边掏出另外一个包扎套装，开始处理自己肩部的伤口。

"他再也不会感到痛苦了"——劳伦斯懂得这句话的含义，但他什么都没有说。

隆斌波重新回到劳伦斯旁边的座椅上，说："等敌人追上来的时候，换我来驾驶。要摆脱那些混蛋，应该没什么问题。别看这艘飞船个头儿小，经过我之前的改装，性能可不差，绝对能把星球总部派出的任何一艘宇爆级飞船甩得远远的。"

"那个电子钥匙是有密码的……你不觉得之前就应该告诉我们吗？"

隆斌波不屑地笑了一下，说："根本用不着。你随便输入什么都可以启动它。"

"那……电脑数据的备份呢？如果我没有记错的话，孔瑞德早就把电脑里所有的数据拷贝了出来。就算你把电脑炸成粉末也没用。"

"嗯，没错。他当时的确这么做了，而且坚持亲自操作。不过，拷贝数据所使用的软件是我设计的。嘿，你能想象出，当孔瑞德查看备份却发现那只是一堆毫无意义的垃圾时，脸上将会是什么表情……"

劳伦斯没打算继续听他讲下去。他离开了驾驶台，走到船舱后面，想去看看自己的父亲。他抱起约瑟的头，放在自己的双膝上。父亲的脸色灰白，但表情很放松，双目也平静地闭合着。

劳伦斯没哭。他就那样静静地待着，希望父亲能张开嘴，跟他说两句话，哪怕只是毫无内容的呢喃。父亲救了他。在无情的子弹射出的那一刹那，父亲拖着伤残的身体，居然奇迹般地扑在了自己的身上——这不公平。

在劳伦斯的脑海中，映现出父亲笑着说话的模样："我是你的爸爸，我跟你说过，无论什么情况下，我都愿意牺牲自己，换来你的生命。"

在劳伦斯的脑海中，约瑟冲他挤了挤眼睛，接着说："儿子，你得相信希望的力量，不用太担心。作为一个合格的寻水猎人，要懂得如何面对险境，与敌人周旋，最终生存下去。"

可约瑟什么都没说，他只是静静地躺在椅子上，呼吸越来越微弱。然后，一切都结束了。

劳伦斯抚摸着约瑟的头发，安静地等待着。他暗自祈祷，无论父亲的灵魂现在身处何处，自己定会在附近遇见一位水神，并在他的带领下，找到大河的源头。在那里，水——这种珍贵、清爽的液体将永生不竭。

2251年热月3日，京都17号岛。

北纬35度，东经135度48分。零线以上40米。

"这意味着什么？"

在瓦莱丽的脑海中有个声音挥之不去，她随后将注意力转移到自己的餐盘上。此时，乔尔将餐盘挪得离瓦莱丽远远的，然后用冷漠的眼神看着她说："我想说的是，如果华盛顿5号岛的人接手的话，聚雨盆将不再是我们小组的项目。"

提巴德的记忆胶囊再一次起了效应，瓦莱丽的大脑中再次重复起那些话："邀请华盛顿5号岛的专家们来水研究中心参观，证明给他们看总部所耗费的人力和物力是值得的……"瓦莱丽心想，这难道就是无脸人对提巴德所言的最终目的吗？只是聚雨盆试验脱离水研究中心的控制那么简单吗？

"那艾科第二小组怎么办呢？"瓦莱丽问道。

"会有负责的事。"乔尔回答说，"显然，这不是你应该关心的问题。"

就这样，乔尔最终将苗头指向了正题：

"来吧，瓦莱丽，你还记得我们这个小组除了我们两个人以外，还有谁吗？"

瓦莱丽迟疑了片刻："还有布里曼教授，当然了。还有另外两个来自东方的同学，何若基和……伊多。"

“阿伊多，她叫阿伊多。还有呢？”

“还有一个女孩，那个眼睛长得有些奇怪的女孩。”

“是的，她叫什么名字？”

“玛达莱娜？不，等一下，叫玛莉亚？玛丽？”

“米利阿姆。”乔尔叹了口气，“看到了吧，你已经不再属于这个小组了。你现在是个大人物，是水研究中心最有能力的塞津人，提巴德教授的得力助手。这个团队已经容不下你了。”

“你这是怎么了？是羡慕还是嫉妒？”瓦莱丽脱口而出。

“都不是。只是请你不要假惺惺地在意我们小组正在做的事。你过你的日子，也让我们安宁度日吧。”

“你的意思是……”

“我们不再是朋友了”这句话几乎就要说出口。但是瓦莱丽忍住没有说，她只感到胸口一阵灼痛和说不出的失落感。

乔尔转过头来，试探性地继续说：“你已经有了新的朋友，瓦莱丽。比如说：提巴德，还有那个京塞族女孩。”

“莉妮……”

“你看，她的名字你倒是记得很清楚。”

提巴德教授的书桌上出现了一张传真便笺和一粒记忆胶囊。这简直不可思议，这些东西是从哪里来的，记忆胶囊应该是由一个人亲手交给他才对，而这个人，曾经无数次侵犯过这间公寓的隐私。

便签上的字只有一行，是用手快速书写的：

档案已经不在我们的手中，继续接下来的工作。

提巴德将便笺反复念了两遍，想象着无脸人和他说过的那些话，心想恐怕有人会因为丢失了那份秘密档案而赔上性命。

提巴德教授将便笺在焚烧炉中烧毁，然后呆坐在书桌前，手里捧着那颗记忆胶囊。一时间，他感到无所适从，不知道该做些什么。可以当做没有收到这张便条吗？他将记忆胶囊扔到了桌边。

忽然，从记忆胶囊里冒出了一股烟雾，顷刻间被吸入到提巴德的肺部，致使他开始咳嗽。

提巴德迷迷糊糊地认为："是他们用错了剂量。一颗记忆胶囊里装了太多的信息和数据。"而后，他的大脑就被一团夹杂着愤怒、血腥和暴力的信息所弥漫，这些信息深深地烙印在他的记忆中，挥之不去。

瓦莱丽走出食堂，在教师们的专用电梯前徘徊了片刻，最后穿过走廊，来到了提巴德教授的公寓门前。瓦莱丽敲了敲门。没有回应。然后按下通讯器，试图呼叫提巴德，但提巴德的通讯器却是关闭的。瓦莱丽只好继续敲门。

"教授先生,您听得到我吗?教授先生!"

该死,这一定是突发状况!瓦莱丽心想。晚霞从宽敞的玻璃窗外透进来,洒满了整条走廊。瓦莱丽任凭光线照射进身体,然后将体内的光能重新聚集,她利用聚集后的光能激发体内的愤怒。莉妮,她的哥哥,乔尔——他无情地将瓦莱丽驱逐出试验小组,还有聚雨盆的试验项目……

想到这些,瓦莱丽将愤怒聚集在右手的掌心,直到感觉手指一阵灼热,并呈现出蓝色。随后她聚集了超能力,射出脉冲光波至电子锁,试图将门锁打开。

随着一阵短路的光波和门发出的咯吱一声响,门轻轻地自动打开了。

瓦莱丽看到提巴德正瘫坐在书桌前,头倚在桌板上,鼻子里淌着血。

"天哪!不!"

瓦莱丽将门关上,跑向提巴德。地板上散落着记忆胶囊的碎片,莫非是超剂量了?瓦莱丽下意识地做出判断。

瓦莱丽感到体内的超能力仍在沸腾,她将提巴德从座位上搀起,架起胳膊,将他拖到卧室的床上。

"瓦莱丽……"教授呻吟着。

"请您安静下来,一切都好,没事的,您需要好好休息。"

瓦莱丽冲进浴室,接满一杯水。她扶起提巴德的头,让他喝下这杯水,一口一口地让水浸湿提巴德干燥的嘴唇。

"水会慢慢稀释掉超剂量的记忆胶囊,这样能让您感觉好一些。"

将记忆胶囊的配方弄错是很业余的做法,幼稚之极。就连学院的新生班学员都能非常正确地在五分钟内配置化学成分。而那个无脸人无疑是展示了一次他作为专业人士的手腕。因此,对这件事的唯一解释就是:他做这样的配方,是为了让他的合作者饱受折磨一两个小时,痛苦不堪,却又不会致命。

当提巴德再次醒来时,脸上露出了痛苦的表情,全身出了一身汗。他看到瓦莱丽后,努力着挤出一个笑容,但嘴唇却开始抽搐。过了一会,提巴德说:"你必须逃离这个地方。"

瓦莱丽睁大了眼睛,问:"为什么这样说?"

"记忆胶囊……那个该死的家伙用了至少五倍的剂量……"

"提巴德教授,请您不要说话了,再说下去会加重不适感。"

"不,我必须说下去。还有没有水?"教授将另一杯水一饮而尽,然后接着说:"你必须逃离这里,逃得越远越好。"

"为什么?您究竟想说什么?"

"艾科第二小组错失了聚雨盆的项目。"

"乔尔已经告诉我了。"

"是的,但我不相信他也告诉你这其中的原因了……我那位无脸人朋友以一种残酷的方式做了这件事。"

提巴德握住瓦莱丽的双手。此前，瓦莱丽会因为与一个京塞人近距离接触而感到厌恶不已，而如今……这是多么大的变化啊！

"星球总部的代表们正处在危急中：他们联络自己的头目试图瞒着我。而那该死的记忆胶囊反而让我获取了这部分珍贵的信息：热月30日，水研究中心将会被关闭。"

"什么？！"瓦莱丽脱口而出，"这岂不是不到一个月的时间了！"

"我，还有一组被选中的塞津人，当然也包括你在内，我们将会留在水研究中心里继续进行再造水循环的实验。然而，并不是像现在这样的环境。记忆胶囊揭露了他们的计划：这里将会被改造成一处监狱。"

"但是……"

"那份他们曾答应交给我的档案已经没了，丢失了。已经不在无脸人的手里了，我简直不敢想象他知道这个消息时该会怎样地暴跳如雷。我对他故意将胶囊剂量弄错一点也不感到惊讶，他是以这样的方式让我感受到他的愤怒有多么强烈。没有了那份档案，我们研究成功的可能性就微乎其微。这也是为什么星球总部不再希望像现在这样保留水研究中心。这里将被改造成一处安全级别最高的，用来关押科学家的监狱。"

提巴德继续喝水，然后接着说："现在，到了关键的一步。聚雨盆项目已经落入华盛顿5号岛的学院之手，他们正在启动这个项目。也就是说，在不久的未来，一组塞津人将会被选派去星球总部，进行造雨，使雨水降落在总部的聚雨盆里。因此，对于他们来说，水的问题是解决了。"

瓦莱丽实在忍不住了，说："这不是真的！就像那个无脸人说过的：我们就像是没有根系的植物，直到……"

提巴德摇了摇头，说："你不明白。在星球总部和无脸人的眼中，谁居住在天空之城真的是一件无关紧要的事。他们只对一件事感兴趣，那就是超能力。而水就是超能力之所在。星球总部能对塞津人发号施令，同时又拥有聚雨盆。这样一来，天空之城所有的水资源全都在星球总部的掌控之下。而人，包括叛军在内，就必须在生存和投降之间做出选择，或者选择和他们的自由一起同归于尽，消失殆尽。"

瓦莱丽猛地站起来。她简直不敢相信：眼前的提巴德教授竟然是一个叛徒，一个异教徒！

"星球总部不可能做出这样的事。"

"为什么不可能？如果你控制着星球，你会怎样做？"

"但是，星球总部不能决定所有人的生死啊。像他们那样脆弱的群体，这样做风险太大，会损失惨重……"

"超能力！瓦莱丽，你要记得超能力才是主宰。"

瓦莱丽转过身去,提巴德起身要拦住她,但是瓦莱丽逃脱了。

"你要去哪里?"

"我要走了,我得好好想一想。"瓦莱丽说。

"等一下。"提巴德沉默了片刻,继续说:"我已经停止了关于京都2号岛的试验——关于地震的试验。"

瓦莱丽愣住了。她几乎已经忘记了这回事:这是一项研究在塞津人的超能力和天空之城的岛屿移动之间有可能存在关联的试验。

提巴德接着说:"目前出现了一个有意义的数据关联。这需要试验来进行验证。但是有一点可以确定,那就是:超能力与悬浮在空中的陆地碎片现象的确有着紧密的联系。"

瓦莱丽感到心怦怦直跳。

她简直不敢想象提巴德教授披露的这个消息会产生怎样的后果。

"现在你可以走了,去想想我说的话吧。趁现在还不算太晚,你应该逃离这里。"

瓦莱丽心中默念:"我忠诚于星球总部和掌管它的人。我忠诚于'万物相关联理论',我之所以能通过太阳的聚合力量产生超能力,正是得益于此理论。我感谢上天赋予我的超自然能力,感谢教我如何接受超自然能力的祭司们。我发誓,只要我还活着一天,就绝对效忠星球总部。我的每一步、每一次举措,每一个选择都将与星球总部的意愿相一致。如果有人在未来的某一天对我说:'这就是星球总部的臣民,一举一动,时时刻刻都奉献给星球总部的人。'这将会是对我最崇高的赞扬。"

瓦莱丽迈着轻盈的步伐穿梭在走廊间,集中精神感受着因紧张而在全身产生的肌肉节律性伸缩。最终,她开始重新默念誓言:"我忠诚于星球总部和掌管它的人……"

她不记得这些誓词之前是谁教给她的,只感觉这些话好像自她第一天来到这个世上就已深深地镌刻在了脑海中。莫非是他们给瓦莱丽服用了记忆胶囊? 也许吧。她至今还清晰地记得自己曾在新贝尔伐学校的教授面前发过誓,当时她的声音是那么的坚定不移,没有半点犹豫。

瓦莱丽心想,如果真的是这样,当时自己年纪那么小,又怎么可能理解其中的意义呢? 如今看来,这个誓言真的就是一成不变的吗?

这种内心的恐慌一直上升至瓦莱丽的喉咙,让她感到周围的世界都在颤抖。瓦莱丽摇摇晃晃,她倚着墙壁,让自己不至于摔倒在地。她心跳加快,有种窒息的感觉。没有星球总部的生活,这怎么可能呢?

"我忠诚于星球总部和掌管它的人。我忠诚于'万物相关联理论'。"

只占总人口极小部分的当权者,却把天空之城稀缺的水资源牢牢掌握在手中,并利用它维护星球总部的高压统治,这难道就公平吗？从没有人讨论过这个问题，星球总部也决不允许任何人对此擅自发表评论。"星球总部的决定永远英明"这句话已然成为全世界默然接受的"真理"。而且，对瓦莱丽来说，那些京塞人的看法又何关紧要呢？即使她认识提巴德教授，认识莉妮，但他们终归属于和自己不同的群体——他们是劣等人种，被"万物相关联理论"排斥在外的低等生物。如果京塞族人被星球总部从天空之城清扫出去，也没什么大不了的。瓦莱丽忧虑地思索着。

真的是这样吗？

瓦莱丽眼前浮现出莉妮的双眸和她那被飞船的轰鸣声所淹没的笑声……

瓦莱丽在挣扎，她无法确定自己面对的是真相还是谎言。提巴德教授和无脸人都有可能在编造谎言欺骗自己。或许，这真的只是一连串的无稽之谈：星球总部又怎会犯下如此邪恶的错误？星球总部做决策一向都是以整个人类的大局为重啊！

她想到了莉妮的纸条："如果需要帮助,记得去找'红花'。"而现在的自己，从没这么迫切地想要向他人寻求帮助，指点迷津。

瓦莱丽本能地加快了脚步,她甚至开始一路小跑。"红花"是什么意思？一块纸板？一幅图画？还是京塞族服务员们别在纽扣洞里的鲜花？或者是别的什么东西？

瓦莱丽来到一间花房——就是此前她看到提巴德教授与无脸人会面后，提巴德焦虑地踱步的那间花房。她转遍了这里的每个角落，仔细地查看了每一株植物。花房里起码种植着三百种以上可以称得上是红色的花卉，从火红到紫红。瓦莱丽就这样一株一株地查下去，却没有任何发现。

瓦莱丽随身携带的通讯器不时发出震动，她却毫不在意到底谁在找她：是提巴德教授？或者是乔尔？还是布里曼？她觉得无论是谁，都无关紧要。她走上露台，看到那里的花坛中只剩下一束已枯萎的玫瑰。她跪在地上，认真地检查了它的每一根刺茎和附近的土壤，仍然一无所获。她不禁苦笑了一下，连她都不知道自己究竟在找什么。

这期间，恐惧感一阵阵地向瓦莱丽袭来，让她觉得不寒而栗。她明白自己在做什么，也清楚地知道这意味着背叛。她在寻求帮助，希望逃离星球总部的统治，希望找到铁证来指控星球总部的罪行，希望能从心理上摆脱当初的那个誓言。她甚至觉得，自己目前的行为不可理喻，无法理解。

瓦莱丽走出了花房，此时的水研究中心大楼，在她眼中已经变成了一只鸟笼，变成了一座比新牛津学院还令人窒息的、肮脏的牢狱。

她被欺骗了，却不明白是何时、何地、被何人欺骗了这么多年。

　　她乘坐电梯，来到水研究中心地下的心脏府邸：绝大多数京塞人的工作、生活区域就被限制在那里。他们在那从事繁重的劳动，来满足作为主人的塞津人的所有需求：饮食、清洁，检修电子设备、下水管道、供暖设备、空调系统等等。瓦莱丽沿着走廊前行，对迎面遇到的京塞人朝她这位不速之客投来的惊讶目光，她丝毫没放在心上。瓦莱丽认真地观察了每个女人的头发和每个男人的工作服，仍然没有任何"花"的痕迹。

　　随后，瓦莱丽来到地下停机库，从身穿蓝色工作服的机械师身边走过。莉妮的飞船依然停靠在之前的机位上——虽然相同款式的飞船很多，但她还是一眼就找到了它。

　　鬼使神差似的，瓦莱丽钻进了飞船，坐在驾驶员的位置上。她伸手从座椅下方掏出莉妮的驾驶服和头盔，把上面的每个口袋都翻了一遍：她希望能找到一些线索。可是，仍然一无所获。她叹了口气，穿上了这套衣服，并小心翼翼地戴上驾驶头盔。

　　我在做什么？瓦莱丽心想。在用了一整天寻找答案却无果的情况下，为什么自己还在这里浪费时间？她自己也想不明白。

　　瓦莱丽启动了飞船的引擎，让飞船进入预热状态。在这过程中，没有人过来打扰或是叫嚷着让她离开飞船。况且，仅凭机械师的身份想要阻止她的行动,简直是不可能的事情。

飞船进入待飞状态后, 瓦莱丽毫不犹豫地驾驶着飞船离开了地面, 功率强劲的螺旋桨在四周卷起一阵旋风。瓦莱丽牢记着莉妮的嘱咐:驾驶这架飞船决不能离开京都岛一百五十米以外。不然,在水研究中心上空巡逻的"宇爆"飞船将会毫不留情地发射导弹,将它炸为碎片。

透过驾驶舱的窗户, 瓦莱丽闻到了夜晚清凉的空气。空中漂浮着的一座座岛屿投下巨大的阴影,时而笼罩住飞船。瓦莱丽驾驶飞船从一架即将降落的巨型运输机旁飞过, 她伸出手朝对面的京塞族驾驶员招了招手。在做出这种表示友好的手势后, 瓦莱丽突然觉得心情舒畅了许多,她放声笑了。

瓦莱丽的飞船离开了停机库,盘升到空中,朝水研究中心建筑群的正上方飞去。她从露台上方飞过, 从房顶的玻璃穹顶飞过,从悬浮在半空中的舷梯旁飞过,然后沿着建筑的另一边逐渐下降。

突然间,在飞船强烈灯光的照射下,瓦莱丽看到附近的岩壁上隐约凸现出一个小小的平台, 大约几米宽的样子。如果瓦莱丽没有及时调整下降角度,很有可能会撞在上面。

"好险,就差那么一点儿。"瓦莱丽心中暗自庆幸,打起精神准备把注意力集中在面前的驾驶操控台上。

就在这时, 瓦莱丽眼角的余光不经意间发现岩壁上出现了几个字，那些字刻在一块看上去像是来自旧世纪古老地球的金属牌上。牌子大约有几米长，被牢牢地固定着，历经风吹雨打，字迹已非常模糊，但瓦莱丽还是勉强能识别出其中的两个字"红花"。

莉妮的纸条！瓦莱丽马上想起了好朋友最后留下的话，一下子明白了这就是她所要寻求帮助的地方。

于是，她驾着飞船上升了几米，重新回到平台的上方。这一次，她认真地打量了附近的岩壁。平台的后面，连接有一条狭长的走廊。如果小心驾驶的话，宽度正好够她的飞船通行——或许这正是莉妮的精心设计。这里就是她的藏身之处，可以躲过星球总部执勤飞船的监视。

"进去看看吧。"瓦莱丽提高嗓门给自己打气。

进入洞口没多远，碍于山洞的狭小，飞船就不得不降落了。瓦莱丽熄灭引擎，走下飞船，沿着山洞继续前进。随着山洞深度的增加，洞中的空间显得愈发局促。瓦莱丽不得不蜷缩着身体，蹭着岩壁朝前走。就这样又前进了十多步后，瓦莱丽来到一处圆球形的空间，大小只够她蜷缩着坐在里面。瓦莱丽在这里发现了一台便携式发电机、一盏电灯、一台电脑、一叠草稿纸和一些工具(包括一台小型长波电台和一部飞船导航仪)。

莉妮是间谍！那她是在为谁服务呢？

　　瓦莱丽拿起那叠稿纸，借着忽明忽暗的灯光翻阅起来。里面记录着水研究中心的建筑设计图、各种数学公式、内部通讯信息等等。总之，一切看起来都杂乱无章。她打开了电脑，里面也都是类似的资料。

　　就在这时，一本封面精致的笔记本吸引了瓦莱丽的目光。她看到，那上面用漂亮的笔迹写着"工作日志"。她决定从这本笔记读起，希望能找到事情的头绪。

第二章

2251年热月4日,京都17号岛。

北纬35度,东经135度48分。零线以上40米。

外面,夜幕已经笼罩了整座京都17号岛。但在瓦莱丽藏身的山洞里,在便携发电机和照明灯带来的光亮中,她忘记了时间的概念。

探员编号:L000171089。地点:水研究中心。时间:牧月21日。在不懈地努力下,终于获得进入区域的授权,官方身份:厨房服务员。应该承认,这是个不错的机会。对"阿尔法"区域的资料收集工作已经展开。我得抓紧时间了。

"官方身份?"瓦莱丽快速地浏览着后面几页,焦急地想弄明白到底是怎么回事儿。

　　探员编号：L000171089。地点：水研究中心。时间：牧月28日。"阿尔法"区域已经找到：红花。开始建立秘密基地。

　　私人备注：形势危急，发现多艘"宇爆"飞船在水研究中心附近领空进行巡逻，级别：标准级，参看 X/29/2号文件。我已通过无线电台申请将此次任务的危险级别提升至红色五级，目前正等待本部回应。此外，和塞津人发生了第一次直接接触，但已排除她是"目标人物X"的可能性。那是个令人讨厌、性格冰冷的家伙。

　　瓦莱丽屏住了呼吸。"目标人物X"？莉妮指的是自己吗？

　　探员编号：L000171089。地点：水研究中心。时间：牧月29日。昨天，"宇爆"飞船击落了从水研究中心起飞的"玛慕斯号"飞船：上面的乘客是那些之前拒绝与提巴德教授合作而选择离开研究中心的塞津人。与提巴德教授不合者可就地正法，这项原则在 X/29/16号补充文件中有具体陈述。飞船上的所有人都死于非命。本部已确认同意将任务危险级别提升至红色五级，也就是说，以后的工作将在完全掩饰身份的情况下进行。

　　莉妮在之后几天的工作日志中，只留下来一些只言片语和毫无逻辑的图绘，瓦莱丽把这几页日志快速地翻了过去。就在翻阅的时候,一段话引起了她的注意。

探员编号:L000171089。地点:水研究中心。时间:获月20日。在尴尬的境地中,意外地得到了一个塞津族女孩儿的帮助(具体情况可见牧月28日记录),我不知道该怎样去诠释她的这种行为,或许,她就是"目标人物X"?她是个机灵、聪明的女孩子——理想的目标人物。

自己被莉妮利用了?自己只是莉妮获取情报的管道,是她突破重重障碍的工具?怎么会这样?!亏得瓦莱丽还把莉妮当成是自己的朋友,自己真是太愚蠢了!

探员编号:L000171089。地点:水研究中心。时间:获月23日。获得 A/28/56-72-31号文件。

探员编号:L000171089。地点:水研究中心。时间:获月24日。更正:瓦莱丽不可能是"目标人物X",之前是我的判断错误。探员是否因此需要在情感上与瓦莱丽保持距离,我不这样认为。我想,我们还是朋友。

直升飞船:另一个判断错误?因为我已经把钥匙交给了瓦莱丽。但我相信,我对她的信任是会得到回报的。

探员编号：L000171089。地点：水研究中心。时间：获月25日。获得 A/28/57-73-41号文件。已联系本部：任务危险级别提升至最高级别——红色一级。从目前获得的文件得知，水研究中心计划在星球总部执行的各项计划中占有绝对优先权。这意味着，如果此计划获得成功，整个叛乱活动将遭受致命打击。警报。等待支援。

探员编号：L000171089。地点：水研究中心。时间：获月26日。一无所获的一天。本部通知：增援的探员已经上路，是L。帮手终于来了，真令人高兴。瓦莱丽慢慢开始明白整体局势了，现在我越来越信任她了。她的智商真是旁人不可及的，应该还能发挥更大的作用。我计划到时候把L介绍给她认识。他们一定会彼此欣赏的。

探员编号：L000171089。地点：水研究中心。时间：获月27日。现在已经很难获取到新的文件了，整个水研究中心的安保级别都在不断提高。再过三天，星球总部会派一批官员过来，将在同一天抵达的L可能会遇到些麻烦：21/13号文件规定，届时将会有半个小时的飞行管制，或许所有飞船的起降都会被禁止。究竟是什么重要的人要来水研究中心？他们为什么而来？一切都不得而知。

"无脸人"是其中的一个，他会是谁？瓦莱丽心想。她接着读下去，莉妮的日志最后写道：

探员编号：L000171089。地点：水研究中心。时间：获月30日。糟糕！L的飞船爆炸了：一定是情报泄露了。但他们却掩盖了事实，对外宣称飞船是意外坠毁，机上所有人员都不幸遇难。L是我最亲爱的哥哥，我非常难过。

如果真的出了叛徒，他一定也会出卖我的。自杀胶囊已经被我安装在牙齿上，我决不选择背叛。"红花岛"只能乘坐Y21号直升飞船前往，如果其他飞行器闯入，藏在那里的所有数据都将自行毁灭。我是按照12/12/ter文件规定的标准流程，使用水研究中心的保密设备设计的自毁系统。只有瓦莱丽能找到那个地点。数据会很安全，很安全。我希望如此。报告结束。

自毁系统？看来直升飞船上一定装有微波系统，自动与这个山洞的接受装置进行身份甄别。

瓦莱丽在脑海中不自觉地开始埋怨莉妮。这样一套简单的安全系统怎能骗过星球总部的那帮家伙？如果微波通讯被干扰,瓦莱丽就到不了这里。如果被别人发现这里……

按照日志中提到的内容,瓦莱丽开始仔细研读剩下的文件。莉妮的情报收集工作做得相当到位:资料收录了艾科第二号小组和其他科研小组的研究报告,提巴德教授的私人笔记以及提巴德教授和她合作研究的成果报告。在资料中,瓦莱丽甚至找到了一份关于塞津人超能力与各岛屿漂浮轨迹之间关系的研究报告。

经过研读,瓦莱丽第一次对水研究中心的情况有了全面了解,而真相却使她不寒而栗。锡耶拉小组和祖鲁小组研究的课题是如何将水循环实用系统在全世界范围内推广。星球总部的野心从此可窥见一斑:假使如此规模的水循环系统建成(从文件内容可知,瓦莱丽所设计的聚雨盆都将成为这个系统的一部分),必将成为星球总部最强有力的统治工具,足以彻底击垮叛乱势力。天空之城的很多地区都会被星球总部肆意破坏,变成一片片荒漠。这个世界上仅存的水资源将会被星球总部这样的暴力集团牢牢控制住,寻水猎人的角色也将会永久性地退出历史舞台。

文件中的数字与图绘在瓦莱丽的脑海中编织出一幅幅凄惨的画面:无辜的人们成为星球总部的战俘,可怜的孩子们或被杀戮,或被抛弃,继而渴死。那些都是京塞人,是的,和莉妮、她的哥哥,还有提巴德教授一样的京塞人。

　　如此一来,星球总部将有权决定整个星球的生死,还有这个星球上所有生命的存亡。

　　瓦莱丽强迫自己从对未来的担忧中解脱出来,重新集中精神接着读下去。获月30日后,莉妮没再写过日记,而只留下一封很长的信:

亲爱的瓦莱丽:

　　自从我来到京都17号岛,这是我第一次感到恐惧。我想立即逃走,带着这些日子以来收集的资料,登上直升飞船,回到我的亲人身边去……然而,我是个接受过严格训练的探员,我知道,现在还不是时候。

　　原因是你。你的才华和能力远远超出了我收集到的材料的价值,足以让我从事的工作的价值翻倍。你能改变这一切。

　　我得停笔了,去接着做服务员的工作,我会去找你,请求你和我一起逃离这个可怕的地方。如果一切顺利,你将不会读到这封信,我们会一起出发,去开启一段崭新的、伟大的历程。

　　但我也得考虑,如果事情没有按照我的计划顺利进行的话该怎么办?我也知道,形势对我非常不利……那么,我剩下的时间就不多了。

　　如果你独自来到"红花"地点,读到了这封信,那说明事情很糟糕。布里曼教授不只是你的导师,他和我一样,还有另一个身份：星球总部派来的间谍。也就是说，他替星球总部监视着所有人的行为。我得到准确的消息说，他已经识破了我的身份，并下令逮捕我。但我是不会被他们活捉的——你懂我的意思。

……

瓦莱丽读不下去了，泪水从她的双颊流淌下来。她知道，莉妮指的是自杀胶囊。

……

现在我很害怕，但我得振作起来，完成这封信，每一分钟对于我来说都非常宝贵。我知道，我不能强迫你，这应该是你自己的决定。我知道，这个决定意味着极大的风险：我能体会到你的疑虑，你与星球总部无法割断的千丝万缕的联系，我无法影响到你的判断。我也不应该去影响你的判断。然而，我依然愿意去信任你，我的朋友。

无论你做出什么选择，即便是你决定留在水研究中心，我也可以理解。

如果你已经做好准备，决定抛弃这不公正的一切，永不回头，那么请你收好我藏在这里的所有资料，登上直升飞船，按照我日志中的逃离计划去做，制造一个分散敌人注意力的机会，趁机离开这里。然后，将飞船调整到自动导航状态——导航仪设定的地址会带你找到我的朋友和亲人们。

以诚相待，将心比心，这就是我对你唯一的期盼。我的心永远和你在一起。永别了，我的朋友。

瓦莱丽把信的最后三句话重复读了好多遍，直到视线再一次变得模糊。莉妮没能活着逃出来，她跑来自己的房间，在枕头下放了那张纸条，然后布里曼就赶到了……或许，还发生了些别的事情。那又有什么区别呢？想到这里，瓦莱丽就啜泣起来。自己再也见不到莉妮了，那是她第一个，也是目前唯一可以交心的朋友，她把所有的希望都寄存在自己的身上，然后被捕牺牲了。瓦莱丽又回到一个人无依无靠的境地。她躺在山洞的地上，闭着眼睛，一种说不出的痛苦在全身肆意蔓延开来。

现在，她没有别的出路了。她可以选择毁掉手边的所有文件，回去接着做那个宣誓效忠星球总部的塞津人。可是，如果布里曼之前一直在调查莉妮，就一定也对自己产生了怀疑。真是太危险了：之前几天，自己都在毫不知情的情况下被他们监视着。

唯一的选择就是逃走，那意味着自己将成为一名叛乱分子，远离星球总部，远离它那野心勃勃的计划，远离她所熟识的所有人。但自己该去哪里？又怎么去？

　　瓦莱丽试图理清头绪，整理出一条思路。她是不是应该找到提巴德教授，向他澄清自己目前的处境。是不是应该回去和乔尔告别？然而，很快地，她就意识到这些想法有多么疯狂。重新回到水研究中心，这会令她那本来就成功率极低的逃离计划更加难以实现。

　　此外，她发现自己什么都不缺，没有再回到水研究中心的必要。所有的科研材料都被莉妮收集整理好了，带着它们，可以在世界的任何一个角落继续自己的研究。或许，在不久的将来，自己还能和提巴德教授联系上——自己毕竟还保留着那部通讯器。

　　瓦莱丽开始研究莉妮在日志中提到的那份12/12ter 号文件，里面详细描述了水研究中心的整个安全保卫系统，甚至对星球总部派来的工人们在哪些地点安放了足以炸平整座岛屿的炸弹都有详尽的记录。

　　当她发现一颗炸弹就安装在距离自己所处的洞穴不远处时，一点都没有感到意外：莉妮已经计划好了一切。

　　瓦莱丽调整了下心情，将失去挚友的痛苦埋在了心底。她知道，自己没有时间去悲哀，去哭泣，而需要立即行动。莉妮用牺牲换来的机会不能就这么白白地浪费掉。

　　没花多少时间，瓦莱丽就找到了那条垂直通往高处的隧道。隧道很狭窄，她很勉强才钻了进去。在几乎窒息的状态下，她努力地向上爬，一直爬到京都17号岛建筑地基处安装的一块金属面板前。

面板上只有几个简单的按钮，按照莉妮的说法，它控制着其中一枚炸弹的爆炸。根据文件的描述，威力足以将水研究中心的一整栋科研大楼炸塌。瓦莱丽在内心默默祈祷，不要伤害到太多无辜的人。毕竟，此时是深夜，水研究中心的所有居民都睡在各自的房间里。

莉妮早已把一台简单的计时器连接在电子面板上，用以显示爆炸前剩余的时间。瓦莱丽深深地吸了口气，启动了计时器。一个小时的时间，应该足够了。设置完成后，她调整了下自己的手表。

瓦莱丽顺着隧道滑了下去，期间，身体一度被卡在当中，她惊恐地长大嘴巴，大口大口地吸气——里面的氧气太稀薄了。那一刻，她感到整座京都17号岛的重量都压在了自己的身上，沉重得让她无力负荷。她挣扎着，最终成功回到了起初的山洞。她看了一下手表：距离爆炸，还剩半个小时。

瓦莱丽把身边能找到的东西一股脑儿地装上了飞船：无线电台、文件、电脑、导航仪等。在经过片刻思考后，她决定把便携发电机和照明灯留下来。之后，她检查了飞船的燃料情况，发现根本不足以进行长途飞行。但不用着急，她安慰自己，现在已经不可能让爆炸计时器停下来了，不久后这里将变成一片火海。自己已经没有选择，只能马上离开，用这点燃料，总能达到某个地方吧，她想。

瓦莱丽仔细地计算了一下自己成功逃离的可能性：几百分之一吧，或许更小。但理智清楚地告诉她：这已经是最优化的计划了，至少还能让人抱有一丝希望，即便有百分之一的可能，也只能如此了。

她来到驾驶舱，看了下时间，还剩十分钟。她静静地等待着，等到距离爆炸五分钟的时候，她拿出通讯器，给提巴德教授发了条信息：

希望能早日与您重逢。请保留好这部通讯器。如果我能活下去，会用这个频段和您联系。

在设备显示出"信息已发送"的字样后，瓦莱丽关闭了它的电源。一切都准备好了，还剩下四分钟。

瓦莱丽启动了直升飞船的引擎，飞出了山洞，停留在半空中。

在月光皎洁的夜空中，远远的某个地方，一定藏着星球总部的飞船，在监视着岛上的情况。

战斗就要开始了。

瓦莱丽驾驶着飞船升到了距离地面大约一百米的空中，这样的高度应该不会立刻引起监视飞船的注意。她暗自祈祷自己没把爆炸时间弄错，祈祷飞船的雷达还能正常运转。她觉得，身后的京都17号岛已经变得非常渺小，提巴德教授和乔尔、何若基、阿伊多和米利阿姆……所有居住在岛上的人，是时候说再见了。

星球总部派来的"宇爆"飞船应该已经注意到了自己的飞船；或许，导弹已经把她列为目标，随时准备发射了。敌人不会犹豫，自己也不会犹豫。

瓦莱丽打开了莉妮留在山洞里的导航仪，它显示逃离的方向应该是东北偏东。没问题，现在只需等待爆炸前的最后几秒。

突然，爆炸发生了！爆炸的那一刻，瓦莱丽看到身后的天空被火光映得五彩斑斓，巨大的声响让她觉得似乎整个世界都被炸得七零八落。

那一刻，瓦莱丽关闭了飞船的引擎，飞船开始以自由落体运动下坠。

之前藏身的山洞也坍塌了。从山洞口冒出滚滚的浓烟，整座京都17号岛都在颤动。爆炸是在水研究中心供暖设备的楼下发生的，楼的两侧是中心的图书馆。建筑的一面墙被炸得粉碎，巨型锅炉遭到严重损坏，继而也发生了爆炸，滚烫的水蒸气升腾起来,遇冷形成白雾,笼罩着整个夜空。图书馆的地板也塌陷了,玻璃制的穹顶被炸得粉碎,消失得无影无踪。

水研究中心的内部,早已惶恐一片:布瑞克机器人从壁橱里一拥而出,东奔西跑地进行救助;那些还在加班工作的塞津人则是慌忙跑向电梯,有人摔倒了,发生了踩踏。从墙壁内暖气管喷射出的水蒸气接触到电力设备,又引发了新一轮的爆炸,整个图书馆大厅内的电脑都被炸上了天。

平时隐藏在水研究中心墙壁中的报警系统此时也不甘示弱地轰鸣起来,同时也把警报信号传输到了空中执勤的飞船上:"一次袭击!发生了一次袭击!"

乔尔看到米利阿姆摔进了锅炉间,消失在滚滚浓雾中。他咬紧牙,也奋不顾身地跳了下去。经过大约两米的坠落,他翻滚着落在了布满碎片杂物的地板上,他伤到了腿部和胸口。他挣扎着站起来,摸到昏迷中的米利阿姆。在锅炉再次发生爆炸,滚烫的蒸汽把他俩吞噬之前,乔尔带着米利阿姆离开了这里。

爆炸的时候,提巴德教授躺在公寓的床上,睁着空洞的双眼瞪着漆黑的天花板。在通讯器鸣响的同时,他听到了巨大的爆炸声。提巴德立刻跳了起来,心想发生了什么?

在打开通讯器阅读那条信息的时候,提巴德教授感到自己的脉搏一下子加快了。他关闭了通讯器,摇了摇头:这个疯姑娘!看来她接受了自己的建议,逃走了。意识到这一点,提巴德的第一反应是微笑,可很快忧虑就笼罩了他的情绪。看来又要死掉不少人,以这样或那样的方式。而自己,或多或少要担负些责任。

瓦莱丽的直升飞船以极高的速度向无尽的深渊里下坠。根据雷达显示,飞船已经到达京都17号岛地面600米以下。700米以下。这已经超过了星球总部允许的边缘,飞船随时都有可能被执勤的宇爆飞船击落。

瓦莱丽从驾驶员座椅底下掏出几颗求救信号弹,拔掉了它们的引信,然后打开了驾驶舱的窗户。明亮的红色烟雾从飞船冒出,瓦莱丽想用这样的方式迷惑星球总部的士兵们:他们会以为飞船出了机械故障,而对其置之不理。也或许,岛上的爆炸事件已经完全占用了那些士兵的精力,根本顾不上理会她。

直升飞船在不停地跌落,两千米,三千米……窗外,能看到无数块面积不大的"岛屿"从飞船边擦过。瓦莱丽一直屏着呼吸,睁大眼睛盯着雷达。只需要一块就够了,一旦正面撞上,拳头大小的"岛"就足以穿透飞船,让自己粉身碎骨。但也没办法,在关闭发动机的情况下,现在只能生死由命,任其坠落了。

　　一块碎石撞到了飞船上，船体失去了平衡，翻了个个儿，头朝下继续下坠。根据雷达显示，飞船已经以自由落体运动下降了三点五千米。然后是四千米。

　　飞船开始剧烈地抖动，外壳上的金属板不断地从船体上脱落，漂浮在空中，就像一只只蝴蝶。雷达显示，坠落到达五千米。整个飞船开始剧烈地抖动起来，瓦莱丽使劲儿咬紧牙关，以避免在震动中咬到舌头。她知道，自己已经抵达天空之城大气层的尽头，所谓的"天空"已经消失，取而代之的将会是……谁知道呢？没有人能活着从"天空"之外回来，告诉我们那外面是什么。但可以肯定的是，天空之外空气稀薄，氧气稀缺，令人窒息。

　　瓦莱丽转动钥匙，想要重新启动引擎，可发动机却发出了异常的声响，排出一股黑色的烟雾，之后就没有动静了。瓦莱丽又试了一次，引擎依然没有反应。

　　"加油啊，这该死的机器，加油！"瓦莱丽暗念。此时飞船的抖动是那样的剧烈，以至于她连驾驶手柄都握不牢。发动机不时发出"呜呜"的抗议声，却一直处在罢工状态。"啪嗒"一声，瓦莱丽听到机械启动的声音，螺旋桨突然开始转动起来。她立刻给足马力，发动机发出"嗡嗡"的轰鸣，挣扎着减慢了下坠的速度。

　　瓦莱丽小心翼翼地通过操控系统恢复了飞船的平衡状态，

然后使劲儿拉起了驾驶手柄。

她的飞船终于开始向上攀升。

一直到天明，瓦莱丽都任由飞船盲目地飞行在这片白茫茫的天空中，飞船两侧飘过无数岛屿，只是没有一座面积能达到允许降落的地步。

在一段时间里，瓦莱丽想起自己多年前在学校图书馆中找到的一本来自旧世纪古老地球的童话：讲的是一个小王子孤单地生活在一个微型星球上，只有一株玫瑰陪伴着他。瓦莱丽很喜欢这本书，因为故事总能让她联想到自己身处的这个世界——天空之城，和它空中漂浮着的大大小小的岛屿。

导航仪引导飞船穿梭在大气层内，不知前往何方。从外形看来，这是一部非常落后的仪器，绿色的屏幕上只显示着X、Y、Z三向立体数轴，以及一个箭头在显示他们前进的方向。屏幕上没有标出目的地所在，也没有标明还有多少距离要走。从半小时前开始，驾驶员仪表盘上就有一个红色警示灯一直在闪烁：燃料即将用尽，备用燃料箱已启用。

由于紧张，瓦莱丽那只握紧驾驶手柄的手已经湿漉漉了。这时，导航仪屏幕中X轴上的箭头突然消失了，只剩下Y轴上的箭头。这说明，飞船在垂直上升。

瓦莱丽心中又燃起了希望的火花。在她全力提拉驾驶手柄的操作下，飞船开始奋力朝高处攀升。瓦莱丽调整了上升速度，以免飞船的引擎过度运转。她把精神集中在飞船雷达上，认真分析飞船上空的情况，直到她真的发现了一座岛屿的轮廓。那是一座面积不大的岛屿，严格来讲，只是一块庞大的石头，勉强够飞船降落在上面。

此时，导航仪闪烁起来，而垂直方向的箭头也消失了。这座岛屿就是目的地。她成功抵达了，来到这座鬼才知道是什么地方的岛屿。在满心期待中，瓦莱丽准备降落了。

飞船终于降落了，瓦莱丽发现这是一座人迹罕至的小岛。但经过仔细搜索，她发现，在乱石下埋有一扇金属暗门，上面涂有红色油漆，但已经被风沙磨损得非常厉害。

打开暗门，里面是一个很深邃的暗室。莉妮是叛军派来打入星球总部机构的间谍，这座小岛看来应该就是她用于紧急逃亡的中转基地。在暗室中，瓦莱丽找到了一部新的导航仪、一台水冷凝器和一大桶燃料。另外，莉妮还在这里存放着一箱工具和配件，以及一系列常见飞船的操作手册。

瓦莱丽认真地研究了那台水冷凝器：它被焊接在一辆助力推车上，以方便搬运进飞船；在它的侧面，印有操作手册，上面显示的容量是两千升。高压状态下的两千升！天啊，瓦莱丽惊呼，莉妮究竟准备逃往何方？

瓦莱丽启动了新的导航仪。很快，它的彩色屏幕底部就显示出一行字：

请将一号导航仪插入，以激活二号导航仪的功能。

瓦莱丽回到飞船，取来之前引导她来到这座小岛的那部导航仪，取出其中的芯片，连接到新导航仪上。此时，彩色屏幕显示出新的字样：

一号导航仪已确认，二号导航仪启动中。预设目的地：艾莱亚岛[①]。

"艾莱亚"？瓦莱丽从来没听过这个名字。她根据导航仪提供的信息，迅速在天空之城的地图上找到了对应的地点。目的地艾莱亚岛的坐标是南纬34度36分，西经58度25分，距离大约一万八千公里，几乎是世界的另一边了。想到这里，瓦莱丽决定好好睡上一觉，然后再启程，一路上要做的事情很多，这必定不会是一次一帆风顺的旅程。

2251年热月6日。艾莱亚岛。

---

① 艾莱亚岛：地名，天空之城中的一座岛屿。

南纬34度36分，西经58度25分。零线以上34米。

艾莱亚岛是座名副其实的鬼岛。从空中望去，那片形状不规则的岛屿上寸草不生，怪石林立，面目狰狞，让人不寒而栗。然而，在艾莱亚城里，那里的居民生生不息，他们把一切资源都循环利用得恰到好处——水、垃圾，甚至是烟囱的排放物。这样做的目的只有一个：隐藏生命的痕迹，躲避星球总部的攻击。

劳伦斯盯着面前这片摇摆在风中的石头岛，小心地驾驶着飞船。在他旁边，隆斌波正忙着用无线电和本部的人通讯。突然，隆斌波从嘴边拿开麦克，冲劳伦斯喊道："我们已经被允许降落了。就这样朝前方飞，稍微加快点速度。"

"难道不是应该减速吗？"

"不，你就按我说的做，加速。出于安全考虑，这里的居民一致认为，艾莱亚周边的交通应保持迅捷，甚至隐蔽。我们得非常小心，星球总部随时都有可能发现咱们的行踪。虽然艾莱亚城完全有能力去面对一场防御战争，但你也知道那句古话：'最好的防御是让敌人找不到你'。"

劳伦斯压根儿没有心情去听他的长篇大论，他把心思统统放在驾驶飞船上。约瑟的尸体被柔软的羊毛毯包裹着，依旧放在后排的座椅上。劳伦斯觉得父亲肯定会喜欢这里：不为人知的岛屿，自由生活着的人们；没有塞津人的骚扰，也没有乌扎克的压榨。

"好，再加大些马力。朝那根石柱的方向一直开，严格按照我的指令进行航向调整。"

飞船已经非常贴近艾莱亚岛的地面了，两边的岩石由于长期风化，边缘非常锋利，就像一把把腰刀从地面破土而出。以目前的飞行速度，稍微碰到石头的一角，就能对飞船造成毁灭性的伤害。面对这样的危险，劳伦斯自己都很惊讶，为什么内心一点也不紧张。

"就是这里！"隆斌波突然叫道，"把发动机功率减少百分之五十，转向朝右舷九十度的方向前进。快！"

就这样，"夸沙尔号"①飞船在剧烈的颠簸中下降了，嶙峋的怪石就在飞船两侧擦过。劳伦斯看到前方出现了一条幽深、狭长的峡谷。

"保持右舷方向，保持慢速降落，继续减速。我们抵达了。"

一架轻型空中摩托从飞船下方升了上来，驾驶员点头冲隆斌波打了个招呼。这时，劳伦斯发现，峡谷的底部并不是石头，而是用金属打造的一扇扇和岩石色调相仿的闸门。

就在劳伦斯小心翼翼地将飞船朝谷底降落的时候，其中的一扇闸门开启了，大小刚好够"夸沙尔号"飞船穿过。

---

① "夸沙尔号"：即隆斌波和劳伦斯驾驶的飞船的名字。

"好了,换我来驾驶吧。"隆斌波从脑袋上取下无线电耳机,对他说。

劳伦斯离开了驾驶操作台,坐在旁边的副驾驶座位上。从黑森林岛逃出的那一刻起,隆斌波就让他学习各种操控设备,并让他一路独自驾驶着飞船,从没留给过他一刻钟的空闲。或许,他是有意而为之,让劳伦斯没时间分神想别的事情。

"我们到了,然后呢?"他问身边的隆斌波。

体形彪悍硕大的隆斌波并没有理睬他。

一个身穿合成材料外套、工作裤的瘦高男人微笑着朝他们俩走过来。

"好久不见了!"他兴奋地喊道。

隆斌波从飞船的舷梯跑下去,热情地拥抱了来者,说:"丹尼尔! 都还好吗?"

"不错,你这家伙……哦,你还带了位朋友?"

丹尼尔目不转睛地审视着劳伦斯,似乎想立刻判断出他是敌是友,过了一会儿才伸出右手说:"小伙子,欢迎你来到我们这里——信奉和平的工人社区。"

"算了吧!"隆斌波不悦地说,"他是我带来的,我担保他。"说着,他挽起袖子,伸出手臂:几秒内,他的手腕处开始变黑,出现了一个圆环,一条斜线从中间穿过。

丹尼尔看了下隆斌波的标志，点了点头，说："非常好！但他还没有图腾。"

"我跟你说了，我来担保他。他是咱们的朋友。"

隆斌波和丹尼尔简单地交流了几句，便拉着劳伦斯，想离开飞船。但劳伦斯却摇了摇头，默默地说："父亲还在飞船里，我留下来陪他。"

隆斌波停下来，把手放在劳伦斯的头上，轻轻地抚摸着他的头发，说："别担心了，咱们会厚葬他的。现在你得跟我走。"

在隆斌波的带领下，他们穿过几条粗水泥铺设的走廊，走廊上方凌乱地挂着电线和灯泡，最终两人来到一间只配有一张床、两把椅子的房间。

"现在你可以在这里休息一下，我保证很快就解决掉你的身份问题。"

"身份问题？什么意思？"

"艾莱亚城里居住着上万市民，所有人都有自由进出的权利。如此一来，你也能够想象，城市的保密工作会是个大难题。因此，每个市民都需要接受在自己手腕种上'图腾'，并在每次进出城的时候向别人展示它，以示自己的忠诚。这样，我们就能保证，不会有奸细或是叛徒混进城里。如果来了陌生人，我们就会把他带到这里或类似的房间里，向他们介绍说，艾莱亚岛只是个用于飞船停歇、中转的自由港。用这种方式，我们打发掉不少不速之客，你能理解我的话吗？"

劳伦斯笑了，说："原来是这样，这么说你不应该带我们来这儿，我又没有图腾。"

隆斌波尴尬地笑了，他握紧一只拳头在自己的胸脯上狠狠砸了一下，说："哎，在咱们一同出生入死之后，他们还怀疑你……不要紧，很快你就会有'图腾'的。如果你同意的话，过会儿我们就去办这事儿。然后还得策划你父亲的葬礼。等处理完这些，我们会给你安排一份工作，决定你最终在城里履行什么义务。现在你就好好休息吧，那边还有些事情等着我去处理。"

劳伦斯穿着衣服，躺在床上，看着隆斌波关上门，转身离去。最近几天的疲劳感，在他稍微放松后突然一股脑儿地压了过来。没到一分钟，他就睡着了。

在杂乱的梦境中，劳伦斯感到自己在不断地下沉：他还被关在星球总部的军营里，约瑟在被孔瑞德队长提审、折磨。他能看到孔瑞德用超能力把父亲举到空中的场景，听到父亲摔在地上时手臂骨折的声音。他看到父亲被士兵拖回牢房，伤痕累累。他还看到父亲扑倒在自己的身上，挡住了那颗子弹，鲜血从他的身体里汩汩涌出……

劳伦斯醒了，他觉得自己只睡了那么几分钟（但腕表显示，已经过去了六个小时），他感到心脏跳动得很快，有点喘不过气来。

父亲约瑟已经不在人世了。

每当意识到这一点，劳伦斯都感到胸口发疼。他想回到过去，回到牢房中，和父亲好好谈谈，让他别为了救儿子而牺牲自己的生命。

"你为什么要这样做？把我一个人留在世上？"

内心的痛苦让劳伦斯觉得嗓子发胀，但他没有哭：如果父亲在的话，也不会允许他哭。"寻水猎人不相信眼泪"——约瑟总是这样教育他，因为他不允许自己随意挥霍掉这种最珍贵的液体——水。

劳伦斯强忍住心中的痛楚，调整呼吸让心情平缓一些，他强迫自己坐了起来。他知道，以前和父亲共度的生活再也不会回来了。

约瑟的葬礼被安排在第二天上午，接近十二点的时候。直到这时，隆斌波才被允许带劳伦斯进入真正的艾莱亚城。劳伦斯跟在他的身后，穿过一条条空荡荡的长廊，一直走到一部巨大的电梯前。

"这边走。"隆斌波说着，在电梯的控制面板上输入一长串复杂的密码，电梯的铁门瞬间打开了。

昨晚，在隆斌波的帮助下，劳伦斯在手臂上纹下了叛军图腾。现在虽然处于隐藏状态，却依然隐隐作痛。他原以为纹图腾的仪式会非常隆重，然而，只有隆斌波在场，手中拿着一杆闪光笔。隆斌波用这杆笔在劳伦斯的手腕上画了一个圆圈和一条天蓝色的线条，整个过程只持续了几秒，一点痛感都没有。半小时过后，隆斌波又教会了劳伦斯如何控制意识让自己的图腾显现出来。

"你在想什么？"隆斌波问，此时电梯还在嗡嗡作响地朝地下无尽的深渊下降。

"图腾——现在有点疼了。"劳伦斯说。

事实上，劳伦斯还是无法接受约瑟离他而去的事实。在和父亲常年在外的寻水历程中，他曾经多次想象过失去约瑟这件事，可直到父亲真的走了，他才亲身体会到那意味着什么。劳伦斯的妈妈在他还没学会自己穿衣服时就去世了，从那时开始，只有约瑟一直陪伴在他的身边。对于劳伦斯来讲，约瑟不止是父亲，还是导师，更重要的是，他是自己唯一的朋友。

电梯的门打开了，外面是一座空旷的岩洞，四周都是深色的岩石。洞顶很高，大约有二十米，上面装着荧光灯来照明。岩洞是那样的深邃，以至于劳伦斯都看不到尽头。岩洞中的路是用深色斑岩碎片铺成的，路两边的岩壁上均匀地分布着很多凿出来的山洞，很多人从里面进进出出。看得出来，这里是艾莱亚城的集市。

电梯外,丹尼尔正在等他们,神情严肃。劳伦斯和隆斌波向他展示了各自的图腾后,他才露出笑容,给了劳伦斯一个热情的拥抱:

"欢迎来到叛军之城,我的朋友。这里叫大长廊,是整个艾莱亚的心脏,这座城市大多数的商店和工厂都集中在这里,还有唯一一家真正的酒吧——塔维纳酒吧。不过,我得之后再带你进行观光了。"丹尼尔的表情又回复了严肃,说,"大家都在等着你呢。"

于是三个人开始沿着大长廊接着向前走。路上,劳伦斯总是忍不住分神去看路边的摊位,上面摆放着各式各样的商品:等离子步枪、老式子弹步枪、碳钢长弓和手雷,它们就被摆在一袋袋的面粉旁边卖,穿着各种奇装异服的商人正在跟客人们讨价还价。

看到他们走过,一些人停下了手中的生意,三三两两地聚集在一起,最后形成了一个不大不小的人群,默默地跟着他们。丹尼尔带着他们朝右转,走进一条粗石铺成的长廊。又走了一会儿,另一部电梯出现在面前。

"遗体告别室在艾莱亚岛的最底部。"丹尼尔解释道。

走出电梯,他们来到一排半圆形的楼梯前。楼梯由黑色石头砌成的台阶组成,一直延伸下去,就像一座歌剧院。

在楼梯的底部,铺有一张石头桌,上面停放着被白色床单包裹着的尸体。桌子旁边，装有一台体积巨大的机器，从上面伸出很多铁管和复杂的机械组织，几乎触到了天花板。

台阶上已经站了很多人，劳伦斯和隆斌波到来后，所有人都开始使劲儿用脚踩地，发出齐刷刷的声响，并有规律地逐渐由低到高。

"每当有人死于星球总部的迫害时，整个城里的人都会聚集起来，为他送行。"隆斌波悄悄在劳伦斯耳边说，"这是他们在用自己的方式拥抱你，告诉你约瑟的死永远不会被人们淡忘。"

劳伦斯点了点头，隆斌波接着说："你看到的那部机器是一个回收循环系统，我们将用艾莱亚城所独有的方式来送别约瑟。他的身体将成为城市的一部分，会存在于我们的水、空气和能源中。我们为此感谢他，由于他的牺牲，使得另外许多人有机会更好地活下去。"

"回收循环"——这就是父亲一生的结局。想到这儿，劳伦斯不由地苦笑了一下：一点儿都没浪费，这倒是符合父亲的习惯。

人群突然停了下来，齐刷刷地盯着劳伦斯和隆斌波，看着他俩走下台阶，来到约瑟的尸体前。

"你是唯一的亲属，根据我们的传统，应该由你来致遗体道别辞。"一边说着，隆斌波把一只手放在劳伦斯的肩膀上，小声说，"如果愿意，你就哭出来吧。"

劳伦斯摇了摇头，回答道："寻水猎人决不会哭泣。"

话没说完，劳伦斯却开始哽咽了。过了很长一段时间，他都低着头，一言不发。后来，隆斌波拿过麦克风，放在了劳伦斯的嘴边。劳伦斯扭头看了看裹在床单里的父亲，便转过身来面对着所有参加仪式的人。

"我的父亲一生勇敢。"他对着话筒说，"他牺牲得十分壮烈——他是为了救我……"

劳伦斯情绪激动得再也说不下去了。此时，人群再一次开始跺脚。劳伦斯觉得，他们懂得自己的意思。在抗争星球总部残酷统治的战斗中，不少人的家人和朋友都备受折磨，同样也献出了宝贵的生命……

那一刻，并非有意为之，劳伦斯手腕上的图腾却隐隐地浮现了出来。

第三章

2251年热月11日。艾莱亚岛。

南纬34度36分,西经58度25分。零线以上34米。

在艾莱亚城,有一条铁的纪律,那就是每个人都必须从事劳动。的确,想要维持这个城市的正常运转,同时又不被星球总部发达的情报系统发现,实在是有太多的事情需要做了。因此,城里的每个人都没有逃避劳动的义务。作为其中的一员,劳伦斯目前的工作是担任隆斌波的助手。

"这只是个临时安排。"隆斌波向劳伦斯拍着胸脯保证道,"大家都知道你的经历。在极度危险的情况下,你表现得那么勇敢和镇定,是我们俩一起合作才完成了那个艰巨的任务。相信我,很快,他们就会给你安排一份更重要的工作。"

眼下, 隆斌波又变回劳伦斯在被关押时期所见到的那个角色:什么都做,什么都能做好。早晨,隆斌波通常起得很早,然后跑到通讯总控室,协调处理无线电通信业务。十一点时,他会准时出现在厨房,忙着给大家准备午餐。接着,他会到飞船停机坪,帮忙修理破旧的飞船,给货运飞船补给燃料。之后,还是回厨房,准备晚餐。在一整天的忙碌中,隆斌波还得时常停下来接听拴在腰间的无线电通讯器,而通话大多都是在向他请求帮助,比如:洗衣房的洗衣机不转了,或者建设工地上需要增加脚手架什么的。

在这些不起眼的工作中,劳伦斯最喜欢的是在无线电波室值班。这个部门的头儿是一个大约九岁的小男孩,别看年纪小,却占据着不容置疑的领导地位。小男孩名叫程翼,长着一双杏仁眼,脸上总是挂着笑容。刚开始的时候,看到隆斌波和一些年长的工程师向程翼请教问题,劳伦斯还觉得非常好笑。不过他的看法很快就改变了:眼前的这个孩子是个天才,而且还是个热心肠的天才。

一天早上,劳伦斯负责在飞船指挥部执勤。那是一间很大的屋子,里面装满了雷达屏幕和其他的无线电设备,主要用于指挥、协调飞船进出艾莱亚城的路线。

"A基地呼叫'奥里昂号'[①],你们已被获准降落,请前往:Z-E区停机坪,二号跑道。"

"这里是'奥里昂号',收到:Z-E区停机坪,二号跑道。"

---

① "奥里昂号":飞船的名字。

　　劳伦斯取下耳机,转过头,对身边的程翼说:"今天是怎么回事? 这个时候一般不会有这么多的飞船在空中飞行。"

　　"所有人都在紧张地准备迎接考特斯①的到来。他的飞船'圣·纳扎莱号'②会在午饭前抵达。"

　　"考特斯是谁? 起义军的首领?"

　　程翼摇了摇头,说:"是'圣·纳扎莱号'飞船的船长,起义军大本营天使港的执政官。只是,我们从来不叫他'首领',不知道你能不能明白我的意思。"

　　"天使港很大吗?"

　　"才不呢,比艾莱亚城还要小。但那里聚居着我们最优秀的科学家们,以及一些非常重要的人士。"

　　"那你也应该住在天使港喽!"劳伦斯调侃程翼。

　　男孩儿笑了:"的确是这样。其实我来艾莱亚城是为了休假,只住几个月。"

　　"考特斯是个怎样的人?"

　　程翼为难地挠了挠下巴,说:"非常严肃,从来不苟言笑……给人的感觉很冷漠,有点像冰。但这完全是因为他承担着太重的责任了——毕竟,他是起义军的头儿。"

---

① 考特斯:人名。
② "圣·纳扎莱号":一艘飞船的名字。

"可你刚刚说过,起义军是没有首领的。"

说到这儿,两个人都放声大笑起来。

此时,雷达上出现的异象引起了劳伦斯的主意:"看这儿,程翼,有艘飞船在靠近。它没有发出正常的无线通讯电波,行进速度也很奇怪。从雷达上看,体型很小,好像是辆飞行摩托。"

"飞行摩托不可能出现在距离岛屿那么远的空中。让我仔细看看,你去拉响警报。"

劳伦斯把座位让给程翼,同时按下了总控台上的一个红色按钮。听到警报后,停机坪上的所有人都迅速反应起来:他们开始藏起一切有可能暴露身份的东西,同时各自在心中准备好了应答词。如果即将到来的是星球总部的飞船,对他们清查身份的话,这些训练有素的工作人员就会回答说自己是一群被遗留在中转岛屿的太空旅客。对此,他们已经驾轻就熟,多次骗过星球总部的检查或是不明身份人员的盘问。

"A基地呼叫来访飞船。"劳伦斯一边调整着电波频率,一边试图与空中的不明飞行物取得联络,"请报告你们的身份。"

没有任何回应。

"情况不妙!"程翼嘴里念叨着,"看来飞行员已经失去了对飞船的控制。我来试试看能不能手动侵入飞船控制系统,不然它一定会撞到岩石上,被摔得粉身碎骨。"

没过多久,小男孩儿就兴奋地在脑门上使劲儿拍了一巴掌,大叫着说:"是我们的人!我进入了飞船的电脑系统:它的航线指示系统是我亲手设计的。一定是自己人!"然后他又在电脑前忙碌了会儿,说:"是莉妮,在京都17号岛上执行任务的莉妮!太疯狂了,她怎么回来了?我们已经与她失去联系很多天了,还以为她遇险了呢……"

"那我应该解除警报吗?"

程翼摇了摇头,说:"先别。我们还没有得到飞船上的回应,别冒险。我们安排它降落到HZ1号轨道上,你过去看看怎么回事儿。我会通知工作人员清空那个区域,毕竟用侵入的办法把飞船引导到那里降落还是有风险的。对了,去的时候叫上隆斌波,他能帮得上忙。"

劳伦斯正要转身离开,程翼冲他挤了挤眼睛,诡笑了下:"你就感激我吧,莉妮可是个不错的姑娘。"

飞船准确地降落在预定区域的铁栅栏里。通过无线电,劳伦斯对程翼的高超技术又大加赞扬了一番。在隆斌波赶来后,他俩一起走上前去,试着打开飞船的舱门。

"这飞船是什么型号?"

"是直升式飞船。你看它的外层涂料已经掉光,发动机和螺旋桨也被毁得差不多了。没在几千公里外的地方坠毁,就已经是个奇迹了。"

透过舱门，他们看到坐在驾驶员位置上的是个失去意识的女孩，和劳伦斯年纪差不多，纤细的身躯被一套红色的飞行服和头盔包裹得严严实实。

隆斌波一脚踩在船体上，用手抓紧舱门，使劲儿向外拽了两下。舱门就被他用这种粗鲁的方式从飞船上硬生生地扯掉，扔在了水泥地上。劳伦斯躲过那套庞大的螺旋桨，俯身钻进船舱，用两只手指在女孩儿的喉咙上摸了一下：她还活着，心脏还在跳动。

"快，叫医生过来！"他喊道。

劳伦斯与隆斌波手忙脚乱地想把女孩儿从飞船中抬出来。此时，她的头盔掉落了下来。

女孩儿长得非常漂亮，但和劳伦斯预想的完全不同。她的鼻子细长，嘴巴半闭着，头部非常圆，而且一根头发都没有。这是个塞津族女孩儿！

"可以确定，她不是莉妮。"隆斌波说道。

"没错！那现在该怎么办？"劳伦斯问。

"别让其他人看到，先把她送到'来宾室'去吧，她需要接受治疗。感谢上天，咱们的基地在地下。这样的话，即便这个塞津族女孩儿醒来，也接触不到阳光。"

劳伦斯拿起对讲机："程翼，我们遇到了个难题。飞船里的女孩儿不是莉妮，而是个塞津人。"

"'圣·纳扎莱号'刚和指挥中心联系过,他们在前来的路上。我保证,考特斯会对这个不速之客感兴趣的。"

瓦莱丽醒来的时候,发现自己被关在一间没有窗户的屋子里。她躺在一张行军床上,身上穿着一次性的纸质睡衣。身旁有两个人正盯着她看:一个个子高高的男人和一个长着深色瞳孔的黑头发男孩——两个人都神色凝重。

"我在哪儿?"她问。

自己什么时候失去意识的?她只记得自己身处无边无际的太空中,视野中看不到任何岛屿或是其他参照物。她喝光了最后一滴储备水,几乎就要渴死。用尽最后一点体力,她把剩余的燃料全部倒进了飞船燃料箱,然后把水冷凝器扔出了飞船,以减轻负荷。然后,她回到驾驶员的位置,又……

自己又做了什么?在昏倒之前开启了飞船的自动导航功能吗?

"这里是拉斯普拉塔斯岛的中转和补给站,所有飞往加内拉岛的飞船都可以在这里停靠。我们是为数不多的技术人员,很荣幸能为您服务……"高个子男人说。

瓦莱丽坐起来,她那赤裸着的双脚触到了冰冷的水泥地板。拉斯普拉塔斯岛?这么说她并没有到达目的地——直升飞船本应把她送往艾莱亚岛的。或许,在她昏迷的时候,飞船偏离了航线……或许这个岛上的人为了救她，更改了飞船轨道，中断了她的旅行。

她站起身来，禁不住浑身颤抖，坚持着说："我需要查看一下飞船的航线指示器。"

高个子男人耸了耸肩膀，回答说："实在抱歉，女士，在您的飞船里没有找到任何导航仪器。"

"怎么可能？！"一团怒火在瓦莱丽胸中升起。在她失去意识之前，最后的印象便是看到操控台上导航设备灯的闪烁。她不满地说："航线指示器对我非常重要，我必须找到。我还要前往……"

那一刻，她突然停住了，一种奇怪的想法出现在她的脑子里：或许，她已经来到了艾莱亚岛，眼前的这两个男人就是叛军。但在确定她不是星球总部派来的人之前，这两个人是不会承认自己的身份的。这时候，就需要她首先跨出第一步，表明自己的逃犯身份。只不过，这样做风险很大。

瓦莱丽默默地说："没关系。我想自己待一会儿。我很累，需要再睡会儿。"

等两个男人离开后，瓦莱丽坐在地上，开始集中精神，进入冥思状态——这是她从新牛津学院学来的为数不多的几种技能之一。渐渐地，她的脑海里开始出现一幕幕场景：之前醒来时身边的两个男人之一，很可能是那个男孩，并没有走远，而是站在门外。他在等什么？依靠思维的力量，她清楚地看到男孩儿在门外的走廊上踱步，然后停下来，坐在地上，一动不动。过了很久——瓦莱丽的时间感告诉她，大约四个小时了——依然没有动静。难道他睡着了？

瓦莱丽结束了冥思，悄悄站起来，轻轻地穿过房间，光着脚来到门前，把手放在了那只做工粗糙的把手上。

打开门的那一刻，她看到男孩儿仍坐在地上，没有一点儿困意，正瞪大那双黑色的眼睛盯着她，似乎在等待着她的出现。

"你好！"瓦莱丽想先发制人。

她的脑子同时在高速运转：门外是一条狭窄昏暗的走廊，尽头装有一扇厚厚的铁门，只有那个男孩儿守在那儿。那一刻，袭击逃生的念头闪过瓦莱丽的脑子。根据目前的情况，她只需要一些简单的搏斗技巧就可以把男孩儿打倒在地，根本无需使用超能力。

但很快她就平静下来。无论自己到达的是不是艾莱亚岛，初来乍到就和岛上居民为敌确实不是个明智的选择。她需要先弄明白自己身处何处，然后再做下一步打算。

"你有什么需要吗？"门外的劳伦斯站起身来，冷冰冰地问，话语里充满了防备，就像在说：我倒要看看你想要什么花招。

瓦莱丽冲他勉强挤出一丝笑容，问："你叫什么名字？"

"劳伦斯。"

"很好,劳伦斯,很高兴认识你。我叫瓦莱丽,很想参观一下你们美丽的拉斯普拉塔斯基地。你能陪我到处走走吗?"

她看到劳伦斯犹豫的样子,很可能要回绝自己。于是她没留给劳伦斯思考的时间,以塞津人一贯的盛气凌人的语气接着说下去:"我认为你没有权利阻挡我的行动。但如果你愿意,我允许你跟着我一起去。"

"你想看什么?"

"你们的航道控制系统,仅此而已。"

劳伦斯站在那儿一动不动,很明显,他正为瓦莱丽的要求左右为难。就那样,两个人面对面,盯着彼此,就好像在进行一场势均力敌的扑克游戏:双方都不敢轻易亮出自己的底牌,并且都在努力猜算对方手中都有哪些牌。

"好吧,咱们一起去。"劳伦斯最终答应了。

穿过若干条走廊,他俩来到一间小小的控制室。房间的一整面墙都由玻璃组成,可以清楚地看到下面的飞船停机坪;在硕大的玻璃罩下,装有航道控制系统和座椅。瓦莱丽仔细打量着下面的状况,她看到了自己乘坐的那艘直升飞船,而原本围着飞船工作的两名技工也发觉了她的存在,抬起头盯着她看。劳伦斯站在瓦莱丽的身边,用冰冷的目光审视着她的一举一动。真狡猾!瓦莱丽心想,把我带到这样一扇玻璃窗前,如此一来,下面所有的京塞人就都马上发觉我来了。

"你还有别的什么要求吗?"男孩儿问她。瓦莱丽没有回答,她达到了目的:她清楚地看到操控室雷达上目前所处岛屿的坐标是南纬34度36分,西经58度25分。这哪里是什么拉斯普拉塔斯基地!这里就是艾莱亚岛!

她猛然转过身,面朝着劳伦斯,说:"听我说,我能信任你吗?"

"我……"

"我是从京都17号岛不远万里来到这里的。莉妮是我的朋友,我担心她……没有活下来。"

"哦!"劳伦斯回应道(瓦莱丽看到他脸上的神情一下子凝重了很多),"这些天,不少人都没能活下来。"

"我是为她而来的。按照我的飞船航线指示仪的设定,我应该已经到达了艾莱亚岛。"

"我压根儿听不懂你在说什么。"

"雷达坐标显示得非常清楚,我现在就在艾莱亚岛。因此,我觉得你们就是我要找的人。"

说到这儿,瓦莱丽重重地喘了口气。那一刻,她的感情很复杂:一丝的轻松加上些许的恼怒。她明白自己已经找到了叛军——这个完全背叛星球总部,跟自己以前生活着的世界水火不容的地下组织。

"我此行的目的，是找到那些认识莉妮的人，只有他们能帮得上我。"

"你所说的这些人是星球总部的成员吗？"劳伦斯还在装傻。然而，从他的双眼却放射出遮掩不住的智慧光芒。

瓦莱丽摇了摇头，说："相信你已经明白我的意思了：我是个塞津人，但我跟星球总部没有关系。"

瓦莱丽向前迈了一步，用力握住劳伦斯的手。劳伦斯注意到：她的嘴唇是如此美丽，说话的时候，下嘴唇像花瓣一样轻微地颤动着。

瓦莱丽接着说："你能帮我联系上我需要找的人吗？我有很多情况要跟他们报告，一些信息或许对叛军有用。我得亲自见到莉妮的朋友们，这非常重要。"

考特斯是个体型高大、体格健硕的男子，长着黑色的眼睛，留着一头红色的短发——这与叛军中的男人差别很大，别人都扎着长长的辫子，搭在背上。他上身穿着军装，下穿一条垂到膝盖以上的苏格兰裙。

劳伦斯本以为这位叛军首领会一口回绝那个来路不明的塞津人的见面请求，没想到考特斯满口就答应下来，并立刻安排了会面。等劳伦斯带着瓦莱丽走近小会议厅时，考特斯在程翼、丹尼尔和隆斌波的陪同下，已经等在那儿了。一进门，劳伦斯的目光很快就转向了天花板上的多方位监控设备——那是之前他安装的,可以捕捉到会议室内任何一个角落的影像。

尽管面前的这个塞津族女孩儿看起来很温顺,劳伦斯还是在夹克下藏了一把等离子光束手枪,时刻准备着。

看到两人走进房间,考特斯站起身来,脸上露出一丝冰冷的微笑,向瓦莱丽自我介绍说是拉斯普拉塔斯基地的负责人,同时朝女孩儿生硬地鞠躬行礼。瓦莱丽也礼貌地进行了回礼。

劳伦斯能觉察出空气中的紧张气氛,他更加用力地握紧了手中的枪,把衣服都撑了起来。

"你从哪里来?"考特斯问道。

"我想要说的是……如果你们不是我要找的人……那么,将会非常……"

叛军首领笑了,说:"如果你想知道我们是谁,就得先说明你的身份。以诚相待需要你迈出第一步,姑娘。"

听到这里,瓦莱丽僵住了,斟酌了很长一段时间后,说:"我叫瓦莱丽,来自京都17号岛上星球总部控制下的一个叫做'水研究中心'的科研机构。"

"那个机构的负责人是谁?"

劳伦斯咧嘴笑了一下:不愧是首领,对远方一个研究机构的情况都掌握得一清二楚。看来,他是想考考这个塞津族女孩儿,看看她是不是在说实话。

"是提巴德教授，一个京赛人。"

程翼突然从椅子上站了起来，神情很激动："提巴德？那是我的爷爷呀！"

这回轮到瓦莱丽吃了一惊，睁大了眼睛："他是你爷爷？可是……"

考特斯做了个手势，示意程翼闭嘴。他说："这件事我们以后再说。姑娘，那个水研究中心存在的目的是什么？你在那里负责做什么？"

瓦莱丽开始讲述自己的亲身经历：她是怎么被选到水研究中心的，如何发明了聚雨盆；她如何认识了莉妮，两个人之间又如何产生了奇妙的友谊；当然还有那个无脸人。当讲到莉妮的牺牲和逃出京都17号岛的过程时，瓦莱丽的声调变高了，语速也加快了，很明显，她实在不想去回忆这段痛苦的经历。

然后，瓦莱丽停了下来，说："以诚相待，当时莉妮也是这么说的。在我接着讲下去之前，你们也应该亮明身份了吧，我需要确定你们就是我要找的人。"

作为回应，隆斌波站起身来，朝考特斯望了一眼，从兜里掏出一只纹身笔——劳伦斯一眼就认出了它，正是之前在他皮肤上划过图腾的那一只。

"如果你愿意，我们想对你所说的话进行验证……不过，这东西将会伴随你的一生，之后你就明白了……"

瓦莱丽点点头,隆斌波掀起的她的袖子,用纹身笔在她那洁白的肌肤上绘了个圈和标志性的叛军条纹。

钟声响起,意味着四个小时的劳动结束了。劳伦斯却不想离开工地,他仔细检查了脑袋上的安全头盔,拉紧了身上的保险绳索,开始沿着脚手架往上爬。

劳伦斯把安全绳固定在脚手架上最牢固的铁杆上,沿着洞壁不停地向上攀爬,一直到达洞穴的顶部。浑身冒汗的他坐着休息了一会儿,从上面往下看,大群工人正在排队有序地离开工地。然后,他爬上了最高处的脚手架板,沿着板子钻进了洞壁上一条狭小的隧道。

顺着隧道滑下去大约几米后,空间突然宽敞起来,原来里面一直会通向一个潮湿的钟乳石小山洞。光线沿着隧道照射进来,里面的钟乳石闪烁出红色、白色、灰色和黄色的光彩,非常美丽!

劳伦斯是在参与一幢新居民楼的建设工程时偶然发现这里的。但可以预见,这个山洞的寿命维持不了多久:几天之内,这里的水源就会被发现、抽干,然后被循环利用。而漂亮的钟乳石也全都会被毁掉,以修建新的房间。对于京塞人来说,大自然的美丽构不成任何吸引力,为了自身的生存,一切自然资源都可以毫不留情地破坏掉。

劳伦斯在山洞中坐下,摘掉了身上的保险绳,伸展了下疲倦的身体,然后躺下了。他把脑袋架在一块巨大的钟乳石上,大口大口地呼吸着洞中湿润的空气。

刚开始,他觉得艾莱亚城与他和父亲在寻水历程中所见到的其他京塞族聚居区没什么两样:生活艰辛、终日劳作,所有人协同互助,一起面对困境。但没过多久,劳伦斯就开始明白,生活在艾莱亚城的"叛乱分子"与别处完全不同。首先,他们选择了不屈服于星球总部,选择了英勇斗争。在这个世界里,一切问题的根源都来自于水这种宝贵的液体,而他们居然能有勇气对星球总部大声说"不"。可是现在,却来了一个塞津族女孩儿。

瓦莱丽之所以与莉莉·卡莱尔博士的工作日志能扯上关系,是因为在下午与考特斯的会见中,她的最后几句话深深地刻进了劳伦斯的脑海中。

"后来我才明白,我那样努力地工作,成果却将毁掉整个天空之城。"瓦莱丽动情地说,"我无法接受。我希望天空之城永远存在,我有办法继续自己的研究,也有途径和提巴德教授取得联系。"

然后,她指着程翼——提巴德教授的孙子,接着说:"我的要求只有一个:继续我的研究。这也是我来这里的目的,希望你们能帮得上忙。如果你们愿意,我会非常高兴与感激。如果不行,请你们把我的研究材料和直升飞船还给我,我另寻别的去处。"

最后,考特斯告知瓦莱丽,莉莉·卡莱尔博士的工作日志正是他们从无脸人手中抢回来的。他站起身,和瓦莱丽握了握手。

劳伦斯瞪大了眼睛看着首领的一举一动,那一刻,他差点大叫出来制止他那不明智的行为。要知道,那可是个塞津族女孩儿!正是她和她的族人,杀害了自己的父亲,而且正把整个天空之城拖入奴隶社会的深渊。考特斯怎能选择相信这样一个人?他们居然还给她纹上了起义军的图腾,那就意味着要接受她生活在这个城市……难道他们意识不到这将是个致命的错误吗?他觉得,和别人不同,自己决不能被这个女孩儿迷惑。可之前他在飞船中发现晕厥中的瓦莱丽时,也本能地被她吸引住了。一位毫无意识的、美丽的姑娘,在醒来的时候朝自己睁开了那双美丽无辜的大眼睛。在她走出房间的那一刻,以及乞求他带路前往航线控制室的时候……自己真是蠢极了,在之前的几次接触中,差点就被她迷惑住了,就像考特斯、隆斌波或是其他人那样。然而,他提醒自己要时刻保持清醒,他绝对不会去相信一个塞津人,永远不会!

2251年热月14日。艾莱亚岛。

南纬34度36分,西经58度25分。零线以上34米。

从走进大长廊的那一刻起，瓦莱丽就被眼前热闹的景象惊讶得合不拢嘴：熙熙攘攘的人群、琳琅满目的商品、种类繁多的商店，还有一边发出嗡嗡声一边到处穿梭的电动车……

"这……"她找不到合适的词来形容目前的心情。

从她身边经过的人都停了下来，上下打量着她。突然间，原本人声鼎沸的市场被一片静寂所笼罩。所有人的目光都集中在瓦莱丽——一个刚刚走进艾莱亚城的塞津人身上。

出于本能，瓦莱丽向后退了一步，却发觉身后的电梯门已经关上了。这时，负责陪同她在城中散步的女人玛切拉把双手粗鲁地搭在她的肩膀上，毫不留情地把她往前方推。

"这边走。"她的声音一点都不客气，"我可没有一整天的时间陪你逛街，我还得回去工作呢。还有你们，怎么？没见过光脑袋的女孩子吗？散了，散了，都干活儿去，去，去！"

玛切拉是个三十岁左右的女人，比瓦莱丽矮了不少，长着一头深色的卷发。她自豪地说自己的发型是当下流行的款式，可在瓦莱丽看来，那只是因为没有洗干净而已。

"或者……"瓦莱丽胆怯地说，"我还是回去好了，飞船停机坪那边还不错。"

"别傻了。既然你现在有图腾了，那就算是艾莱亚城的一分子。这些没素质的人很快就会适应你的存在，要有信心！"

玛切拉伸出一只手臂，远处的一辆闪耀着绿色灯光的电动车便开过来，停在了她俩的身边。上车后，玛切拉开始忙着设定目的地。一路上，两个人都没有交谈。瓦莱丽把脸贴在车窗玻璃旁，专心地观察着外面的景象。面对这个陌生的城市，她像一个新生的婴儿一样感到局促不安。这里的一切都跟她之前所生活过的地方不同。这真是太不可思议了！

转过长廊的一角，电动车开始沿着保持自然原貌的石头路面继续前行，直到抵达一处岩洞中的小广场。广场的四周在岩壁上凿出了一栋栋的住宅楼，布满了密密麻麻、千篇一律的小房间。因为是按照岩洞壁建造的房间，楼体也都采用了倒 L 型的设计，就连岩洞顶部的石头也被开凿设计出了房间。瓦莱丽从来没有见过这样的建筑：楼体外面上的无数窗户都在透出灯光，脑袋顶上也有人居住。视觉效果非常独特，就好像建筑都克服了重力的束缚，漂浮在空中一样。

广场的中央有一棵塑料树，人工树叶居然还闪耀着绿色的光泽。在树下，好几个京塞人正坐在长椅上休息。

"我们到了。"玛切拉下车说。

"到了哪里？"瓦莱丽问。

别小看了考特斯。我觉得他肯定有什么想法。现在，只需等代表大会做出最终的决定了。"

"代表大会？"

"智者代表大会①。关于塞津人的命运，只有他们才拥有最终的裁决权。"

"可是，她现在已经知道得太多。最稳妥的做法应该是把她……"

隆斌波摇了摇头，说："不到万不得已，有些事情我们不会去做，我们不想沦为像星球总部那帮家伙一样的人。而且，我跟你说过，杀掉一个光脑袋的家伙，会给你带来无尽的麻烦。"

———————————

① 智者代表大会：由京塞人叛军成员组成的代表大会。

第四章

2251年热月17日。艾莱亚岛。

南纬34度36分,西经58度25分。零点以上34米。

　　实在是太不可思议了！都疯了吗？无法理解！他们居然敢安排高贵的塞津人从事低级劳动。一连三天,瓦莱丽都被迫接受原本在她眼中最卑微的工作。这样的侮辱,即便在她的噩梦中也从来没有出现过:打扫卫生、厨房帮忙……一天早上,她甚至被安排到洗衣房工作——负责把叛乱分子们穿得发臭的军服投进巨大无比的干洗机里。

　　瓦莱丽用一根手指挑起一只袜子,另一只手捏紧了鼻子,手忙脚乱地把它投进面前那台巨型洗衣机的转筒里。可恶的京塞人！他们到底有没有大脑,自己是一名科学家,一名常年从事科学研究、解决最棘手问题的专家,怎么能天天面对扫帚和抹布？！

　　玛切拉突然把一只手搭在她的肩膀上,瓦莱丽被吓了一跳，朝后躲了好几步。

"活儿可不能这么干。"玛切拉摇了摇头，继续说，"用这种干法，你一辈子都干不完，我们可没有那么多时间！看着！"

玛切拉伸出那双强壮的手臂，从内衣筐里拽出一大半的衣物，一股脑儿地全投进洗衣机，把里面塞得满满的，然后关上了转筒门。

"我可没有这个本事……"瓦莱丽闷闷不乐地说。

玛切拉迅速打断了她的话："你很快就能学会！在艾莱亚城，每个人都得劳动，都得按照工作分配情况完成自己的任务。所以，抱怨是没有用的。"

这么不留情面的话让瓦莱丽气得脸都涨红了，可玛切拉并没有留给她反驳的时间：

"快去启动洗衣机，然后把另外一筐衣服给搬过来。快点！"

这时，从巨型洗衣机后面传来另一个人的声音："或许我来得不是时候……"

看到那双杏仁眼和笑得合不拢的嘴巴，瓦莱丽立刻认出了程翼——提巴德教授的孙子。她转身冷冷地看着玛切拉，问："我有五分钟的休息时间，对吗？"

玛切拉叹了口气，无奈地说："只有五分钟，一分钟都不能超出。我可不想把你的活儿都给做了。"

瓦莱丽耸了耸肩膀，示意程翼跟她一起走开，不无嘲讽地说："唉，终于能清净会儿了，你该不会也是来命令我做这做那的吧？"

程翼咻咻地笑个不停，说："噢，是啊，一开始都这样，不过很快你就能习惯了。我刚刚结束今天的工作，过来看看你。"

两个人并排走出了洗衣房，瓦莱丽带着他来到工作人员餐厅，在一台合成咖啡机前坐了下来。程翼什么都不想喝。于是，瓦莱丽给自己沏了一杯咖啡，放上两块方糖，才开始接着程翼刚才的话题说下去："谁知道呢，这里的生活可比我之前想象的差多了。"

程翼还是一脸微笑，关切地问："怎么？你以前觉得应该是什么样？"

"我原以为，在费劲千辛万苦抵达这里后，我能马上开始工作……我说的'工作'，是指科研项目。我和提巴德教授，也就是你的祖父，之前……"

程翼打断了她的话："他还好吗？"

瓦莱丽笑了，跟他讲述了关于提巴德的所有情况。她注意到，每当自己说到提巴德教授在研究中做出的贡献和取得的成绩时，程翼的眼睛便开始闪闪发光。由此看来，程翼的童年生活应该很孤单，和当年的自己很像。

"后来，也就是在莉莉·卡莱尔博士的工作日志，也就是那份秘密档案被抢走后，研究中心的情况开始逐渐恶化。于是，提巴德教授建议我逃出去。我做到了，不知道之后的水研究中心里发生了什么。希望提巴德教授一切都好。"

"我都不记得有多久没见过他了。"程翼自言自语道，"其实，我也只见过爷爷一次。不过，仔细想想，幸好莉莉·卡莱尔博士的档案落到了我们手里。说到这儿，我们还得感谢隆斌波和劳伦斯。"

一提到劳伦斯，瓦莱丽就感到脸颊微微发烫。怎么回事儿？她心想。

程翼并没有注意到瓦莱丽的异样，还在不停地讲："他们俩冒着生命危险，抢到档案，从星球总部的兵营中逃了出来。然后，你又来到这里。现在，咱们可以一起研究水循环的课题了。如果你需要技术支持，我可以帮你……"

没等程翼说完，瓦莱丽的思绪就早已飘到了别处：原来是这样，是他们两个找到了神秘的《卡莱尔档案》——隆斌波和劳伦斯。

小酒吧坐落在皮亚佐拉社区①工地的一角，面积很小，里面摆满了铁制的桌子，这里只出售三明治和快餐面等简单食品。时间已接近午夜一点，酒吧里除了几个还穿着工服的男

① 艾莱亚城的一处社区。

孩子在放肆地大声说笑外，就没有别的客人了。

劳伦斯腋下夹着头盔，走进了酒吧。在结束了高强度的劳动后，他已经累得精疲力竭，只想着能赶紧回家睡觉去。

吧台上没有服务员，但透过隔开酒吧和后台厨房的门看去，里面还有人在忙碌。

"今天都供应什么面包？"劳伦斯问道。

一个女孩子的声音传了出来："夹有火腿和萨瓜拉酱的豆制面包。"

"嗯，不错，我来一个……对了，再来点水。"

"稍等，马上就好！"

服务员从里面走了出来。是一个女孩儿，劳伦斯惊讶得嘴都合不上了。原来是那个塞津人——瓦莱丽！

"啊！你好！"瓦莱丽热情地朝他打着招呼，把盛有面包和一杯水的托盘递给了劳伦斯，然后接着说："这段日子，你还好吗？我都快累死了。不过，今天很快就能下班了。哎……"

瓦莱丽没有接着说下去，因为她注意到劳伦斯投向自己的目光很冷淡。其实，劳伦斯只是感到很沮丧：面前的这个女孩眼神是那样的清澈，简直美极了。可她却是个塞津人！

劳伦斯点了下头表示感谢，然后端着盘子走到距离吧台最远的桌子坐下了。隆斌波曾告诉过他，那个女孩已经开始工作了，只是他从没想过她会出现在这里，距离自己工地只有两步远的小酒吧里。真是个莫名的巧合！

劳伦斯吃得很慢，每咬一块面包，都要喝一口水，再休息一会儿。自己到底为什么会感到紧张，会挣扎在"立即逃走"和"尽量在这里多待会儿"这两种完全矛盾的想法之间呢？难道这个塞津族女孩给自己施了什么魔法？

好像读懂了劳伦斯的心思，瓦莱丽拎着一台电动扫帚，从吧台走了出来。她开始清理空桌子和地面上的残余垃圾。

那群穿着工服的年轻人还在毫无教养地大声叫嚷着。突然，他们中的一个人冲瓦莱丽喊道："喂，你，小光头！"

瓦莱丽抬起头，关闭了电动扫帚。劳伦斯也开始朝那个无理的家伙望去：那是一个比他大不了几岁的男孩儿，长长的头发扎成马尾辫，搭在背后。他的旁边是吉姆——自己在工地上的同事，还有另外两个人从来没有见过。几个人都跟自己一样，刚刚完成一天的工作，身上都还穿着工作服。

"你是在说我吗？"瓦莱丽冲着扎辫子的男孩儿问。

"除了你，还能有谁？这屋子里，就你是光头吧，哈哈！"

顿时，劳伦斯感到屋子的空气都凝结了。看来这些家伙是在故意挑衅。

"你想怎么样？"瓦莱丽毫不客气地问。

"没什么。我只是搞不懂他们怎么会同意你这样的家伙成为艾莱亚城的一员！你究竟用了什么花招？"

吉姆和几个男孩儿起哄地大笑起来。这时，劳伦斯发现瓦莱丽的神情严肃了起来。出于本能的反应，瓦莱丽双腿张开，膝盖微微弯曲，这是为了站立得更稳，分明是摆出了进攻的架势。

梳着马尾辫的男孩儿还在不依不饶："鬼才知道你们这些光头喜欢用什么卑鄙的手段，你们说是不是？"

瓦莱丽一句话都没有反驳，而是挽起袖子，露出手臂的前半部分。在她洁白的皮肤上，慢慢地显示出叛军图腾。

坐在桌边的吉姆摇了摇头，冲地上吐了口口水，说："我才不信这个。塞津人什么戏法儿都变得出来。你们光用眼神就能把别人炸得粉身碎骨，更别说在手臂上弄出来个假图腾之类的……"

"这小姑娘真不讨人喜欢，"另外一人说，"她看咱们的眼神，就好像在说咱们都是垃圾。"

"是啊，谁让人家是上等人呢！"梳马尾辫的男孩儿用讥讽的口气说，"她觉得自己的智商比咱们高不知多少倍呢！或许她是对的，你看，那光脑袋上一根头发都没有，大脑神经呼吸得多顺畅啊……"

"住嘴！"瓦莱丽生气地叫道。这时，梳马尾辫的男孩伸手想握住她的手腕。

劳伦斯瞪大了眼睛，震惊地目睹了发生的一切：一秒钟前，男孩几乎就要握住瓦莱丽的手腕了，可她居然还一脸傲慢地笑；一秒钟后，男孩就已经以狗啃屎的姿势被摔倒在地。瓦莱丽出手的速度是那样快，以至于自己都无法看清楚她的动作细节。

"看到了吗？"倒在地上的男孩儿叫道，"她使用了超能力！她就是个卑鄙无耻的叛徒！"

原本一直坐在椅子上的另外三个人站起身来，却犹豫着，谁都没敢对瓦莱丽动手。"她只是一个女孩儿，咱们是四个人！不能饶了她，伙计们！"梳马尾辫的男孩儿煽动道。

情形非常紧急。

"够了！"劳伦斯忍不住了。

所有人都转身朝他看去，包括瓦莱丽。

"你想干什么？"吉姆问道，"你也看到了：刚刚她使出了邪恶的超……"

"那根本就不是什么超能力，而是些简单的格斗技巧。如果你们还继续骚扰她，你们会输得更惨！"

梳马尾辫的男孩从地上爬起来，拍了拍身上的尘土，然后朝劳伦斯投去充满仇恨的目光，说："好啊！光头女孩儿的守护者出现了！你就是天生的塞津人之友啊！"

劳伦斯胸中的怒火腾地燃烧起来，朝那帮人扑了过去……

瓦莱丽递给劳伦斯一袋干冰，看着他把冰袋使劲儿地敷在肿胀的下嘴唇上，他的嘴角还挂着血迹。她感动地说："你再多挨一拳，就得进医院了。"

"哼，没吃亏，他们也好不到哪儿去。"

"你没必要这么做，我能保护好自己。"

劳伦斯的脸上露出一丝微笑，说："啊，这倒也是，刚才亲眼见识了你的本事。"

刚才的打斗很激烈，一伙人在使劲浑身解数终于把劳伦斯打倒在地后，七手八脚地抬着眼睛淤青、少了颗牙齿的马尾辫男孩走了。瓦莱丽看得出来，劳伦斯并没有学过格斗，全是凭借着蛮力。现在的小酒吧，已经是一片狼藉。

"谢谢你。"瓦莱丽沉默了一会儿说。

"谢什么？"

"你保……保护了我啊……"

话到嘴边，瓦莱丽却结巴起来。怎么？自己说错了什么吗？眼前的这个奇怪的京塞族男孩怎么会让自己费尽力气却始终琢磨不透呢？他那双黑色的眼睛闪烁着珍珠般的光泽，却透不出半点情感。是猎人的眼神？不，应该是鲨鱼的眼神。她突然回忆起曾在书中看到过这种生活在海洋中的巨型生物——当然，是在之前的那个世界里。

钟表已经指向午夜一点。瓦莱丽的下班时间早就过了，她开始准备给小酒吧打烊了。

她起身离开了仍然趴在桌子上用冰袋镇痛的劳伦斯，回到酒吧后面的厨房做关门前的收尾工作。当她回到酒吧时，劳伦斯已经不在了。她做了简单清扫，然后关掉了所有的灯。在来到艾莱亚城后所做过的所有劳动中，酒吧服务员无疑是瓦莱丽最中意的工作——至少是在今晚之前，如果不是那帮工人无事生非……

瓦莱丽走出酒吧，锁上大门，然后把沉甸甸的铁钥匙挂在门前的墙上。这是工作规章之一：早上五点的时候，会有下一班服务员取下钥匙，开门营业。

酒吧坐落在一个巨大的岩洞内，室外的气温很低。工地上功率强大的探照灯把黑夜照耀得犹如白昼。在岩洞深处，仍在传出建筑机械的轰鸣声。

瓦莱丽转身，站在那条用粗水泥铺设出的街道边，希望能拦下一辆出租车载自己回家，然后美美地睡上几个小时。

忽然，她看到了那个身影，顿时惊讶地愣住了：是他！劳伦斯就在那里，坐在不远处的砖堆边。他低着头，手里还攥着那袋干冰。

"嘿！"瓦莱丽小声地打招呼。

劳伦斯抬起了头，犹豫地说："你……我……我还没把这冰袋还给你。"

"没关系,你就留着吧。不过,要记得回收利用,不然他们会跟我急的。"

"你去哪里?"

"回我住的地方,新博卡社区,然后好好睡上一觉。你知道这附近哪儿有的士吗?"

"这个时间应该找不到的士了,不过……步行回去也不太远。我认识一条近路。"

劳伦斯的话很简洁,但听得出来他是以一种笨拙得几近可爱的方式提出来要陪陪自己。瓦莱丽的本能告诉她:应该立即走开,独自回家,藏在自己的房间里,远离京塞人,远离猜忌,远离一切的不确定性。然而,另一种想法说服了她:除了程翼,整个艾莱亚城的人都在躲避她,甚至厌恶她。因此,她迫切需要结交一些新朋友。

就这样,两个人肩并肩走出了工地,穿过一条又一条的长廊,越过工业区,沿着凿刻在岩壁中的工厂一路走下去。

在度过了一开始尴尬的沉默期后,两个人渐渐地开始交谈。他们聊起了各自在艾莱亚城里遇到的奇人奇事,聊起了彼此去过的有趣的地方。劳伦斯的文化水平不如瓦莱丽,毕竟他从没有上过学,也没读过书,但他常年跟随约瑟在外寻水闯天下的经历让他拥有了相当的阅历。

他在机械方面还挺有天赋,对什么都充满了好奇……瓦莱丽在心里暗暗地评价劳伦斯。

"你从没有想过成为飞行员吗？"在一个合适的话题下，瓦莱丽提出了这个问题，"我觉得你很喜欢飞船……"

"我只驾驶过一艘飞船叫'小丑号'。可惜，它已经不存在了。"

瓦莱丽本想刨根问底地接着聊"小丑号"的事情，但隐约感觉不对，便谨慎地换了另外一个话题。

聊着聊着，两人就已经来到了新博卡社区的附近，然后该怎么办呢？自己是不是应该请他上楼，到房间里喝点儿什么？天啊！自己到底都在想些什么？！那么，就简单地道别吧，自己可不是个随便的女孩儿……瓦莱丽心想。

"你知道吗？"瓦莱丽想用讲话的方式驱散脑子里的那些怪想法，"昨天程翼跟我说了很多关于你的事情。"

"真的吗？"

"他告诉我，在我的飞船靠近艾莱亚岛时，是你发现了我。他还告诉我，你和隆斌波是从星球总部手里夺回莉莉·卡莱尔博士档案的英雄。"

她顿了一下，接着说："真希望我能有机会研究一下那本秘密档案，据说也是莉莉·卡莱尔博士的工作日志。按照提巴德教授的说法，应该能从中找到具有革命性意义的新发现，或许……"

她扭过头，却发现原本并排走路的劳伦斯已经停了下来，站在自己的身后，阴沉着脸，紧紧地攥着拳头。

她突然意识到：自己说错了什么。

"你……根本不知道自己在说什么。"劳伦斯用粗鲁的语气说。

还没等瓦莱丽解释，劳伦斯已经转身走去，不一会儿就消失在附近的隧道里。

和京塞人做朋友太困难了！难道他们都是疯子吗？

2251年热月23日。艾莱亚岛。

南纬34度36分，西经58度25分。零点以上34米。

所谓的"智者代表大会"是由十多个人再加上考特斯组成的委员会。远远看去，这个群体的形象很难引起外人的尊重。玛切拉是其中的一员，还有几个穿着工作服的白头发男人、一个拄着拐杖的老人。劳伦斯和隆斌波看着他们走过长廊，走进了那扇沉重的钢制大门。在此之前，劳伦斯帮助程翼在门内的大厅装上了全方位防监听系统。艾莱亚是座安全的城市，但保持谨慎总不会是坏事。

"现在我们干点什么？"劳伦斯问。

"我觉得什么都不用做，就等着。他们会在里面讨论几个小时，然后派人叫我们进去。所以，这会儿我们可以放松一下，比如说，到酒吧里坐坐。"

劳伦斯叹了口气。整个早上，他都在修理一台故障发动机，却始终找不到问题所在，也由此唤起了他对"小丑号"的回忆。现在，他就盼着能赶紧结束这边的事情，回去把那台发动机彻底修好。

两个人走进一家酒吧，里面烟雾缭绕，摆着一排做工简单的木头椅子。挂在屋顶的灯发出昏黄的光亮，照射在表面包铜的吧台上。这时候，酒吧里的客人不多，两个人选择了一个安静的角落坐下来。隆斌波点了一杯烈酒和一杯水，而劳伦斯居然也一脸认真地对老板娘莉赛特说："我也要杯烈酒，不要水。"

"没问题。"莉赛特回答。

老板娘端上来的烈酒度数很高，是用艾莱亚人种植在灯光下的龙舌兰酿成的。

劳伦斯只轻轻抿了一口，就开始觉得头重脚轻了。

"你说，"在沉默了一会儿后，劳伦斯说，"智者大会会讨论那个塞津人的事，对不对？"

他想起了几天前最后一次和瓦莱丽见面的情形。女孩儿提到《卡莱尔档案》的事情让他非常生气。对瓦莱丽来说，那份秘密档案只不过是几页材料；而对于劳伦斯来说，那意味着星球总部军营中的残酷刑罚，意味着自己被关在集装箱里听到父亲被拷问而惨叫不断的灰暗经历，意味着父亲高高跃起挡住射向自己的子弹的身影——愚蠢的塞津族女孩，哪壶不开提哪壶！

"我觉得，肯定会讨论。时间过去了这么久，他们应该已经有结论了。"

"会是什么样的决定呢？"

隆斌波得意地笑了："对于这事儿，早有传言，我的朋友。考特斯比任何人都精明。依我看，从那个塞津族女孩出现的那一刻起，他脑子里就已经蹦出了一个词：'亚特兰蒂斯'①。"

"'亚特兰蒂斯'？"

隆斌波没有理会，接着说："我敢打赌，我们俩也一定是这场游戏的棋子。是我们两人带回了《卡莱尔档案》，又是我们救回了飞船里昏迷的塞津族女孩。"

隆斌波将手中的烈酒一饮而尽，然后把酒杯重重地砸在桌子上，发出了震耳的响声。老板娘赶忙跑过来又给他倒了一杯，嘴里还抱怨隆斌波把酒吧的最后一滴酒都给喝光了。隆斌波笑了笑，眼睛却目不转睛地盯着劳伦斯，说："或许，你还

---

① "亚特兰蒂斯"：叛军的基地之一。

没明白我们的处境。你我从星球总部的兵营中逃了出来，还带走了那么重要的文件。这么一来，我们的身份信息早就被总部发往天空之城的任何一个角落，成为了头号通缉犯。也就是说，考特斯不可能让我们一直留在艾莱亚城，那样会给太多的人带来危险。"

"难道这里不安全吗？"

"当然，艾莱亚城有成熟的预警和伪装系统，可一旦有星球总部分子混进城里来，你能想象会发生怎样的惨剧吗？你我的存在有可能会给整个艾莱亚基地带来危险。所以，我们肯定得离开。"

隆斌波无奈地笑了一下，又补充道："也就是说，现在考特斯手里有三样他不想留下的东西，但这些东西又有可能给他带来扭转劣势、一举击败星球总部的机会。很棘手的问题，不是吗？幸好，他想到了解决方案。"

"就是'亚特兰蒂斯'？"劳伦斯不解地问。

"完全正确！"

隆斌波把第二杯酒倒进肚子，然后打了一个响亮的嗝，接着说："'亚特兰蒂斯'是整个起义军的前哨。不可思议的是，没有人知道它的确切位置。原因是……哎，算了，反正你也很快就能亲眼见到。在我看来，他们制定的计划是：把我们三个人和一个小头目，我觉得很有可能是程翼，送到亚特兰蒂斯岛上去,让我们留在那儿,协助塞津族女孩完成她的那个关于水循环的研究。"

"水,一切都跟水有关……"

"这样一来,考特斯就能以最小的风险换来对我们三个价值的最大利用。'亚特兰蒂斯'是一个很小的岛,只有为数不多的居民。"

劳伦斯正想接着问下去。这时,考特斯从门外探进了半个脑袋,脸上挂着诡谲的笑容:"隆斌波,我就知道你躲在这儿。快出来吧,你们俩。我有话跟你们说。"

两个人跟随着考特斯,来到之前举行会议的那个大厅里。空荡荡的大厅是从山洞里砌凿出来的,四壁都是粗糙的岩石,几盏霓虹灯发出的光线显得非常昏暗。一路上,考特斯的双手都交叉着放在背后,头微微地低着。进入大厅后,他小心翼翼地把钢制大门关上,抬起头说:"你们去收拾一下,准备跟那个塞津族女孩一起出发。这是智者大会做出的决定。"

隆斌波点了点头,问:"去哪,头儿?"

"这算什么问题!当然是'亚特兰蒂斯'了。"

尾 声

2251年热月24日。艾莱亚岛。

南纬34度36分，西经58度25分。零点以上34米。

停放在眼前的飞船称得上是"古董级"，线条粗糙，周身锈迹斑斑。船体上用彩色油漆喷绘出一行大字："伯杰斯号"[①]。

劳伦斯跟在隆斌波和瓦莱丽的后面，默默地走上了飞船的舷梯。刚见面时，瓦莱丽含蓄地冲他点头打招呼，他却装出一副冷淡的样子，这让瓦莱丽感到非常尴尬。

"伯杰斯号"的内部空间很小，乘客座椅就焊接在两边的金属墙壁上。隆斌波走进船舱后，直接坐在了驾驶员的位置上。

这时，劳伦斯才发现，考特斯和程翼也在飞船里。

"大家到齐了。"考特斯看到他们走进船舱，说，"快坐下吧，我们很快就要出发了。"

"原来你们也一起去啊？"作为回应，劳伦斯却提出了另一个问题。

"其实我们只是搭个顺风船。送完你们后，我们要回天使

---

① "伯杰斯号"：飞船的名字。

港基地。"考特斯回答。

这时，隆斌波扭头冲他们说："如果你们聊完了，请坐稳，并系好安全带。我们这就起飞了。"

"等一下，"瓦莱丽说，"我坐在你的身边，你还缺个副驾驶员呢！"

"没错，那就赶紧过来吧。"

"伯杰斯号"从艾莱亚城的跑道起飞后，穿过岩石隧道，来到了地下城的出口。在获得指挥站确认四周没有敌军飞船经过后，他们才加足马力，冲上天空，距离艾莱亚这座布满深褐色岩石的岛屿越来越远。

瓦莱丽扭头看了看，发现劳伦斯、考特斯和程翼正专注地谈论着什么。她起身把乘客舱和驾驶舱之间的隔帘儿放下，然后回到副驾驶的位置，问隆斌波："我们要飞多久？"

"八九个小时吧，不会太长，如果运气不错的话。"

"那是什么意思？"

"这个……待会儿你亲眼看到就明白了。"

隆斌波的一双巨大的手在飞船的仪表盘上忙个不停，庞大的身躯也蜷缩在小小的座椅内，显得非常笨拙。瓦莱丽突然觉得，自己挺喜欢眼前的这个京塞族汉子。

飞船不断上升，一直冲到了大气层的最边缘。隆斌波调整了一下行驶轨迹，"伯杰斯号"开始沿着水平方向快速前进。

"我可以问一个问题吗？"瓦莱丽说。

"当然。"

"为什么劳伦斯总那么冷漠，总是拒人于千里之外？我总共才见过他两三面，可每一次他都像是另外一个人似的。他的行为举止真的很奇怪。"

隆斌波的脸上浮现出一丝略带伤感的微笑，说："他的父亲被一个塞津族军官给杀害了，就在我们一起夺回《卡莱尔档案》，逃出基地军营的过程中。"

瓦莱丽惊讶地用手捂住了嘴巴，说："实在抱歉……我明白了，他是在仇恨我这个塞津人……其实，我也有和他类似的境遇。我最好的朋友也被塞津人给杀害了，如果莉妮没有死，现在她会和我们……"

隆斌波从驾驶台上腾出一只手，扶在瓦莱丽的膝盖上，说："对之前发生的一切，我也很难过。但那并不是你的错，你一直在努力改变这个扭曲不公的世界。"

听到他的话，瓦莱丽使劲儿点了点头：

"如果能成功的话，我们一起来改变这个世界。"

在天空之城的上方，"伯杰斯号"一直朝北飞去。一路上，隆斌波和考特斯轮流驾驶飞船，轮流休息。几个人就这样蜷缩在狭小的座椅上，吃东西、聊天、睡觉。他们小心翼翼地避开了加内拉岛,以及被星球总部牢牢占据或监控的其他岛屿。之后,飞船转向东方,朝传说中的太平洋飞去。那片只能从古书中读到的,浩瀚飘渺的世界中最大的海洋早已不复存在,从飞船里向外望去,除了无边无际的蓝天,什么都没有。

突然,隆斌波急冲冲地打开驾驶舱门,朝后面的乘客们大声嚷嚷着说:"女士们,先生们,我们到了!亚特兰蒂斯岛!"

出于兴奋,瓦莱丽和劳伦斯猛地站起来,都朝着副驾驶的位置跑去。两个人的肩膀在狭小的船舱内挤在了一起,尴尬地停了下来。

"哎!真是一对儿欢喜冤家……"程翼一边笑着,一边透过舷窗朝外看去。那一刻,他惊讶得嘴都合不拢了。

"你看到什么了?"劳伦斯问。

程翼冲窗外指了一下。此时已经是傍晚,天空从蔚蓝色逐渐变为神秘的深紫色,氛围让人觉得紧张不已。朝下看,一片面积并不算大的岛屿出现在眼前。岛的中央有一片小山丘,上面长满了绿色的草。在山顶最高处,矗立着一座由灰色石头砌成的高塔,上面装有两扇巨大的风帆,形状就像是一对蝙蝠的翅膀。大家从来没有见到过如此巨大的帆面,上面布满了绳索和活动节。在山丘的斜坡上,零散地坐落着一间间小屋。山脚下,还装有其他一些风帆和一根大约有一百米高的柱子,上面用粗粗的电缆连接着每一栋房子。

整个岛看上去，就像是一座中世纪的小渔村。

"'亚特兰蒂斯'！"劳伦斯兴奋地叫道，"太不可思议了，那些风帆……"

"他们是用风帆提供的动力来推动岛屿不停地移动，一定是这样的！整座岛就是一艘巨型飞船！"

"这些风帆的面积加在一起，起码有一平方公里大！"

"差不多两平方公里吧，如果算上那些用来调整方向的侧帆的话。"

"我从来没有见过类似的东西……"

考特斯微笑着站起身来，把手放在劳伦斯和瓦莱丽的肩膀上，说："这就是我们的基地之一——'亚特兰蒂斯'。你们亲眼见到了，很难以置信，不是吗？其实，这座岛飞行的最大速度并不算快，但星球总部却从来没能找到它的准确位置。你们看，岛上已经派人来迎接我们了。"

从山顶高塔的方向飞来一艘蜻蜓形状的飞船，船体两侧伸出的透明翅膀在不停地击打四周的空气，以提供飞行动力。飞船的头部也是透明的，可以看到里面的驾驶员。

"孩子们，是船长本人亲自前来欢迎我们了。我真迫不及待地想把他介绍给你们。"考特斯接着说。

劳伦斯将目光投向瓦莱丽。那一刻，他那总是写满忧伤的脸上竟露出了一丝微笑："一场历险结束后，新的冒险又开始了。不是吗？"

瓦莱丽也笑了："正是这样。对于我们来说，崭新的人生开始了！"

2078年5月27日，德国多瑙艾辛根。

北纬47度57分，东经8度29分。海平面以上706米。

莉莉·卡莱尔博士在熟睡中被刺耳的电话铃声和震动声吵醒，她伸手摸索着，找到了放在床头柜上的手机。那一刻，她恨不得随手把它扔出去，摔个粉碎，然后接着埋头大睡。都几点了？莉莉心里嘀咕着，凌晨三点还是四点？

手机屏幕上显示出一连串不认识的号码，区号是+244：会是哪里？非洲的某个国家？

"亲爱的，你没在线上。"

莉莉迅速辨认出了电话那头传来的声音：是自己的朋友莱昂纳多。可他为什么会在非洲呢？

"哦，我还在睡觉……"

"那就赶紧醒醒，我有非常重要的事情。快去打开电脑，两分半钟以后我再打给你，一秒都不会迟。"

线路突然中断了，莉莉叹了口气。听起来，莱昂纳多的嗓音中充满了焦虑。

究竟发生了什么事情,连等到天亮再说都不行?

莉莉坐起身来,打开了窗户:这是一个炎热的夜晚,气温高得让人很不舒服。她很不情愿地走进书房,打开电灯,坐在了电脑前。两分半钟后,莱昂纳多的头像准时出现在她的电脑屏幕上。

"莱奥,你在非洲干什么?"莉莉问。

此时,她几乎认不出这位身为工程师的朋友的面容:他消瘦了许多,眼窝深陷下去,强撑出的一丝微笑也无法掩饰他身心的疲惫。

莱昂纳多回答说:"不,我没在非洲,别相信电话号码,我在用IP技术逃避跟踪与窃听……"

"听着,我有很重要的信息要告诉你。你走后,我还在继续之前的研究工作,并暗中将你留给我的实验数据进行了比对,结果你猜怎样?发生在杰克身上的基因变异,与目前这里周围植物的变异类型十分相似。我不知道是不是与阿尔法十二号能源有关,但……"

莱昂纳多没有继续说下去,而是问:"莉莉,我的时间不多,你电脑上的FTP功能打开了吗?"

"还没有。"

"那赶紧启动FTP,我有一些数据要传给你。"

"什么数据?"

"快点儿。"

听到莱昂纳多那不容置疑的语气,莉莉没再说什么,忙手忙脚地启动了FTP程序,并连接到了莱昂纳多的服务器上。

"我准备好了。"莉莉说,"连接已经建立。"

"太好了,快点击数据的传输。"

莉莉用鼠标点击了"OK"。当她注意到传来文件的大小时,不由地惊呼道:"怎么有这么多东西?！"

"莉莉,说真的,我没有太多时间了。请你听好了:等数据传输结束后,马上关掉电脑,并把它存放在一个安全的地方。记得给电脑设置密码,然后藏好。有可能在很长一段时间里,你我都无法联系到彼此,所以这段时间里,你要一个人承担着一切。之前我帮过你很多,现在我希望你也能帮我这个忙。"

"你到底在说什么啊?"莉莉真的着急了。

"阿尔法十二号能源的事情。还记得之前你向纽曼和吉莫博士做报告的事情吗?通过模拟实验,你警告过:这套系统存在风险,可能会出现不稳定的情况,并给世界带来灾难性后果。可怕的是,你的预言如今被验证了。"

莉莉的脸色立刻变得苍白,她觉得头晕目眩。真的吗?那样的话,绝对将会是人类的梦魇。她语无伦次地追问:"怎么?发生事故了吗?阿拉斯加的情况目前是怎样的?"

"这次虽然没有发生爆炸,但很明显发生了能量的泄露。

现在实验室所有的仪器都失灵了,在不明情况的辐射影响下,一些士兵牺牲了。他们的死亡症状和你的朋友马克非常相似。"

"可是……"

"我没有时间了。在传去的数据中,你会找到答案的。我只能告诉你,十分钟后,这里所有的人都将被疏散。也就是说,除了研究室现场的工作人员以外,只有你知道这边的状况。好好利用这些信息。"

"莱昂纳多……"

"数据传输完成了,我得走了。"

莉莉依依不舍地盯着屏幕中老朋友的面孔,用低沉的声音说了声:"谢谢。"

在之后的几个小时里,莉莉全神贯注地查看了莱昂纳多传来的文件和数据,包括所有的实验室报告、图表和最精确的环境监测记录——这些都是充足翔实的机密级数据,足以让她和莱昂纳多的下半生在监狱中度过,然而这些数据也足以用来点燃拯救世界的希望。莉莉甚至不敢相信眼前发生的这一切,实在太危险了!

凌晨五点的时候,莉莉的手机又响了起来,这次显示的电话号码开头是+33,来自法国。

"莱昂纳多——"莉莉开口正要接着说下去。

从听筒中却传出一个女人的声音,讲的是略带法国口音的英语。她用惊恐的语气说:"喂?是莉莉吗?我是玛丽。"

是玛丽——莉莉的朋友,一位从事气候变化研究的科学家。

"是你,玛丽!"莉莉说,"你怎么这么早就起床了?发生什么事情了吗?"

"是的,很不幸。你没看电视吗?"

"没,要知道现在是凌晨五点啊。"

"快打开电视!哪个频道都一样。快去,我在线等着你。"

电话突然断掉了。到底发生了什么?莉莉从电脑前站起身来,走进客厅,打开了电视。

电视台正在插播一条实时新闻。一位头发湿淋淋地粘在脸上的女记者,正在用语速极快的德文进行报道。画面的现场是在拉芒什海峡隧道[①],情况看起来很紧急,但莉莉听不懂德语。

她立刻把频道换到 CNN 英语频道。记者是位中年男子,他的头发也都湿透了。莉莉看到隧道口燃起了大火,冒着滚滚浓烟,屏幕下方的滚动文字在介绍事件的最新动态:

---

① 拉芒什海峡隧道:即穿过英吉利海峡,连接英国南部福克斯通与法国北部加莱的英法海底隧道。

拉芒什的悲剧：隧道突然发生爆炸，据统计伤亡人数已经达到60人。

法国和英国的海底通道因大自然灾难而中断。

环境灾难：英吉利海峡出现新的裂谷。

地震袭击英国海岸。

莉莉跑进书房，拿上手机回到电视旁，想打电话给玛丽，可电话线总是繁忙。在尝试了很多次后，线路终于通了。她迫不及待地说："我是莉莉，刚刚看到电视新闻了。"

"在海底出现了一条大裂谷，岩浆从里面不断地涌出来。地震摧毁了英国的多佛尔①，遇难者……"电话里突然传来一阵刺耳的电波干扰声，"整个生态环境好像发疯了似的，恐怕会把地球带入史前时代，或是加速人类世界走向毁灭的未来。"

"可那里并不是火山活动区啊！"

玛丽的回应被另一阵电波声所覆盖。莉莉双手握着手机，冲着话筒大声喊："玛丽，能听到吗？我很快就赶去你那里。等着我！"

在线路彻底中断前，莉莉只听到了一句话，是玛丽用法语发出的惊叹："我们所熟知的这个世界就要这样灭亡了！"

---

① 多佛尔：英国地名。

虽然弗朗斯在第一时间就接听了莉莉的来电，可当莉莉来到他那栋坐落在教堂旁的小房子时，看到他仍然睡眼惺忪。

"实在抱歉，把你从睡梦中吵醒了。"莉莉说。

"其实，我正准备去睡觉，跟朋友们疯了一个晚上。你也知道，今天是周六……"

已经是周六了，莉莉一点都没有意识到。在与玛丽的通话结束后，她立即把莱昂纳多传来的数据拷贝到自己的笔记本电脑里，然后小心翼翼地把笔记本电脑装进了背包。然后，她顺手从衣柜里抄起几件毛衫和 T 恤，塞进了旅行箱。在一通忙碌和紧张心情的作用下，她感到自己几乎喘不过气来。

"我能为你做点什么吗？"弗朗斯问。他看了看莉莉随身携带的箱包，接着问："你要出远门？"

看着弗朗斯梳理得油光整齐的头发和略带疲惫的笑容，莉莉笑了笑，说："你还没有看电视新闻，对不对？"

"没，的确没有。"

"去打开电视吧。"

弗朗斯的房子不大，却非常舒适：客厅的一角是厨房，另一边的楼梯连接着二楼的卧室。

弗朗斯从餐桌上捡起电视遥控器，打开自己那台老式等离子电视。屏幕中，记者正从现场报道拉芒什隧道灾难的最新情况。

"我猜,你一定没有留下喝杯咖啡的时间,对不起……"当弗朗斯看到新闻画面的那一刻,他下意识地用手捂住了嘴,惊讶地一句话都说不出来。愣了半天,他才想起祈祷:"上帝保佑我们。"

"唉!"莉莉回应道,"这次是真的需要上帝保佑了。"

弗朗斯的目光并没有离开电视屏幕。慢慢地,他恢复了平时那冷静和平缓的语气,对莉莉说:"你在出发前来找我,一定是需要我的帮助。说吧,我能做点儿什么?"

莉莉这时才把背包从双肩脱下,递给了弗朗斯。

"背包里是一台笔记本电脑,里面存着我的工作日志,也是一份非常重要的秘密档案。我觉得,存放在你这里会比较安全,不会有人想到……"

"想到要来一个花匠家里搜查这份材料。"弗朗斯参透了莉莉的话。

"大概就是这个意思。我不知道拉芒什隧道的事故会给人类带来怎样的影响,但很有可能,我会从前方给你发来一些新的资料——通过电子邮件或是邮寄DVD的方式。我需要你把那些数据都拷贝到这台电脑里,然后把邮件和DVD销毁,整个过程不能被任何人发现,你能做到吗?"

弗朗斯笑了,说:"我承认,自己是个笨花匠,可我不是七八十岁的老家伙。放心吧,这种事情我做得来。"

莉莉也笑了,说:"谢谢,非常感谢。"可她的语气急转直下,面色重新变得非常严肃,接着说:"听好了,弗朗斯,这些秘密材料有多珍贵,多危险,你绝对想象不到……"

"'君子一言,驷马难追'。我向你发誓,会保存好这份档案,即使付出生命的代价。"

莉莉的脑海里回响起玛丽在电话线路中断前的最后一句话,她对弗朗斯说:"根据我一位在现场的朋友判断,这次事故可能是末日的开始——我们所熟知的这个世界即将面临灭顶之灾。"

"有这么严重吗?"

莉莉点了点头,说:"想想看吧:各种奇怪的流行病、环境污染、全球变暖、冰……"莉莉差点说出"冰岛事故",可她克制住了,"现在又在拉芒什发生了这样的灾难。征兆已经很明显了,相信我,我是这方面的专业人士。"

"如果世界即将毁灭……"

"别这么说。有了电脑里的这些数据,或许我们还能找到制止全球灾难发生的办法。或许,在将来的某一天,重建人类世界。"

弗朗斯不由地抱紧了胸前的背包,对莉莉说:"谢谢你向我解释这些,谢谢你对我的信任。"

莉莉本能地向前跨了一步,靠近弗朗斯,在他的面颊上亲吻了一下：

　　"我得走了，出租车还在外面等着。答应我照顾好自己，弗朗斯。祝你好运！"

　　"也祝你好运……"

　　莉莉·卡莱尔迅速地转身出门，消失在了夜幕中……

下集预告

《天空之城 II——雷霆之舰》

　　瓦莱丽来到了传说中的飞船岛——"亚特兰蒂斯号"上。在这里，她才能躲过总部——那个在天空之城决定万物命运的可怕组织的追捕，从而集中精力继续破解《卡莱尔档案》中的秘密。经过潜心研究，一个重大发现慢慢地展现在她的面前。这项发现，将会永远改变整个人类的命运……

2011年10月隆重上市，敬请期待！

图书在版编目(CIP)数据

天空之城.1 / (意)卡莱尔著; (意)布鲁诺绘; 郭彬彬译. —武汉:湖北少年儿童出版社,2011.6
ISBN 978-7-5353-5919-3

Ⅰ.①天… Ⅱ.①卡… ②布…③郭… Ⅲ.①科学幻想小说—意大利—现代 Ⅳ.① I546.45

中国版本图书馆 CIP 数据核字 (2011) 第 079078 号
著作权合同登记号:图字 17-2011-078

天空之城Ⅰ——风中群岛

[意大利]大卫·卡莱尔／著　　　[意大利]雅各布·布鲁诺／绘
郭彬彬／译　策划编辑／夏 菁　责任编辑／王桢磊 黄 穗
美术编辑／陈 玲　装帧设计／张青青
出版发行／湖北少年儿童出版社
经销／全国新华书店
印刷／恒美印务(广州)有限公司
开本／787×1092 1/16 21 印张
版次／2011 年 8 月第 2 版第 1 次印刷
书号／ISBN 978-7-5353-5919-3
定价／29.80 元

策划／海豚传媒股份有限公司
网址／www.dolphinmedia.cn　邮箱／dolphinmedia@vip.163.com
咨询热线／027-87398305　销售热线/027-87396822
海豚传媒常年法律顾问／湖北立丰律师事务所王清博士　邮箱／wangq007_65@sina.com